Melhores Contos

Moacyr Scliar

Direção de Edla van Steen

 Melhores Contos

Moacyr Scliar

Seleção de Regina Zilbermann

© **Moacyr Scliar**
6ª Edição, Global Editora, São Paulo 2003
4ª Reimpressão, 2015

Jefferson L. Alves – diretor editorial
Rodnei William Eugênio – assistente editorial
Flávio Samuel – gerente de produção
Luciana Chagas – revisão
Estúdio Noz – capa
Antonio Silvio Lopes – editoração eletrônica

Obra atualizada conforme o
NOVO ACORDO ORTOGRÁFICO DA LÍNGUA PORTUGUESA

Dados Internacionais de Catalogação na Publicação (CIP)
(Câmara Brasileira do Livro, SP, Brasil)

Scliar, Moacyr, 1937-.
 Melhores contos Moacyr Scliar / seleção de Regina Zilbermann. – 6. ed. – São Paulo : Global, 2003. – (Melhores contos)

 Bibliografia.
 ISBN 978-85-260-0028-5

 1. Contos brasileiros. I. Zilbermann, Regina. II. Título. III. Série.

88-2128   CDD-869.935

Índices para catálogo sistemático:

1. Contos : Século 20 : Literatura brasileira 869.935
2. Século 20 : Contos : Literatura brasileira 869.935

Direitos Reservados

global editora e distribuidora ltda.
Rua Pirapitingui, 111 – Liberdade
CEP 01508-020 – São Paulo – SP
Tel.: (11) 3277-7999 – Fax: (11) 3277-8141
e-mail: global@globaleditora.com.br
www.globaleditora.com.br

Colabore com a produção científica e cultural.
Proibida a reprodução total ou parcial desta obra
sem a autorização do editor.

Nº de Catálogo: **1536**

Regina Zilbermann, nascida em Porto Alegre, licenciou-se em Letras pela Universidade Federal do Rio Grande do Sul e doutorou-se em Romanística pela Universidade de Heidelberg, na Alemanha. É professora da Pontifícia Universidade Católica do Rio Grande do Sul, onde leciona Teoria da Literatura e Literatura Brasileira. Coordena o Curso de Pós-Graduação em Letras, bem como o Centro de Pesquisas Literárias. Entre 1987 e 1991, dirigiu o Instituto Estadual do Livro, instituição ligada à Secretaria de Cultura, do Governo do Estado do Rio Grande do Sul. Foi Honorary Research Fellow no Spanish & Latin American Department, da Universidade de Londres, no ano escolar de 1980-1981. Lecionou, no inverno de 1983, no Department of Spanish & Latin American Studies, da Universidade de Bristol, Inglaterra. Realizou o pós-doutoramento no Center for Portuguese & Brazilian Studies, da Brown University, Rhode Island (EUA). É pesquisadora 1A do Conselho Nacional de Desenvolvimento Científico e Tecnológico (CNPq). Foi assessora-científica da FAPERGS, entre 1988 e 1993. Coordenou a área de Letras e Linguística entre 1991-1992 e 1993-1995, da Fundação Capes, fazendo parte de seu Conselho Técnico--Científico. Pertenceu ao Conselho Estadual de Ciência e Tecnologia, do Estado do Rio Grande do Sul. Participou, entre 1999 e 2001, do Comitê Assessor para a área de Letras e Linguística, do CNPq. Recebeu, em 2000, na

Universidade Federal de Santa Maria, o título de Doutor *Honoris Causa*.

São publicações suas, entre outras: *A invenção, o mito e a mentira* (1973); *São Bernardo e os processos da comunicação* (1975); *Do mito ao romance: tipologia da ficção brasileira contemporânea* (1977); *A literatura no Rio Grande do Sul* (1980); *A literatura infantil na escola* (1981); *Literatura infantil:* autoritarismo e emancipação (1982); *Literatura infantil brasileira:* história & histórias (1984); *Literatura gaúcha:* temas e figuras da ficção e poesia do Rio Grande do Sul (1985); *Um Brasil para crianças* (1986); *Alvaro Moreyra* (1986); *Leitura:* perspectivas interdisciplinares (1988); *A leitura e o ensino da literatura* (1988); *Estética da recepção e história da literatura* (1989); *Literatura e pedagogia:* ponto & contraponto (1990); *A leitura rarefeita* (1991); *Roteiro de uma literatura singular* (1992); *A terra em que nasceste:* imagens do Brasil na literatura (1994); *A formação da leitura no Brasil* (1996); *O berço do cânone* (1998); *Pequeno dicionário da literatura do Rio Grande do Sul* (1999); *Fim do livro, fim da leitura?* (2001). Organizou as seguintes antologias: *Os melhores contos de 1974* (1975); *Masculino, feminino, neutro:* ensaios de semiótica narrativa (1976); *O signo teatral* (1977); *Linguagem e motivação* (1977); *O Partenon literário:* poesia e prosa (1980); *Mario Quintana* (1982); *Os melhores contos de Moacyr Scliar* (1984); *Geração 80* (1984); *Mel & girrasóis* (1988). Tem ensaios publicados nas revistas *Iberoromania* (Alemanha), *Lectura y Vida* (Argentina), *Luso-Brazilian Review* (EUA), *Modern Language Studies* (EUA), *Europe* (França), *Letras de Hoje* (Brasil), *Tempo Brasileiro* (Brasil), *Ciência e Cultura* (Brasil), *Hispania* (EUA) e *Brasil Brazil* (EUA/Brasil), entre outras.

1. (NO COMEÇO)

"No começo eu pretendia apenas aquilo que meus amigos faziam com tanta desenvoltura sentados no cordão da calçada: contar uma história."

MOACYR SCLIAR, em *"Os contistas"*

Desde o livro de estreia, *Histórias de médico em formação*, Moacyr Scliar estabiliza algumas características de seus contos. A primeira delas é a preferência por personagens carentes de identificação — vale dizer, predominam nas histórias seres, a maioria sem nome ou qualquer outro traço que os individualize, que representam tipos genéricos, modelos de ação e comportamento, em vez de personalidades cuja intimidade e psicologia são vasculhadas pela pena do escritor.

Outra característica é a preferência pelo insólito. Não que ele narre acontecimentos impossíveis ou sobrenaturais — mas os fatos são, no mínimo, fora do comum. Se não são os fatos que escapam ao usual, estranho é o modo de apresentá-los, o que desvela a outra face das coisas, pessoas e acontecimentos.

Pequena história de um cadáver é exemplar das características apontadas. Pois, narrando o trabalho de alunos de Medicina, o escritor opta por apresentá-los sob a óptica de Maria, o cadáver que os jovens estudam. Escorrega, assim, para o fantástico no que diz respeito ao foco escolhido; mas não perde de vista o realismo das cenas, quando descreve as operações procedidas pelos estudantes.

Estes, por sua vez, são introduzidos como os Quatro Cavaleiros do Apocalipse, a classificação indicando o modo como são qualificados pelo narrador. E o fato de que, na continuação da história, não sejam nomeados de maneira diversa revela o desejo de não lhes conceder qualquer individuação, a fim de que tenham condições de representar, mais genericamente, tipos de atitudes encontradas na juventude universitária: as do ambicioso, do revolucionário, do sempre bem-sucedido etc.

Em *O carnaval dos animais*, Scliar refina estas características: na maior parte das histórias, as personagens não são nomeadas. Há o marujo de *A vaca*, o homem de *Uma casa*; às vezes, mesmo esta indicação desaparece: *Os leões*, *As ursas*, *O dia em que matamos James Cagney* apresentam a ação de grupos, coletivizando a personagem e anulando sua individualidade. Quando esta reaparece, é para identificar homens que já são mitos — o Capitão Marvel, em *Shazam*, ou Marx, em *O velho Marx* — que tudo fazem para renunciar a esta mitificação e se dissolverem no anonimato e na mediocridade.

O insólito, por seu turno, instala-se com força total nos relatos, aproximando-os ao fantástico que, no início dos anos 1970, terá cadeira cativa na ficção brasileira. No entanto, o insólito agora se associa a uma marca apenas entrevista em *Pequena história de um cadáver*: ela resulta do refinamento da crueldade humana. Esse pode advir, de um lado, do aperfeiçoamento tecnológico, como mostram *Os leões* e *Cão*, nos quais está em jogo o extermínio do outro, percebido e avaliado como o antagonista a ser aniquilado. Contudo, pode advir também do afloramento de forças primitivas e incontroladas do ser humano, como ocorre em *Canibal*, em que Angelina é obrigada a comer as próprias entranhas para sobreviver, enquanto

Bárbara engorda com os alimentos que não divide com a amiga. Ou em *Torneio de pesca*, em que o candidato mais habilitado a vencer o concurso é expulso do campeonato e tem seus membros amputados.

São contos que se revelam parábolas da sociedade contemporânea. A concorrência — norma imposta pelo capitalismo — só é vencida pela eliminação sumária dos competidores, o que provoca a violência ilimitada, provenha ela de dentro ou de fora do indivíduo. Por essa razão, a temática da crueldade e da violência atravessa a trajetória do Scliar contista. Em *O mistério dos* hippies *desaparecidos*, ele denuncia a origem social do ato opressivo, que ajuda a aumentar as rendas do "senhor de cinza", explorador dos artesãos. Todavia, a natureza humana também é responsável pela ação predatória sobre as pessoas e o meio, quando dá vazão ao inconsciente incontido e mobiliza instintos primitivos e destruidores.

Os vários contos que enfocam o erotismo e o sexo desdobram a concepção antes descrita, mostrando um relacionamento em que as agressões e o desejo de dominação do outro se superpõem ao amor, à amizade, ao respeito e ao equilíbrio. *Aranha* ou *O anão no televisor* também exemplificam as relações desiguais entre companheiros, bem como *Os amores de um ventríloquo*, que se vale do dualismo inerente à profissão do protagonista para expor seus conflitos e frustrações sentimentais. Não por acaso muitas das histórias transmitem o tema por meio da animalização de um dos parceiros sexuais: em *A vaca* ou *A galinha dos ovos de ouro — perfil enquanto moribunda*, a redução da amante à condição de bicho doméstico não apenas mostra o caráter doentio da relação erótica; simboliza também o rebaixamento de um dos amantes pela dominação e exploração do outro.

2. (UM DIA)

"Um dia meti na cabeça que os contistas não são escritores: são personagens."

MOACYR SCLIAR, em "Os contistas"

Histórias de médico em formação e, depois, O Carnaval dos animais apresentam, de modo tênue, uma vertente posteriormente ampliada pelo escritor, em especial nos romances, mas também nos contos: a do judaísmo. Bicho e Ao mar, de O Carnaval dos animais, são histórias em que transparecem os temas da migração judaica e do confronto cultural. Este último é mais evidente em A balada do falso Messias, em que o contraste entre a cultura tradicional — de natureza mística — e a necessidade de se adequar às regras do novo mundo motiva o enredo. Shabtai Zvi é o visionário que, à frente dos imigrantes, quer mantê-los ligados aos valores trazidos da Europa e do passado; mas ele é igualmente o executivo, bem-sucedido quando se transfere do campo para a cidade, que se consola em ocasiões especiais, transformando o vinho em água, isto é, invertendo o ato sobrenatural a que apontava sua eventual natureza divina e sagrada.

Se nos dois primeiros livros Scliar se sujeitou à sequência tradicional do conto, desde O Carnaval dos animais, o escritor estabiliza sua forma predileta — o relato curto, apoiado num núcleo mínimo de personagens e acontecimentos. É o miniconto, de que Scliar é mestre e que

11

retorna com grande assiduidade em *Os mistérios de Porto Alegre*, cujos textos dificilmente ultrapassam uma página impressa, *Histórias da terra trêmula* e *A balada do falso Messias*. Mas é nesse livro que Scliar apresenta um de seus raros contos longos, alinhado ao gênero desde o título: *Os contistas*. Essa é uma narrativa rara também por outra razão: é nela que literatura e escritores são tematizados, e de modo humorístico, a começar pelo esforço, por parte do narrador, de arrolamento dos inúmeros contistas que conhece, isso na mesma época em que o crítico Wilson Martins afirmava ser o conto o equivalente do soneto no período anterior do Modernismo, tal a proliferação então de adeptos do gênero.

  Todavia, ao produzir uma narrativa mais longa, Scliar continua fiel à sua técnica: o conto maior resulta da reunião de grande número de pequenos contos, aludidos apenas pelo narrador, ao identificar cada um dos autores e suas peculiaridades artísticas.

  Se o conto de Moacyr Scliar se caracteriza pela ausência de identificação dos heróis, existem unicamente duas situações em que ele subverte o anonimato: nas histórias de temática judaica e em *Os contistas*. Judeus e escritores têm nomes e hábitos particulares que os diferenciam perante os outros, permitindo-lhes a recuperação da individualidade, aparentemente cercada pelas transformações da sociedade contemporânea.

  A aproximação não é fortuita, e Moacyr Scliar faz questão de afirmá-la em palestras e entrevistas (como a que concedeu a Edla Van Steen, em *Viver e escrever**). No entanto, o notável é que a concretize nos textos ficcionais, com o que lhes confere coerência e unidade.

---

 * Cf. STEEN, Edla Van. *Viver e escrever*. Porto Alegre: L&PM, 1981. p. 174.

Ao mesmo tempo, porque o fazer literário recupera a identidade individual — de escritores e leitores —, a literatura incorpora uma dimensão emancipadora; ou, ao menos, representa a inversão da (e saída para a) realidade massificada e desumana denunciada em vários momentos dos contos. Apresentando-se como arte que reabilita o indivíduo massacrado pela sociedade e resgata sua humanidade, o conto de Scliar acaba também por assumir sua própria individualidade e significação. É o que o faz original e único, coerente com as características introduzidas desde o início da trajetória literária do escritor e confirmadas ao longo de seu percurso no tempo.

Regina Zilbermann

CONTOS

A BALADA DO FALSO MESSIAS

Vai pôr vinho no copo. Suas mãos agora estão enrugadas e tremem. Mas ainda me impressionam, estas mãos grandes e fortes. Comparo-as com as minhas, de dedos curtos e grossos, e admito que nunca o compreendi e nunca chegarei a compreendê-lo.

Encontrei-o pela primeira vez a bordo do *Zemlia*. Nesse velho navio, nós, judeus, estávamos deixando a Rússia; temíamos os *pogroms*. Acenavam-nos com a promessa da América e para lá viajávamos, comprimidos na terceira classe. Chorávamos e vomitávamos, naquele ano de 1906.

Eles já estavam no navio, quando embarcamos. Shabtai Zvi e Natan de Gaza. Nós os evitávamos. Sabíamos que eram judeus, mas nós, da Rússia, somos desconfiados. Não gostamos de quem é ainda mais oriental do que nós. E Shabtai Zvi era de Smirna, na Ásia Menor — o que se notava por sua pele morena e seus olhos escuros. O capitão nos contou que ele era de uma família muito rica. De fato, ele e Natan de Gaza ocupavam o único camarote decente do barco. Então, por que iam para a América? Por que fugiam? Perguntas sem resposta.

17

Natan de Gaza, um homem pequeno e trigueiro, despertava-nos particularmente a curiosidade. Nunca tínhamos visto um judeu da Palestina, de Eretz Israel — uma terra que para muitos de nós só existia em sonhos. Natan, um orador eloquente, falava para um público atento sobre as suaves colinas da Galileia, o belo lago Kineret, a histórica cidade de Gaza, onde ele nascera, e cujas portas Sansão tinha arrancado. Bêbado, porém, amaldiçoava a terra natal: "Pedras e areia, camelos, árabes ladrões..." Ao largo das Ilhas Canárias, Shabtai Zvi surpreendeu-o maldizendo Eretz Israel. Surrou-o até deixá-lo caído no chão, sangrando; quando Natan ousou protestar, demoliu-o com um último pontapé.

Depois disso passou dias trancado no camarote, sem falar com ninguém. Passando por ali ouvíamos gemidos... e suspiros... e suaves canções.

Uma madrugada acordamos com os gritos dos marinheiros. Corremos ao convés e lá estava Shabtai Zvi nadando no mar gélido. Baixaram um escaler e a custo conseguiram tirá-lo da água. Estava completamente nu e assim passou por nós, de cabeça erguida, sem nos olhar — e foi se fechar no camarote. Natan de Gaza disse que o banho fora uma penitência, mas nossa conclusão foi diferente: "É louco, o turco."

Chegamos à Ilha das Flores, no Rio de Janeiro, e de lá viajamos para Erexim, de onde fomos levados em carroções para os nossos novos lares, na colônia denominada Barão Franck, em homenagem ao filantropo austríaco que patrocinara nossa vinda. Éramos muito gratos a esse homem que, aliás, nunca chegamos a conhecer. Alguns diziam que nas terras em que estávamos sendo instalados mais tarde passaria uma ferrovia, cujas ações o barão tinha interesse em valorizar. Não acredito. Acho que era um bom homem, nada mais. Deu a cada família um lote

de terra, uma casa de madeira, instrumentos agrícolas, animais.
Shabtai Zvi e Natan de Gaza continuavam conosco. Receberam uma casa, embora ao representante do barão não agradasse a ideia de ver os dois juntos sob o mesmo teto.
— Precisamos de famílias — disse incisivamente — e não de gente esquisita.
Shabtai Zvi olhou-o. Era tal a força daquele olhar que ficamos paralisados.
O agente do barão estremeceu, despediu-se de nós e partiu apressadamente. Lançamo-nos ao trabalho. Como era dura a vida rural! A derrubada de árvores. A lavra. A semeadura... Nossas mãos se enchiam de calos de sangue.
Durante meses não vimos Shabtai Zvi. Estava trancado em casa. Aparentemente o dinheiro tinha acabado, porque Natan de Gaza perambulava pela vila, pedindo roupas e comida. Anunciava para breve o ressurgimento de Shabtai Zvi trazendo boas novas para toda a população.
— Mas o que é que ele está fazendo? — perguntávamos.
O que estava fazendo? Estudava. Estudava a *Cabala*, a obra-prima do misticismo judaico: o Livro da Criação, o Livro do Brilho, o Livro do Esplendor. O ocultismo. A metempsicose. A demonologia. O poder dos nomes (os nomes podem esconjurar demônios; quem conhece o poder dos nomes pode andar sobre a água sem molhar os pés; e isso sem falar da força do nome secreto, inefável e impronunciável de Deus). A ciência misteriosa das letras e dos números (as letras são números e os números são letras; os números têm poderes mágicos; quanto às letras, são os degraus da sabedoria).
É então que surge em Barão Franck o bandido Chico Diabo. Vem da fronteira com seus ferozes sequazes.

Fugindo dos "Abas Largas", esconde-se perto da colônia. E rouba, e destrói, e debocha. Rindo, mata nossos touros, arranca-lhes os testículos e come-os, levemente tostados. E ameaça matar-nos a todos se o denunciarmos às autoridades. Como se não bastasse esse infortúnio, cai uma chuva de granizo que arrasa as plantações de trigo.

Estamos imersos no mais profundo desespero quando Shabtai Zvi reaparece.

Está transfigurado. O jejum devastou-lhe o corpo robusto, os ombros estão caídos. A barba agora, estranhamente grisalha, chega à metade do peito. A santidade envolve-o, brilha em seu olhar.

Caminha lentamente até o fim da rua principal... Nós largamos nossas ferramentas, nós saímos de nossas casas, nós o seguimos. De pé sobre um montículo de terra, Shabtai Zvi nos fala.

— Castigo divino cai sobre vós!

Referia-se a Chico Diabo e ao granizo. Tínhamos atraído a ira de Deus. E o que poderíamos fazer para expiar nossos pecados?

— Devemos abandonar tudo: as casas; as lavouras; a escola; a sinagoga; construiremos, nós mesmos, um navio — o casco com a madeira de nossas casas, as velas com os nossos xales de oração. Atravessaremos o mar. Chegaremos à Palestina, a Eretz Israel; e lá, na santa e antiga cidade de Sfat, construiremos um grande templo.

— E aguardaremos lá a chegada do Messias? — perguntou alguém com voz trêmula.

— O Messias já chegou! — gritou Natan de Gaza. — O Messias está aqui! O Messias é o nosso Shabtai Zvi!

Shabtai Zvi abriu o manto em que se enrolava. Recuamos, horrorizados. Víamos um corpo nu, coberto de cicatrizes; no ventre, um cinturão eriçado de pregos, cujas pontas enterravam-se na carne.

Desde aquele dia não trabalhamos mais. O granizo que destruísse as plantações. Chico Diabo que roubasse os animais, porque nós íamos embora. Derrubávamos as casas, jubilosos. As mulheres costuravam panos para fazer as velas do barco. As crianças colhiam frutas silvestres para fazer conservas. Natan de Gaza recolhia dinheiro para, segundo dizia, subornar os potentados turcos que dominavam a Terra Santa.

— O que está acontecendo com os judeus? — perguntavam-se os colonos da região. Tão intrigados estavam, que pediram ao Padre Batistella para investigar. O padre veio ver-nos; sabia de nossas dificuldades, estava disposto a nos ajudar.

— Não precisamos, padre — respondemos com toda a sinceridade. — Nosso Messias chegou; ele nos libertará, nos fará felizes.

— O Messias? — o padre estava assombrado. — O Messias já passou pela terra. Foi Nosso Senhor Jesus Cristo, que transformou a água em vinho e morreu na cruz por nossos pecados.

— Cala-te, padre! — gritou Sarita. — O Messias é Shabtai Zvi!

Sarita, filha adotiva do gordo Leib Rubin, perdera os pais num *pogrom*. Ficara então com a mente abalada. Seguia Shabtai Zvi por toda a parte, convencida de que era a esposa reservada para o Ungido do Senhor. E para surpresa nossa Shabtai Zvi aceitou-a; casaram-se no dia em que terminamos o casco do barco. Quanto à embarcação, ficou muito boa; pretendíamos levá-la ao mar, como Bento Gonçalves transportara seu navio, sobre uma grande carreta puxada por bois.

Estes já eram poucos. Chico Diabo aparecia agora todas as semanas, roubando duas ou três cabeças de cada vez. Alguns falavam em enfrentar os bandidos.

Shabtai Zvi não aprovava a ideia. — "Nosso reino está além do mar. E Deus vela por nós. Ele providenciará."

De fato: Chico Diabo desapareceu. Durante duas semanas trabalhamos em paz, ultimando os preparativos para a partida. Então, num sábado pela manhã um cavaleiro entrou a galope na vila. Era Gumercindo, lugar-tenente de Chico Diabo.

— Chico Diabo está doente! — gritou, sem descer do cavalo. — Está muito mal. O doutor não acerta com o tratamento. Chico Diabo me mandou trazer o santo de vocês para curar ele.

Nós o rodeávamos em silêncio.

— E se ele não quiser ir — continuou Gumercindo — é para nós queimar a vila toda. Ouviram?

— Eu vou — bradou uma voz forte.

Era Shabtai Zvi. Abrimos caminho para ele. Aproximou-se lentamente, encarando o bandoleiro.

— Apeia.

Gumercindo desceu do cavalo. Shabtai Zvi montou.

— Vai na frente, correndo.

Foram os três; primeiro Gumercindo, correndo; depois Shabtai Zvi a cavalo; e fechando o cortejo, Natan de Gaza montado num jumento. Sarita também quis ir, mas Leib Rubin não deixou.

Ficamos reunidos na escola todo o dia. Não falávamos; nossa angústia era demasiada. Quando caiu a noite ouvimos o trote de um cavalo. Corremos para a porta. Era Natan de Gaza, esbaforido:

— Quando chegamos lá — contou — encontramos Chico Diabo deitado no chão. Perto dele, um curandeiro fazia mandingas. Shabtai Zvi sentou perto do bandido. Não disse nada, não fez nada, não tocou no homem — só ficou olhando. Chico Diabo levantou a cabeça, olhou para Shabtai Zvi, deu um grito e morreu. O curandeiro,

eles mataram ali mesmo. De Shabtai Zvi nada sei. Vim aqui avisar: Correi, fugi!
Metemo-nos nas carroças e fugimos para Erexim. Sarita teve de ir à força.
No dia seguinte, Leib Rubin nos reuniu.
— Não sei o que vocês estão pensando em fazer — disse — mas eu já estou cheio destas histórias todas: Barão Franck, Palestina, Sfat... Eu vou é para Porto Alegre. Querem ir comigo?
— E Shabtai Zvi? — perguntou Natan de Gaza com voz trêmula (era remorso o que ele sentia?).
— Ele que vá para o diabo, aquele louco! — berrou Leib Rubin. — Só trouxe desgraças!
— Não fale assim, pai! — gritou Sarita. — Ele é o Messias.
— Que Messias, nada! Acaba com essa história — isso ainda vai provocar os antissemitas. Não ouviste o que o padre disse? O Messias já veio, está bom? Transformou a água em vinho e outras coisas. E nós vamos embora. O teu marido, se ainda está vivo — e se ficou bom da cabeça — que venha atrás. Eu tenho obrigação de cuidar de ti — e vou cuidar de ti —, com marido ou sem marido!

Viajamos para Porto Alegre. Judeus bondosos nos hospedaram. E para nossa surpresa, Shabtai Zvi apareceu uns dias depois. Trouxeram-no os "Abas Largas", que haviam prendido todo o bando de Chico Diabo.

Um dos soldados nos contou que haviam encontrado Shabtai Zvi sentado numa pedra, olhando para o corpo de Chico Diabo. Espalhados pelo chão — os bandidos, bêbados, roncando. Havia bois carneados por toda a parte. E vinho. "Nunca vi tanto vinho!" Tudo o que antes tinha água, agora tinha vinho! Garrafas, cantis, baldes, bacias, barricas. As águas de um charco ali perto

23

estavam vermelhas. Não sei se era sangue das reses ou vinho. Mas acho que era vinho. Ajudado por um parente rico, Leib Rubin se estabeleceu com uma loja de fazendas. Depois passou para o ramo de imóveis e posteriormente abriu uma financeira, reunindo grande fortuna. Shabtai Zvi trabalhava numa de suas firmas, da qual eu também era empregado. Natan de Gaza envolveu-se em contrabando, teve de fugir e nunca mais foi visto.

Desde a morte de Sarita, Shabtai Zvi e eu costumamos nos encontrar num bar para tomar vinho. E ali ficamos toda a noite. Ele fala pouco e eu também; ele serve o vinho e bebemos em silêncio. Perto da meia-noite ele fecha os olhos, estende as mãos sobre o corpo e murmura palavras em hebraico (ou em aramaico, ou em ladino). O vinho se transforma em água. O dono do bar acha que é apenas um truque. Quanto a mim, tenho minhas dúvidas.

A GALINHA DOS OVOS DE OURO

— *Perfil enquanto moribunda*

A galinha dos ovos de ouro tinha uma vocação frustrada, uma paixão não correspondida — além da penosa anomalia. A vocação frustrada: queria ser cantora. Descendia de uma família que saudava o sol nascente com hinos vibrantes. No entanto, apesar de ter nascido num ambiente de estro harmônico, a galinha dos ovos de ouro não fora aquinhoada com uma voz agradável. Seu canto rouco era desagradável, quando não ridículo; chegava a provocar a indignação das outras galinhas. Calavam-na a bicada.
Mas a galinha queria ser cantora. E esforçava-se. Disciplinada, exercitava-se infatigavelmente. Nenhuma escala lhe era estranha; não havia sustenido que não houvesse tentado. Os resultados, sempre precários, não a desanimavam. Um dia — pensava — a metamorfose se daria; questão de paciência, de trabalho. E voltava aos exercícios.
Uma penosa anomalia: botava ovos de ouro. Sem alegria; com desagrado, com dor, mesmo. Gestava objetos duros e frios; eliminava-os em meio a sofrimentos indescritíveis: um suplício que se repetia a cada dia, de madrugada. Meia hora antes já sentia aproximar-se o

momento tão temido. O presságio manifestava-se como uma sensação molesta no ventre — um misto de ânsia e dor. Uma coisa, uma bola, crescia-lhe dentro, expandia-se inexoravelmente, comprimindo, amassando tudo. Nervosa, sem saber o que fazer, punha-se a andar de um lado para o outro, tentando se distrair. E ciscava o chão, e batia asas, e cantava um pouco (sua voz sendo então mais desagradável do que nunca) — e nada. Sempre a ânsia, a ânsia. Pulava para o ninho, encolhia-se, tentava adormecer; quem sabe com o sono... Nada. Não adormecia, não se acalmava. Ao contrário — à medida que os minutos passavam a ansiedade tornava-se insuportável. Desesperava-se, e gritava por ajuda, recorria à carijó, às outras. Repeliam-na, irritadas. E a galinha, sem um regaço onde se refugiar, sem um ombro onde se apoiar, encolhia-se num canto, trêmula, meio desfalecida.

E aí, no seu interior tenebroso — um abalo. A coisa se movimentava. Vinha descendo, vinha saindo, vinha rasgando tudo — abria seu caminho à força. Alucinada, a galinha punha-se de joelhos: inacreditável, tanta provação para uma criatura só. Desmaiava! Morria!

Mas o parto prosseguia. O sofrimento atingia o clímax — a galinha via sóis — e de repente cessava.

O ovo jazia sobre a palha: um objeto amarelo, coberto de uma fina camada de secreção sanguinolenta. A galinha, exausta, espiava com um olho rancoroso o fruto frio e duro de suas entranhas.

Uma mão grande e peluda introduzia-se no ninho: Ramão, o dono da chácara. Cobiçoso, mal podia esperar que a galinha terminasse a postura. (De fato, muitas vezes agarrava-a enquanto ela ainda estava tendo o trabalho; espremia-a, estimulava-a com palavras grosseiras; vamos, preguiçosa, bota para fora este ovo, bandida. Só fazia aumentar os sofrimentos da pobre.)

De posse do ovo, mirava-o, radiante, beijava-o e corria para a casa de Amâncio. Este finório já o esperava com o baralho pronto. Ramão se aboletava, colocava o ovo em cima da mesa:

— É hoje, Amâncio! É hoje que te pelo, Amâncio!

O outro, profissional, sorria e dava cartas. Jogavam todo o dia.

Ao fim da tarde o ovo era de Amâncio.

Ramão, o rosto congesto, a cabeleira revolta, o olhar turvo, levantava-se e ia para casa. Tomava uns tragos e atirava-se à cama; mal podia esperar que as horas passassem, que a galinha botasse outro ovo. Amâncio veria com quem estava lidando.

No dia seguinte perdia de novo.

Amâncio já tinha ganho uma fortuna de Ramão. Mas não estava satisfeito; não era ouro o que ele queria de Ramão. O que ele realmente desejava, mas desejava mesmo, loucamente — era Torpedo, o galo de briga do chacareiro. Que galo! Nunca fora derrotado no rinhadeiro. Amâncio tinha muitos galos, mas nenhum como aquele. Apostaria todas as suas propriedades contra Torpedo — na verdade, já o propusera a Ramão. Este recusava. Gostava do galo; além disso queria ter um trunfo para o dia em que não tivesse mais a galinha dos ovos de ouro, nem a chácara, nem roupa, nada. Aí sim, apostaria Torpedo. E esperava, pelo menos então, ganhar. Mesmo que perdesse, Amâncio não levaria o galo. Esse prazer Ramão não daria ao parceiro. Amâncio que tocasse em Torpedo! Ramão matava-o na hora.

Torpedo era belo e forte. E... tinha uma secreta afeição pela galinha dos ovos de ouro. Enquanto Ramão e Amâncio jogavam, ele a acariciava e consolava. Era testemunha dos padecimentos da coitada; muitas vezes quase investia contra Ramão. Continha-o a galinha, que preferia sofrer em silêncio a ser pivô de uma tragédia passional.

E desabafava elevando aos céus o seu canto — o cacarejar esquisito e desafinado.

A paixão não correspondida: a galinha dos ovos de ouro amava o chacareiro Ramão. Amor misturado com ódio — mas amor sim, profundo, abissal. Entregava ao bandido os ovos de ouro, com nojo — mas com alegria; porque então o tinha junto a si, ainda que por escassos momentos. Gostaria de tê-lo junto a si, deitado na palha. Aninhada no peito peludo, catando com o bico larvas e detritos dos cabelos revoltos, ela encontraria enfim inspiração para formosas canções.

Mas Ramão deitava-se com mulheres, as duas ou três que tinha. A galinha bem o sabia, mas iludia-se: é só passatempo, repetia-se, ele não as ama. Um dia, ela cantaria e ele viria. E não seria apenas por um ovo de ouro...

Quanto a Torpedo, a galinha consentia em tê-lo a seu lado — mas era só. Ele não deveria esperar mais nada. Ficassem juntos na palha, e pronto. Duas aves amigas.

Ramão jogava e perdia, jogava e perdia. Os armários de Amâncio já estavam cheios de ovos; nem tinha comprador para tanto ouro, o metal estando cotado a mais de cem dólares a onça. Mesmo assim continuavam a jogar — Ramão querendo a desforra. Amâncio com a esperança de ganhar o galo Torpedo.

Noite de 31 de dezembro. Nas ruas da pequena cidade as pessoas caminham alegres, apressadas. Querem passar o Ano-Novo com as famílias, comendo galinha assada com bastante farofa. Mesmo os pobres querem festa, querem galinha.

Ramão e Amâncio ignoram o movimento. Jogam. Sentados a uma pequena mesa, sob uma lâmpada potente que faz brilhar suas testas suadas, eles seguram firme as cartas. E as espreitam, se estudam, não descartam dama ou valete sem meditar muito.

Ramão está nervoso. Seus lábios se contraem; às vezes murmura coisas ininteligíveis. Tamborila com os dedos grossos no tampo da mesa.

Amâncio procura afetar despreocupação; cantarola, esboça um sorriso enigmático. E quando espalha suas cartas sobre a mesa — ganhou, mais uma vez — não se precipita; espera, com estudada modéstia, que Ramão se reconheça derrotado — o que o chacareiro faz com mal contida revolta.

Amâncio então estende a mão, pega o ovo de ouro; sopesa-o, examina-o de perto; tira o lenço do bolso, pole-o, remove com a ponta da unha uma minúscula sujeira. Suspira e vai guardar o ovo no armário. Depois estende a mão ao parceiro:

— Bem... Então, Feliz Ano-Novo, Ramão. Espero que no ano que vem...

— Nós vamos continuar o jogo — diz Ramão, sombrio.

— De que jeito? — Amâncio ri. — O ovo de hoje tu já perdeste.

— Nós vamos continuar — repete Ramão.

O tom de voz faz Amâncio se inquietar. Mas é jogador: não demonstra medo.

— Vem cá: a tua galinha não bota só um ovo por dia?

— Bota.

— E então? Como é que queres jogar?

— Nós vamos jogar, já disse.

Amâncio avalia cuidadosamente a situação. Resolve arriscar:

— Está bem. Então traz o Torpedo.

— Não.

Amâncio impacienta-se.

— E vamos jogar o quê? Às brincas? Às brincas eu não jogo, tu sabes.

Ramão levanta-se.

— Me espera. Vou trazer mais um ovo.
— Bom — previne Amâncio — mas olha: só te espero até a meia-noite. Se a tua galinha resolve esperar até amanhã para botar um ovo, não conta comigo.
— Ela vai botar um ovo *agora* — diz Ramão.
— Vai mesmo? — zomba Amâncio.
— Tu vais ver.
Corre para a chácara. Está transtornado, está louco! Entra no aviário, acende todas as luzes. As galinhas cacarejam, assustadas. Ramão chega ao ninho da galinha dos ovos de ouro, que repousa, Torpedo ao lado. À chegada de Ramão ela não se move, não emite um som — olha-o fixamente.
— Como é, desgraçada? Já botaste o teu ovo?
Agarra-a pelo pescoço, arranca-a brutalmente da palha. Não há ovo algum.
— Estúpida! Por que não botaste o ovo? Já é quase meia-noite! Precisas esperar pelo Ano-Novo? O que sabes do tempo?
Ela se debate, quase sufocada...
De repente, um ruflar de asas: é Torpedo que pula na cara do chacareiro, bicando-o ferozmente. Surpreendido, Ramão recua; mas logo se recupera, arranca o galo de si, atira-o ao chão, pisa-o com a bota, e continua a pisá-lo, até transformá-lo numa pasta sangrenta.
— Pronto, bicho ruim — murmura, ofegante. — Tiveste o teu troco. Viraste paçoca.
Ri:
— O Amâncio é que não vai gostar.
Limpa o rosto sujo e todo lanhado, levanta a galinha à altura da cara:
— Agora, tu. Trata de botar o teu ovo. E ligeirinho!
Acomoda-a no ninho e cruza os braços.
— Estou esperando.
Olha o relógio.
— Te dou cinco minutos.

De repente a galinha dos ovos de ouro começa a cantar.
É um canto tão bonito que até Ramão se comove: arrepia-se, fica com olhos úmidos.
— Ora, vamos, vamos, sua sem-vergonha...
Nas gaiolas, as galinhas estão imóveis, voltadas para eles. Ramão sente a expectativa de algo grandioso.
— Que ovo vai sair! Que ovo! Talvez até dois!
Com todo o cuidado, levanta a galinha. Nada. Coloca-a no lugar, espera mais um pouco, torna a levantá-la. Nada. Palha, só palha. Enfurece-se:
— Estás debochando de mim, miserável? Mas eu te mostro! Vou buscar o ovo na fábrica!
Joga a galinha no chão, tira o facão da cintura e — as galinhas cacarejam horrorizadas — de um só talho abre-lhe o ventre.
Atira o facão para o lado e põe-se a remexer as vísceras, impaciente. Arranca intestinos, fígado, moela:
— Era aqui que tinha de estar! Em todas as galinhas é aqui!
Não há ovos de ouro. Há um ovário comum, com pequenos óvulos amarelos.
O chacareiro se põe de pé. De súbito, põe-se a rir.
— Era igual a todas, a galinha! Era igual a todas, Amâncio!
Apanha o facão.
— Azar o teu, Amâncio! Azar o teu!
Sai rindo.
— Azar o teu!
Sobre a terra ensanguentada, a galinha morre. Seu bico ainda se abre, em raros espasmos, mas já nenhum som sai dele. E os olhos estão baços.
A galinha morre. Uma última convulsão sacode a carcaça eviscerada. Da cloaca emerge a extremidade arredondada de um grande ovo de ouro.

SHAZAM

Extinto o crime no mundo, o Capitão Marvel foi chamado a uma sessão especial do Senado norte-americano. Lá foi saudado por Lester Brainerd, senador por Louisiana, e recebeu a medalha do Mérito Militar e uma pensão vitalícia. Comovido, o Capitão Marvel expressou seu agradecimento e manifestou o desejo de viver tranquilamente por toda a eternidade.

Para seu retiro, o Capitão Marvel escolheu a cidade de Porto Alegre, no Estado do Rio Grande do Sul, Brasil. Alugou um quarto numa pitoresca pensão do Alto da Bronze; pensava em escrever suas memórias. Nos primeiros tempos, o Capitão Marvel despertava a atenção da vizinhança. Sua capa vermelha, o interessante macacão que usava, faziam com que uma multidão de garotos corresse atrás dele, gritando: "Voa! Voa!" Desgostoso, o Capitão Marvel evitava sair à rua. Com o tempo, porém, foi caindo no esquecimento do público.

A televisão exibia novas séries filmadas; duas ou três revoluções eclodiram no país; e o Brasil tornou a levantar o campeonato mundial — o que não acontecia há muito tempo — graças a seu arqueiro, um mulatinho chamado Freud de Azevedo, que por uma curiosa aberração da natureza, tinha nascido com três braços.

Além disso, o Capitão Marvel tinha renunciado ao uso de seu uniforme tradicional e usava uma roupa comum, de tergal cinza. Suas memórias foram lançadas com relativo sucesso pela Editora Vecchi. À tarde de autógrafos compareceram autoridades civis, militares e eclesiásticas; críticos viram no livro valores insuspeitados, um novo olhar sobre o mundo. Mas depois disso, o Capitão Marvel foi novamente esquecido. Passava os dias no seu quarto de pensão, folheando velhas revistas em quadrinhos e relembrando com saudades o maligno Silvana, falecido de câncer muitos anos antes. À tarde, o Capitão Marvel trabalhava no seu jardim. Conseguira que a dona da pensão lhe cedesse o terreno atrás da cozinha e ali plantava rosas. Desejava obter uma variedade híbrida, mas todas as suas tentativas tinham sido vãs.

À noite, o Capitão Marvel assistia à televisão e ia ao cinema. Olhava com melancólico desprezo os heróis modernos, vulneráveis a balas, incapazes de voar, usando apenas a inteligência bruta. Depois voltava para casa, tomava um soporífero e ia dormir. Aos sábados, costumava ficar num bar perto da pensão, tomando cachaça com maracujá e conversando com antigos boxeadores.

Numa destas noites, em que o Capitão Marvel estava especialmente deprimido (já tinha tomado oito cálices de bebida), uma mulher entrou no bar, sentou-se ao balcão e pediu uma cerveja.

O Capitão Marvel considerava-a em silêncio. Durante sua longa vida, nunca dera muita atenção a mulheres; o combate ao crime era uma tarefa absorvente, então, e ele não desejava desperdiçar energias. Mas agora, aposentado, o Capitão Marvel podia olhá-la à vontade.

Não era uma mulher bonita. Teria cerca de quarenta anos, era baixa, gorda e estalava a língua depois de cada gole de cerveja. Mas era a única mulher no bar naquela noite de sábado.

Sentado à mesa, o Capitão Marvel olhou sua própria imagem no espelho descascado à sua frente. Mesmo naquele ambiente melancólico, era uma esplêndida figura de macho e ele não poderia deixar de reconhecer isso.

— "Posso sentar?" — O Capitão Marvel voltou-se. Era a mulher, com o copo de cerveja na mão. Sentou-se.

Conversaram algum tempo. O nome da mulher — pelo menos, foi o que ela disse — era Maria Conceição. O Capitão Marvel declarou chamar-se José e ser vendedor de automóveis. Sentia-se mal; ao contrário dos heróis modernos, não tinha o hábito da simulação, da intriga, do disfarce.

"Vamos para o meu quarto, bem?" — sussurrou a mulher às três horas da manhã.

Foram. Era no quarto andar de um velho prédio na rua Marechal Floriano. As escadas de madeira, pontilhadas de escarro e pontas de cigarros, rangiam ao peso dos dois. A mulher bufava e tinha de parar a cada andar.

"É a pressão alta." O Capitão Marvel teve vontade de tomá-la nos braços e subir voando; mas queria permanecer incógnito.

A mulher abriu a porta. Era um quartinho miserável, decorado com flores de papel e imagens sagradas. No centro, uma cama coberta com uma colcha vermelha.

Arquejante, a mulher voltou-se para o Capitão Marvel e sorriu: "Me beija, querido." Beijaram-se longamente. Sem uma palavra, tiraram a roupa e meteram-se na cama. "Como tu és frio, bem" — queixou-se a mulher. Era a pele de aço, a couraça invulnerável que tantas vezes protegera o Capitão Marvel e que já começava a enferrujar debaixo das axilas. O Capitão Marvel pensou em atritar um pouco o peito com as mãos; mas tinha

medo de soltar faíscas e provocar um incêndio. Assim, limitou-se a dizer: "Já vai melhorar. Já vai melhorar."
— "Vem, querido. Vem" — murmurou a mulher. O Capitão Marvel lançou-se sobre ela.

Um urro de dor sacudiu o quarto. "Tu me mataste! Me mataste! Ai, que dor!" — berrava a mulher. Assustado, o Capitão Marvel acendeu a luz: da vagina, corria um riacho de sangue. "Me enterraste um ferro, bandido!" Às pressas, o Capitão Marvel enfiou as calças. "Socorro! Socorro!" Sem saber o que fazer, o Capitão Marvel abriu a janela. Luzes começavam a se acender nas casas vizinhas. Ele saltou.

Por um instante, desceu; mas logo em seguida adquiriu equilíbrio e planou suavemente. Às vezes, soluçava. Lembrava-se dos tempos em que era apenas Billy Batson, modesto locutor de rádio.

Havia uma palavra capaz de fazê-lo voltar àquela época; mas o Capitão Marvel já a esquecera.

UMA CASA

Um homem estava chegando ao fim de sua vida sem ter comprado uma casa. Na segunda-feira tivera um ataque de angina; perguntou ao médico se era grave e quanto tempo lhe restava de vida.
— Quem sabe? — disse o doutor secamente. — Talvez uma hora, talvez dez anos.
O homem se impressionou e pôs-se a pensar, o que não fazia há longo tempo. Porque estava aposentado; levantava-se, lia o matutino, à tarde, o vespertino, e à noite olhava televisão, coisas que embalavam suavemente seu espírito, sem mobilizá-lo em excesso. Órfão e solteiro, não tinha maiores emoções; nem cuidados. Vivia num quarto, de pensão, e a senhoria — boa mulher — velava por tudo.
Mas então, vê o homem sua vida extinguir-se. Lavando-se, ele observa a água escoar pelo ralo e pensava: "É assim." Enxuga o rosto, penteia-se com cuidado. "Ao menos uma casa." Qualquer coisa: um chalé, um apartamento minúsculo, um porão que seja. Mas morrer em casa. No seu lar.
O corretor imobiliário mostra-lhe plantas e fotografias. O homem olha, impaciente. Não sabe escolher. Ignora se precisa de dois quartos ou de três. Uma tem até

ar-condicionado, porém ele não está seguro de viver até o verão.

De repente, encontra: "Esta aqui. Fico com ela." É um velho bangalô de madeira; um fóssil, com suas beiradas coloniais e a pintura desbotada. "É longe..." — pondera o corretor. Longe!.. O homem sorri. Assina o cheque, pega as chaves, toma nota do endereço e sai.

A tarde vem caindo e o homem move-se entre pessoas. Caminha ligeiro e contente: vai mudar-se para a sua casa. Na praça estão os carroceiros. Conversa com um deles em voz baixa, acerta a hora e a paga.

O carroceiro ajuda-o a transportar malas e quadros. E já é noite fechada quando eles se põem a caminho. O homem está silencioso; nem sequer se despediu da dona da pensão. Limitou-se a dar o endereço ao carroceiro e não proferiu mais palavra.

A carroça avança rangendo pelas ruas desertas. Embalado pelo movimento, o homem cochila; e tem sonhos, visões ou lembranças. Canções da infância ecoam longínquas, ele ouve a mãe chamá-lo para o café. As estrelas cintilam na quieta noite de inverno.

— É aqui — resmunga o carroceiro. O homem olha: é a mesma casa que viu na fotografia. Levam as coisas para dentro. Num impulso, o homem agarra a mão do carroceiro, deseja-lhe felicidades. Tem vontade de convidá-lo para entrar, para que tomem juntos o chá; em casa.

Mas não há chá; nem luz. O carroceiro recebe o pagamento e parte, tossindo.

O homem fecha a porta e dá duas voltas à chave. Acende uma vela, estende o colchão no assoalho empoeirado e deita, cobrindo-se com o sobretudo.

As tábuas estalam, ele ouve sussurros. Estão todos aqui, pai, mãe, tia Júlia e até o avô, com seu risinho irônico.

O homem não tem medo; seu coração é um pedaço de couro seco, onde o sangue já não penetra. Bate automático no ritmo de sempre. E então a vela se apaga, ele dorme e já é manhã.

É manhã; mas o sol não surgiu. Ele abre a janela; uma luz fria e cinzenta infiltra-se na sala. Nem é luz de sol, nem é luz de lua. Mas clareia e ele pode ver.

Uma rua passa diante da casa. Um pedaço de rua, que surge do nevoeiro e termina nele. Não há casas; pelo menos, ele não consegue vê-las. Diante do bangalô há um terreno baldio, onde descansa, meio coberto pela vegetação, o esqueleto enferrujado de um velho Ford.

De repente, um animal pula do terreno baldio para a estrada. É um bicho estranho: parece um rato, mas tem quase o tamanho de um cavalo. "Que bicho será?" — pergunta-se o homem, irritado. No ginásio, gostara muito de zoologia. Estudara em detalhe o ornitorrinco e a zebra; os roedores também. Quisera ser zóologo, profissão que, como o bom senso sobejamente demonstra, não existe.

Esquisita emoção tem o homem ao ver o curioso espécime. E nem bem se recuperara, quando ouve alguém assobiando.

Da neblina vem saindo um homem. Um homem baixo e moreno, com cara de índio. Caminha devagar, batendo nas pedras com um cajado; e assobiando sempre.

— Bom-dia!

O nativo não responde; para, ficou olhando e sorrindo. Um tanto desconcertado, o homem insiste:

— Mora por aqui?

O outro continua a sorrir; murmurou algumas palavras em idioma bizarro e desaparece.

"É um idioma bizarro" — pensa o homem. Então, é outro país. Bem que o corretor lhe avisara! Mas isso fora há longo tempo.

O homem corre para o bangalô, sobe as escadas velozmente ("E não me dá angina!"), galga os degraus do torreão e abre a janelinha.

Já a névoa se dissipava e ele pode ver. Rios brilhando ao longo das planícies, lagos piscosos, florestas imensas, picos nevados, vulcões fumegantes. Nos portos, as caravelas atracadas, os marinheiros subindo pelos mastros e soltando as bujarronas. E o mar; muito longe. Nem se escuta o bramir das vagas contra os rochedos.

O homem suspira.

"Sim, é outro país" — pensa — "e tenho de começar de novo".

Seriam dez horas da manhã — se é que o tempo ainda existia — e a temperatura estava agradável.

O homem começa tirando o sobretudo.

MANUAL DO PEQUENO TERRORISTA

A miséria, a opressão me deixavam doente, mesmo a distância, mesmo na fazenda de meu pai. A figura do demagogo me era particularmente abominável. Resolvi liquidá-lo. Intensifiquei minhas aulas de esgrima; surpreso e confuso, o professor já não era capaz de deter meus furiosos ataques. Ao mesmo tempo, os estudos de química me forneciam os conhecimentos de que eu necessitava. Em meu próprio laboratório preparei a bomba — rudimentar, mas com um poder avassalador.

Tudo pronto, tomei o trem para a capital. Hospedei-me numa pensão na Rua Riachuelo; à noite, enrolado num capote (sob o qual eu ocultava o espadim e a bomba), dirigi-me ao palácio. Constava-me haver ali uma recepção ao *haute monde*; meu plano era simples — irromper no salão de festas e arrojar a bomba ao monstro, gritando viva a liberdade, ou algo semelhante.

Para minha decepção, entretanto, o palácio estava fechado e quase às escuras; a rua, varrida pelo minuano, deserta. Apenas a sentinela, mosquetão ao ombro, passeava para lá e para cá, tossindo e praguejando baixinho.

Cheguei tão perto que pudemos nos encarar. Ele via um jovem altaneiro, de chapéu desabado sobre o rosto, sim, e de capote — mas de lenço de seda ao pescoço; eu via um homem também moço, mas bronco de cara, estúpido — um roceiro transformado em cão-de-guarda. O ódio me transtornou; decidi não regressar sem um ato que marcasse indelevelmente minha passagem pela cidadela da corrupção. Jogando a bomba para um lado (não explodiu felizmente, porque eu tinha me esquecido completamente de que ela estava pronta para detonar), saquei o espadim e avancei para o soldado, gritando, em guarda, miserável.

Engatilhou o mosquetão e apontou-o para mim. Hesitei. Joguei fora o espadim e saí a correr, em direção à Rua da Praia.

Seguiu-me gritando: para, sacana, para aí, sacana. Descemos a Ladeira. A rua ressoava sob nossas botas. Tropecei e caí, rolando de encontro à parede. Me alcançou, tornou a me apontar a arma, mandando que eu levantasse.

Eu não podia. Tinha quebrado a perna. Isso vi logo, porque ela estava dobrada como um ramo partido. Não posso, gemi, quebrei a perna.

Desconfiado, ele veio se aproximando. Encostou o mosquetão na parede, abaixou-se, meteu-me um dedo na perna. Berrei de dor. Parece que está quebrada mesmo, ele disse.

Levantou-se: mas eu tenho de te levar preso. Tu querias me matar.

Mas eu não posso, protestei. Na cadeia, com a perna quebrada? Vou morrer, lá.

Vai mesmo — concordou. Coçou a cabeça, estava com um problema; agora, te soltar não posso, não está direito, tu és um bandido...

Ficou pensando... A perna me inchava, eu não aguentava mais de dor.

Já sei, exclamou. Tu vais ficar aqui mesmo. Eu moro ali — apontou para o segundo andar da casa em frente, uma velha pensão — junto com meu irmão. Nós vamos te vigiar da janela. Espera aí.

41

Atravessou a rua e entrou no prédio. A luz se acendeu na janela, e notei, através da cerração, dois vultos — e dois canos de mosquetão. Um pousou no peitoril, apontando para mim.

O sentinela voltou correndo, com umas tabuinhas e pedaços de pano. Apesar dos meus gritos ele endireitou a perna e fez uma tala — resmungando sempre, me chamando de sacana.

Terminado o trabalho, subiu a Ladeira. Na janela iluminada, o vulto tinha desaparecido. Mas a arma continuava lá. Fiquei sentado na calçada, desamparado. A dor cedia e pude até dormir um pouco.

Acordei de madrugada; pessoas apressadas subiam e desciam a rua; no meu chapéu, caído perto, já se acumulavam alguns níqueis e até notas. Havia também um quarto de quilo de pão e algumas bananas. Mas da janela da pensão, entreaberta, emergia o cano da arma.

Isso tudo faz muito tempo.

A perna sarou. O capote foi se desfazendo; quando já não me protegia da chuva e do vento, substituí-o por uma lona que um verdureiro me deu.

Todos os dias eu via o soldado, a princípio fardado, depois já à paisana. Vi-o envelhecer; casou tarde, com uma mulher baixinha, meio indiática; teve três filhos, todos homens. Um é motorista de táxi. Os outros dois não sei.

O irmão é que não conheci. Entrava e saía muita gente daquele prédio, e quem seria o irmão do soldado? Nunca fiquei sabendo. O certo é que o cano do mosquetão continuava a aparecer pela janela entreaberta.

Até que demoliram o casarão, há uns quinze anos.

Mas aí eu já estava acostumado com o ponto. É meu, todo o mundo sabe. Às vezes aparece um que outro pedinte querendo se instalar por perto, mas eu os enxoto.

Não preciso de bomba para isso. Nem de espadim.

Numa manhã (bela, talvez) de janeiro do ano da graça de 19..., Maria da Silva, branca, solteira, de 26 anos, esquizofrênica, após tomar impulso decisivo lançou-se de cabeça contra a espessa parede do Hospital de Alienados, a qual confirmou a tradicional superioridade das pedras sobre crânios humanos. Deste choque resultou esta

PEQUENA HISTÓRIA DE UM CADÁVER

Maria, que durante toda sua vida fora um trambolho inútil para a família, e o último refúgio de soldados sem vintém, de repente passou a ter certo interesse, e mesmo, utilidade: seu corpo, colocado num caixão de pinho bruto, foi levado à Faculdade de Medicina, para ser usado em estudos de Anatomia. Havia falta de cadáveres, naquele ano, e Maria era esperada com ansiedade.

No momento em que o carro fúnebre penetrava no pátio da escola, era afixada no saguão a lista dos candidatos aprovados no exame vestibular. Olhos brilhantes, sorrisos brilhantes; olhos lacrimosos, corações lacrimosos. Paulo (não é preciso guardar este nome! Os reprovados são eliminados da luta pela vida) dirigia-se para casa: era o seu terceiro insucesso. Três anos perdidos numa luta inglória para ser médico. Valeria a

pena, afinal?...
Ao ver o furgão negro que trouxera Maria, teve pensamentos sombrios, dos quais a morte não andou longe; mas lembrou-se da próspera fábrica do pai, dos olhos de Mariza, e de uma garrafa de vodca. Conseguiu sorrir, e desapareceu.

— fevereiro

Maria da Silva & Companheiros — um negrão, ex-ponta-direita (o "Demônio da Pelota" há seis anos, depois bêbado, lanterninha do campeonato, desempregado, louco, e finalmente cadáver), o professor Miranda, astrólogo de profissão e catatônico por evolução (mesmo agora, era um velhinho sorridente) e outros, — Maria da Silva foi posta nua numa mesa. Se viva, não muito lhe agradaria, principalmente devido à proximidade do negro — pois embora pobre e doente, tinha seu amor próprio, muito próprio. Enfiaram-lhe uma agulha na veia — não para terapêutica, ai! — mas para o formol que lhe conservaria o corpo. Foi depois encerrada na geladeira, o que não era de todo desagradável, considerando a onda de calor que envolvia a cidade — e a porta se fechou, para um longo repouso.

— março

E veio o dia do Apocalipse. Abriram-se de par em par as portas da geladeira e os emissários do Senhor (Diretor) penetraram no ar frio e viciado para cumprirem seu dever. Os cadáveres foram tirados para fora e deitados em limpas mesas de pedra revestida de alumínio. E ali ficaram, contemplando o teto branco com olhos infinitos.
Nesse dia, começaram as aulas. Os novos alunos foram recebidos na Faculdade. Fazendo um discurso, um

deles — o primeiro colocado — declarou que os estudantes eram "cavaleiros andantes da medicina, armados não com couraça, lança e espada, mas com um tubo de ensaio, que procuravam, não o Santo Graal, mas um nobre ideal — salvar das garras da Parca implacável as vidas humanas confiadas à sua guarda".

Pela manhã, Quatro Cavaleiros entraram no necrotério. Não vinham em corcéis brancos, mas trajavam diversas padronagens de Banlon. E estavam assustados demais para desafiar quem quer que fosse. Andaram por entre as mesas, tentando aparentar a indiferente experiência que não possuíam; e traíam-se a todo o instante na boca seca, na voz embargada, e numa certa palidez de olhos arregalados.

— É engraçado — disse o Primeiro (autor do discurso, era alto, loiro, rico e tinha veleidades literárias) — é engraçado a gente começar a Medicina pela Morte, que é justamente o fim, o indesejável, o inimigo vitorioso...

— Vocês já pensaram — disse o Segundo (baixo, moreno, de olhos fundos e tristes — um revolucionário congênito) que estes cadáveres já foram gente como nós, gente que lutou, sofreu e acabou aqui? Se fossem ricos, teriam pelo menos o consolo de uma sepultura decente. Mas pobre não descansa nem depois de morto. Não deixa de ser uma lição...

— Por que é que vocês não param de cagar pela boca? Não chega de discursos? — perguntou o Terceiro, irritado. Fora um dos últimos da turma, mas estava ligado aos outros três por uma amizade nascida nos bancos do colégio. (Por isso, eles toleravam seu sorriso cínico, seu olhar oblíquo, seus ditos cortantes.)

O Quarto Cavaleiro nada disse. Avaliava os cadáveres, apenas. À luz de futuras dissecções. Mas, calado assim, foi ele quem descobriu Maria. Não Maria, gente;

45

sim Maria, aparelho genital feminino. — A ginecologia é uma das especialidades de maior futuro, murmurou ele para os outros três, na sua voz grave e medida.

Sucedeu portanto que os Quatro Cavaleiros encontraram Maria.

Ela sentiu-se feliz em conhecê-los: jamais havia visto, juntos, quatro rapazes tão bonitos, inteligentes e delicados.

Pela primeira vez, nos últimos dois meses, lamentou profundamente ser cadáver.

— abril

Começaram dissecando a perna de Maria. Veio o instrutor — um jovem e talentoso cirurgião — e disse: "Observem os senhores que tudo é importante. Estas veias aqui, do sistema safeno, é que originam as varizes do membro inferior... Sabiam os senhores que setenta por cento das pessoas têm tendência a varizes? Muitas devem se operar. E é isso, justamente, que vocês vão operar."

— E ganhar vinte mil cruzeiros — pensou o Quarto Cavaleiro.

E tomou seus instrumentos, meticulosamente guardados numa caixinha de metal, e lançou-se à obra com a paixão de um artista em criação. Os outros três, depois de estudarem o assunto, foram embora. Mas ele continuou.

O sol desceu na tarde, e ele continuava ainda. O servente tilintava impaciente o chaveiro, mas ele trabalhava com afinco.

Somente quando — as costas doloridas, os olhos irritados pelo formol — viu que eram sete horas, guardou o bisturi e foi jantar. Deixava na perna de Maria, meticulosamente dissecada, todo o sistema da safena bem exposto.

Estudou naquela noite, até adormecer de cansaço. E na manhã seguinte, dormia ainda, quando os companheiros chegaram ao necrotério.

— Alguém andou mexendo no nosso cadáver! — disse o Terceiro Cavaleiro indignado. — Bom, vamos cortar estas veias; de todo o jeito, temos de tocar pra frente.

Tocavam pra frente, quando chegou o Quarto Cavaleiro. Perguntou com voz tranquila (se soubessem! Era a calmaria que precede a tempestade):

— Quem estragou o meu trabalho?

— Então — disse o Terceiro — foste tu quem andou bancando o caxias aí na perna?

— Sem o conhecimento coletivo? — perguntou o Segundo.

— É, realmente, um egocentrismo sem limite — observou o Primeiro.

— Fui eu que cortei — disse o Terceiro. — E daí?

O Quarto Cavaleiro não respondeu. Sem pressa, quase distraidamente, extraiu o bisturi da caixinha, e pôs-se a cortar o quádriceps de Maria.

Tirou um bom pedaço, e de repente, num gesto violento, jogou-o na cara do Terceiro Cavaleiro.

A confusão reinou na casa da Morte: Deixem disso — chamem o Diretor — espera eu tirar as luvas — eu te quebro, cachorro — eu é que te ensino, bandido! — que é isto, senhores? Parecem crianças!

Apertaram-se as mãos, finalmente, e foram para o bar. Amigos.

Para alívio de Maria. Ela estava um pouco envergonhada de ter provocado tamanha agitação, que não conseguia entender. Afinal de contas, ela nunca tivera varizes.

47

— agosto

Seccionaram as costelas, e levantaram a parede anterior do tórax, como se fosse a tampa de uma caixa. Estava tudo em seu lugar, perfeitamente arrumado.

Cortaram um dos pulmões, e viram:

"Focos de variável extensão de pneumonia tuberculosa, que se apresenta macroscopicamente como zonas de diferente volume, de contornos apagados, com marcada tendência tanto à confluência, como à caseificação. ... Ao lado das lesões exsudativas se reconhecem outras, chamadas produtivas, que ao exame se apresentam como focos de contorno nítido, arredondados ou ovais e de cor grisácea." (Rey, Pangas, Massé: Tratado de Tisiologia.)

— Tuberculose — disse o Primeiro Cavaleiro.

— Eis o retrato do Brasil — disse o Segundo, de rosto carregado.

— Bobagem — tornou o Primeiro, bem-humorado — nós também somos o Brasil.

— Claro — disse o Segundo —, e ficou pálido de repente. — Para que tu tenhas o teu palacete, o teu automóvel, o teu uísque, esta mulher teve de morrer tuberculosa.

O Primeiro sorriu com superioridade.

— E tu já pensaste quantos tuberculosos eu curarei? Ao passo que tu...

— Eu o quê?

— Com estes teus recalques...

— Claro que sou recalcado! — gritou o Segundo. Um sujeito que lê jornal, que ouve rádio, que conhece a miséria brasileira, não tem de ficar recalcado? Pois se é de enlouquecer, até!

— E a Hungria?

— E Cuba?

48

— E a liberdade, onde está?
— E a comida, onde está?
E o Segundo Cavaleiro, irritado, cravou o bisturi no abdome de Maria.
— Ora, deixa disso, e vamos tomar um café — disse o Primeiro, conciliador.
Foram. Com o que, Maria tranquilizou-se finalmente.

— setembro

Quando lhe tiraram o coração — era primavera — Maria sentiu imensa pena. Embora a discussão dos Quatro Cavaleiros naquele dia tivesse provado que o sentimento é psíquico, metabólico, reacionário, idiotice, sublimidade espiritual etc. etc., para Maria, o coração sempre fora o órgão do amor.
Se assim não fosse, por que tantos sambas bonitos sobre o coração?
Por que tantas revistas em quadrinhos? — Por que tantas trovas bonitas? Hein? Por que seu coração batia mais forte toda vez que o José da padaria surgia na sua carroça?
Ah, José. Não soldado, mas tão bonito, mesmo assim! E bom! Brincava com ela: "Toma lá um pãozinho de leite, Maria! No nosso casamento, terá mais!" Brincadeira, claro. Então José casaria com ela? Esquizofrênica? Nunca-jamais!
Mas o coração, velho, tique-taque. Era o amor: aqueles cabelos pretos, aqueles olhos azuis, "love is a many splendorous thing" — cantava a filha da patroa, era primavera.
Amor no coração. E agora, o coração na fria mesa de alumínio, aurícula, ventrículo, válvula mitral. Qual, os homens não eram mais os mesmos...

49

Somente quando o Primeiro Cavaleiro olhou pela janela a radiosa manhã de primavera, e ficou de olho parado grudado no céu azul, e suspirou um suspiro fundo (havia também uma Maria em sua vida, Maria da Glória, normalista, bonita, miss-qualquer-coisa), somente então, Maria recuperou sua confiança na humanidade.
— outubro

Dos dois cadáveres de mulher, um apodreceu. Restava somente Maria, e era necessário estudar o aparelho genital feminino. Reunido com seus assistentes, e diante daquela grave emergência, o Professor houve por bem reunir todos os estudantes para mostrar em Maria, o que é que Maria tinha.

Na manhã daquela quinta-feira (havia o sol que tinha de haver, e os pássaros cantavam como tinham de cantar), Maria repousava no seu líquido leito de água e formol.

Os Quatro Cavaleiros, junto com outros colegas, estavam reunidos em pequenos grupos na sala de dissecção; havia no ar um ambiente de expectativa. Abriu-se a porta, e o Mestre entrou, seguido pelos instrutores. Detev-se diante das mesas de alumínio:
— Onde está? — disse, seco.

Houve um alvoroço, diante daquela imprevidência: haviam esquecido Maria! O Terceiro Cavaleiro adiantou-se:
— Eu vou buscá-la.

E foi. Tomou Maria nos braços. Maria sem pernas, de tórax aberto, de cabeça arrebentada, Maria pesava pouco e era fácil de carregar. O Cavaleiro avançou, solene, por entre fileiras de jovens igualmente solenes. Havia respeito nos olhares, e Maria sentiu-se imensamente grata.

Ah, se houvesse velas e lírios! Ah, se a família estivesse! E se soasse a Marcha Nupcial? A felicidade estaria completa!...

O Terceiro Cavaleiro a depôs sobre a mesa com carinho. O Mestre aproximou-se, tomou o bisturi e no gesto seguro que o fizera dos maiores cirurgiões do país, traçou uma profunda incisão no abdome.

— Vejam — disse — eis o útero e seus anexos. Todos se curvaram para ver o berço primeiro. Maria olhava-os com ternura. Eram todos seus filhos.

— dezembro

Exames finais.

(Piada: — "O senhor conhece este osso?" "Não, senhor — estendeu a mão ao osso. — Mas tenho muito prazer em conhecê-lo!")

(Angústia: — "O colédoco? Bem, o colédoco é formado... é constituído... pela junção do... Wirsung? Não, do Wirsung, não, é do... cístico, isto, do cístico e do... aquele que... ora, ali perto do... Bem! O melhor é partir do início, do conceito clássico; o colédoco é — ou melhor, pode ser concebido como sendo — um canal, uma derivação... Espere um pouco, professor, eu conheço este ponto, estudei um pouco antes de vir para cá! É a sua presença que está me inibindo, estou tendo uma perturbação emocional...")

(Revelações: o baixinho de óculos, tranquilo, que nunca falara antes, assombrando a banca com seus conhecimentos de neuroanatomia, citando trabalhos franceses, italianos, tchecos, criando uma concepção nova das vias medulares...)

Notas. O Primeiro Cavaleiro tornou a ser o primeiro. Vitorioso, partiu para sua aristocrática vivenda de praia — tostar um pouco as carnes brancas da cidade. Namorar um pouco. Um pouco de esportes, de coluna social, de bailes. Um pouco de estudo, também.

O Segundo Cavaleiro tirou boas notas. Partiu para

Recife, para o Congresso dos Estudantes Nacionalistas. Ia defender tese sobre socialização da medicina, assunto que vinha estudando exaustivamente há meses. E depois, conhecer o Nordeste!... Jangadas, praias, efervescência social!...

O Terceiro foi para casa, no interior, ver o pai que morria de câncer. Não disse a ninguém, mas tornou-se mais amargo e cortante do que nunca.

E o Quarto foi trabalhar com um cirurgião. Levantava-se todos os dias às seis, para auxiliá-lo. Veio o dia glorioso, porém, em que recebeu seu primeiro honorário — pequeno, aliás. Emoldurou uma das cédulas, colocou-a no seu quarto. (Depois de longos anos, ainda a guardaria, embora seu cofre estivesse recheado de notas. Ainda há sentimento, portanto.)

E Maria estava reduzida a muito pouco agora. Sem braços, sem pernas, sem cabeça, o tórax e abdome vazios, não era mais sombra do que fora.

Num daqueles dias, um jovem acadêmico trouxe a namorada e uma amiga desta para visitarem a Faculdade. Acharam interessante a Biblioteca e o Salão de Conferências, mas morriam de vontade de ver os cadáveres.

Desceram, pois, ao necrotério. O jovem estava orgulhoso, inclusive de sua familiaridade com os serventes.

Quando levantou a tampa do enorme tanque de formol, as meninas recuaram, horrorizadas: havia ali uma incrível mistura de mãos, crânios, pés, dedos, olhos, unhas, vísceras, cabelos, dentes.

— Não sei como é que vocês aguentam isto! — exclamou a amiga, tapando o nariz.

— E com estas mãos, que tocam cadáveres, tu tens coragem de me abraçar? — disse a namorada, indignada.

O rapaz apenas sorriu. As meninas olharam pela janela, viram uma chaminé vomitando fumaça preta.

— É o forno onde cremam os cadáveres — explicou o jovem.

Naquele momento, o que restava de Maria consumia-se em chamas: os ossos estalavam, a gordura crepitava, os ligamentos esfarinhavam-se em cinza.

— Eu nunca poderia estudar medicina — disse a amiga —, é preciso ter um coração de pedra.

— Mas é necessário — disse a namorada —, se não fossem eles, quem trataria as doenças? Quem salvaria vidas?

(Quase ajuntou: Quem casaria conosco? Mas teve medo das más repercussões desta frase espirituosa.)

O rapaz sentiu de repente um enorme cansaço, como se o peso do mundo tombasse sobre ele. Deixou-se ficar olhando os edifícios, as vidraças que respondiam violentamente ao sol ofuscante. E olhava o céu que era azul. A fumaça preta de Maria subia ao céu.

53

RÁPIDO, RÁPIDO

Sofro — sofri — de progéria, uma doença na qual o organismo corre doidamente para a velhice e a morte.
Doidamente talvez não seja a palavra, mas não me ocorre outra e não tenho tempo de procurar no dicionário — nós, os da progéria, somos pessoas de um desmesurado senso de urgência. Estabelecer prioridades é, para nós, um processo tão vital como respirar. Para nós, dez minutos equivalem a um ano. Façam a conta, vocês que têm tempo, vocês que *pensam* que têm tempo. Enquanto isso, eu vou escrevendo aqui — e só espero poder terminar. Cada letra minha equivale a páginas inteiras de vocês. Façam a conta, vocês. Enquanto isso, e resumindo:
    8h15min — Estou nascendo. Sou o primeiro filho — que azar! — e o parto é longo, difícil. Respiro, e já vou dizendo as primeiras palavras (coisas muito simples, naturalmente: mamã, papá) para grande surpresa de todos! Maior surpresa eles têm quando me colocam no berço — desço meia hora depois, rindo e pedindo comida! Rindo! Àquela hora,
    8h45min — Eu ainda podia rir.
    9h20min — Já fui amamentado, já passei da fase oral — meus pais (ele, dono de um pequeno armazém;

ela, de prendas domésticas) já aceitaram, ao menos em parte, a realidade, depois que o pediatra (está aí uma especialidade que não me serve) lhes explicou o diagnóstico e o prognóstico. E já estou com dentes! Em poucos minutos (de acordo com o relógio do meu pai, bem entendido) tenho sarampo, varicela, essas coisas todas.

Meus pais me matriculam na escola, não se dando conta que às 10h40min, quando a sineta bater para o recreio, já terei idade para concluir o primeiro grau. Vou para a escola de patinete; já na esquina, porém, abandono o brinquedo que parece-me então muito infantil. Volto-me, e lá estão os meus pais chorando, pobre gente.

10h20min — Não posso esperar o recreio; peço licença à professora e saio. Vou ao banheiro; a seiva da vida circula impaciente em minhas veias. Manipulo-me. Meu desejo tem nome: Mara, da oitava série. Por enquanto é mais velha do que eu. Lá pelas onze horas poderia namorá-la — mas então, já não estarei no colégio. Ali, me foge o doce pássaro da juventude!

11h15min — Saindo do colégio, resolvo dar um passeio pela cidade que não conheço e que nunca chegarei a conhecer — doença braba, esta minha, implacável. Caminho (pelo meu tempo) meses. Chego a uma vila popular. Vejo malocas miseráveis; vejo crianças nuas, sujas. Revolta-me este estado de coisas e choro pela pobre gente; pressinto que todos os latino-americanos são assim e choro pelos latino-americanos. Choro por mim.

12h15min — A hora seria de almoçar, mas não tenho fome. Além disso repugna-me comer um pão que não ganhei. E aí, passando por uma tipografia, vejo o anúncio: *Precisa-se de auxiliar.*

Entro. O dono da tipografia está saindo para almoçar. Peço-lhe o emprego, ele me diz para voltar no fim do expediente — à hora em que estarei me aposentan-

do, ou... Insisto: quero começar a trabalhar logo. Coça a cabeça, indeciso. Me dá um serviço: limpar o linotipo.
— Vai fazendo isso aí. Volto daqui a meia hora.

Volta, de fato, mas então já estou cansado dos anos de exploração, do trabalho sem salário. Discutimos, tenta me agredir; é mais rápido que eu, meus movimentos levam meses a se completar, mas mesmo assim consigo golpeá-lo com uma barra de ferro. Desaba. Morreu? (A morte, inevitável, mais hoje, mais amanhã — mais hoje, para mim.) Não, não morreu, está respirando, mas não posso pensar em ajudá-lo. Fujo. Não posso ser preso. Não posso sequer ser submetido a julgamento sumário. Fujo.

13h5min — Já não corro com tanta agilidade. Canso mais. É a velhice chegando! Estou numa rua sombria, estreita, de velhas casas. Entro pela primeira porta que acho aberta. Subo por uma velha escada de madeira mal iluminada, chego a uma espécie de salão.

Deitadas em sofás, sentadas em poltronas, ou esparramadas pelo chão — mulheres seminuas. Já tenho idade para compreender do que se trata, e não há tempo a perder, de modo que...

— Tu! — aponto uma moreninha, magra e até bonita. Me sorri. Topou. Bom. Pelo menos ali o tempo trabalha a meu favor.

Vamos para o quarto. Tiramos a roupa, nos sorrindo. Ela é a primeira; sinto que será a última; e então me entrego, esqueço a polícia, esqueço a noite que logo virá, esqueço tudo, beijo-a, beijo-a.

— Que é isto, bem? — ela, surpresa com os arroubos do cliente; mas comovida, vê-se. Me elogia, lamenta apenas que foi tão rápido. Rápido? Meses.

Levanta-se, vai ao banheiro. Eu fico deitado algum tempo. Muito tempo: quando me levanto estou calvo —

56

meus cabelos ficaram sobre o travesseiro. Junto-os, e não sem dor, jogo-os pela janela. Leva-os a brisa. — Não sabia que usavas peruca, bem — ela, voltando. — Casa comigo — suplico. — Casa comigo, vamos ter um filho. Arrojo-me a seus pés. Pensa que estou fingindo, fica amuada, diz que a gente não deve brincar com essas coisas. Não acredita em mim! Mas eu estou falando sério! Uma gritaria lá fora. Espio pela janela: é o dono da tipografia, com um guarda: Reconheceu meus cabelos, levados pelo vento! Com imenso pesar despeço-me da morena e fujo pelos fundos.

14h2min — Caminho pela rua, com muita dor na perna: feri-me ao escapar pela cerca de arame farpado nos fundos da casa da morena. Mas não posso parar. Encontro minha mãe. Diz que meu pai ficou doente — de desgosto, afirma — e que precisa de mim para tomar conta do armazém. Respondo que tenho de encontrar o meu próprio caminho. Minha mãe me olha de maneira estranha, como se não me reconhecesse. De fato, mudei muito nos últimos... minutos? Meses, quero dizer.

Me queixo, pela primeira vez em minha vida. Me queixo da ferida na perna. Quando levanto a calça (que já ficou curta) o aspecto da ferida surpreende até a mim — é uma coisa horrível de se ver. Tenho de tomar uma providência imediata.

— Adeus, mãe! — Abraço-a. — Vou ao médico, mãe! Saio correndo. Na esquina — a anos-luz de distância — paro, volto-me. A mãe abana-me, desconsolada. Boa mãe, aquela. Voltaria a vê-la?

15h8min — Invado o consultório do Dr. Schuler — Clínica Geral & Cirurgia. A recepcionista levanta-se, espantada. Pede-me que aguarde na sala de espera. Sala de espera! Rio-me. Salas de espera não existem para mim, grito, e acrescento, ameaçador: quero ver o doutor imediatamente. A recepcionista me toma pelo braço, pretendendo conduzir-me porta afora. Engalfinhamo--nos. Engalfinhados, sinto seus seios contra o meu peito. *Casa comigo* — sussurro-lhe ao ouvido. Mas não, não quer casar. Quer lutar.

A porta se abre, o doutor aparece.

— O que se passa aqui? — pergunta, um homenzinho tímido, com voz de ovelha — de ovelha alemã.

Largo a minha quase-noiva e entro pela sala dele adentro, levando-o de roldão.

— Desculpe, doutor — vou dizendo, enquanto tiro a roupa — mas sofro de progéria e quem tem esta doença, o senhor sabe melhor do que eu, não pode aguardar em salas de espera.

Me olha espantado, piscando atrás das grossas lentes. Mas (à voz de *progéria*, certamente) o sagrado espírito do diagnóstico já tomou conta dele; aproxima-se, passa a mão em meu rosto, muito atento:

— Sim... É progéria, realmente... Eu nunca tinha visto um caso, mas não há dúvida: progéria... Interessante...

(Carrega nos erres, pronuncia mal. Não vou corrigi-lo. Tenho apenas o primeiro grau, enquanto ele é um doutor.)

— E o que lhe incomoda, amigo? — diz, depois de alguns minutos — meses.

Nu que estou, mostro-lhe a perna. A ferida agora está preta, exala um mau odor terrível. É a gangrena, reconheço. Nunca ouvi este nome, mas sei perfeitamente que se trata de gangrena.

— Gangrena — diz o doutor, abaixando-se. — Interessante... Progéria, gangrena...

Interessante, diz o doutor, e isso me dá raiva. Interessante, duas doenças juntas? E não quer mais nada,

safado! Não quer um cancerzinho também? Não quer um derramezinho, não? Mas logo me arrependo. Está a meus pés — um doutor! — e eu pensando mal dele.
— O que é que se faz, doutor? — eu, ansioso. (Mas não aflito, hein? Aflito ainda não. Daqui a pouco, talvez. Agora, só ansioso.)
— O caso é de amputação — ele diz, erguendo-se. — De amputação.
— Amputa, então! — Eu, amável e enérgico, desesperado e estoico, calmo e ansioso, sorriso nos lábios e angústia no olhar. — Amputa!
— Como? — Pensa não ter ouvido, o doutor; é meio surdo (desgraça da qual estou — até agora — poupado). — Como?
— Amputa! Amputa logo!
— Bem... — reluta, vê-se. — Neste caso vamos ter de providenciar a baixa em hospital, para amanhã, ou talvez...
— Nada disso — atalho. — Amputação agora!
(Frase sintética. Progéricos valorizam síntese.)
— Agora? — Força-me a repetir. Homenzinho duro de entender.
— Agora e aqui. Aqui e agora.
— Mas eu não posso... É humanamente impossível... Olho ao redor. Há um banquinho de ferro que me serve muito bem. Passo a mão nele:
— Ou me amputas ou te mato, velho!
— Mas... — agora está apavorado — e a dor?
— Esquece a dor! A dor é comigo!
Sento-me na pequena mesa cirúrgica. Resmungando, ele espalha iodo na minha perna, coloca luvas de borracha, tira os instrumentos de um armário de vidro e começa.
A princípio dói pouco — é tecido morto que ele corta, tecido que morreu um pouco antes do organismo de que faz parte. Eu, olhando-o trabalhar, eu gracejo, eu solto gargalhadas.

Mais adiante, porém, a coisa vai ficando dolorosa — eu berro, entusiasmado, ao sentir a estimulante dor. Que coisa boa é estar vivo, doutor — digo, enquanto ele me cauteriza a ferida sangrenta.

Terminando, ele se levanta, vai à outra sala e volta com uma muleta.

— É da minha mulher — diz. — Mas acho que vais precisar mais do que ela.

— Obrigado, doutor — digo, comovido, e peço a conta — só por pedir, pois não tenho dinheiro — não houve tempo para poupança. Ele diz que não vai me cobrar nada, mas acrescenta:

— Se não te incomodas, gostaria de ficar com tua perna. Pretendo pesquisar o metabolismo destes tecidos...

Faz uma confidência: meu sonho, diz numa voz trêmula, era ser cientista. Ainda não perdi a esperança de fazer uma descoberta importante — como a causa do envelhecimento, por exemplo. Se eu encontrar o defeito básico da progéria — acrescenta, os olhos brilhando — a humanidade poderá enfim controlar o envelhecimento: a verdadeira Fonte da Juventude!

— Será que até as seis horas o senhor descobre alguma coisa? — pergunto, armado de uma tênue esperança.

— Acho que não — me diz, condoído, mas sincero. Não pode me mentir. Não deve me mentir. — Mas vou tentar. Prometo que vou tentar. Me telefona mais tarde. E agora — consulta o relógio — se quiseres te vestir... Fica à vontade.

Minha consulta terminou, é o que ele quer dizer. Tenho mais o que fazer, perneta, te manda.

Apanho minhas roupas e, com auxílio da muleta, passo para a sala ao lado. Movo-me lépido: já me adaptei à nova maneira de andar. Impressionante: o que outros levam meses para aprender, eu aprendo em minutos. O que é justo, aliás.

Estou na sala de visitas da casa do doutor. Aproximo-me de um espelho, examino meu rosto com atenção. Noto que o processo de envelhecimento não cessa; ao contrário, parece ter se acelerado nos últimos minutos — meses. As rugas se acentuaram, os poucos cabelos que restavam branquearam, as sobrancelhas tornaram-se hirsutas. A linha das sobrancelhas corresponde aos meandros deste rio que flui por minha cabeça. Ali, nos meandros, se acumulam a galharia, as penas perdidas dos pássaros silvestres, os gravetos. Lombo de porco-espinho, lombo sujo de porco-espinho. (Essa comparação não está muito boa. Paciência. Qualquer literato com mais de quarenta anos poderá fazer uma comparação melhor do que a minha. Um dia resolverei este problema.)

— Bonito, o que o senhor fez comigo.

Volto-me. É a mulher do doutor, numa cadeira de rodas; como eu, tem a perna amputada. Me olha com raiva. Sei por quê: estou com a muleta dela.

— Desculpe, senhora — digo, tentando ser amável para quê? É uma velha; não nos engalfinharemos, e é casada; não casará comigo. Olho o rosto enrugado, estremeço, é o meu rosto que vejo ali. Murmuro qualquer coisa, peço licença e saio.

16h45min — Já! Tão tarde!

16h47min — Estou gostando de viver. Paro numa banca de revistas. Capas coloridas com lindas mulheres... Coisa bem boa. Pego um jornal e leio uma notícia: fala em descobertas sensacionais. Médicos americanos...

E se eu fosse para os Estados Unidos?... E se lá eles me curassem?... Seria ótimo, mas... haverá tempo? E o dinheiro? Se eu pudesse apostar na loteria, e se a extração fosse agora, e se eu ganhasse, e se me pagassem logo, e se eu corresse ao aeroporto, e se eu fretasse um jato particular...

61

Disfarçadamente, rasgo a notícia, me afasto dali, entro numa agência lotérica.

— Tem alguma extração hoje? — pergunto.

— Às cinco — me diz o homem, olhando o relógio.

— E eu tenho o final treze, hein? Aproveita, que eu tenho o final treze.

— Escuta... — Inclino a cabeça em sua direção, mas desisto. Não, não me dará o bilhete de graça, nem eu dizendo que sofro de progéria, nem eu argumentando que tenho os minutos contados. Não: não tem cara de quem dá bilhetes de presente.

Saio à rua. Cada vez me locomovo com mais dificuldade. Não é só a perna amputada; é o insidioso reumatismo que me invade, nesta tarde nevoenta de inverno.

Vejo uma moça parada diante da banca de revistas. Abre a bolsa, tira um maço de notas. Sem pensar, dou um bote — zás! — arrebato-lhe o dinheiro, saio correndo — correndo! De muleta! Me agarram logo adiante, três rapazes barbudos.

— Rapazes... — suplico.

A moça vem correndo.

— Moça! — grito. — Me ajuda, moça! Sou doente!

Um guarda me agarra pelo braço, uma pequena multidão já está formada a meu redor. Velho, aleijado e ainda por cima ladrão — comenta uma velha. Cala a boca, velha — digo, e o guarda me dá um safanão.

A moça se aproxima, ofegante. Não é bonita; usa óculos, tem uma boca muito grande, mas... bem, eu lhe pediria para casar comigo, se tivéssemos nos encontrado em outras circunstâncias... Agora é tarde. Só resta esperar a noite. A moça me olha.

— Acho que me enganei — diz. — Acho que ele não me roubou nada.

Abre a bolsa.

— É. O dinheiro está todo aqui. Me enganei.

O guarda reluta, mas acaba por me liberar, não sem me avisar que na próxima vez eu vou em cana de qualquer jeito. Na próxima vez... Coitado! Não conhece a força da progéria.

As pessoas se dispersam. A moça fica parada, me olhando. Consulto o relógio. São 17h — em ponto. A loteria correu e eu não preciso ser adivinho: deu o treze, lá se foi a minha viagem, a minha cura. Uma vertigem... Ela me ampara.

— Desculpe — murmuro. — É que desde os seis anos não como nada.

Me olha, incrédula, opta por rir. Rimos os dois, ela se oferece para me pagar uma taça com pão e manteiga.

— Se me devolveres o dinheiro, claro — acrescenta.

Rimos de novo, eu lhe devolvo o dinheiro.

17h18min — No apartamento dela, as roupas sobre a cadeira, a muleta no chão, o coto da perna apoiado na guarda da cama, eu sobre ela, eu tentando, molhado de suor, eu tentando, gemendo, eu tentando, o corpo todo me doendo, não é fácil na minha idade. Ela me olha. Antes era com amor. Agora também é com amor — mas com piedade também.

Sento-me à beira da cama.

— Não dá?

— Não dá — suspiro.

— Quem sabe?... — Ela, querendo ajudar.

Levanto-me, apanho a muleta, caminho de um lado para outro. Me ocorre uma ideia:

— Onde é o telefone?

— Ali — diz, surpresa. — Mas o que estás pensando...

Pego a lista telefônica: Tremo tanto que não consigo virar as páginas. Ela tem de me ajudar. Descubro o número do Doutor Schuler, ligo para ele. Ocupado. Torno a discar. Ocupado de novo! Meu Deus, será que *nunca* terei sorte? Por fim consigo a linha livre.

63

— Alô, doutor — Eu, angustiado. — Ai, doutor, eu tentava e tentava, e o seu número sempre ocupado...
— Era a minha mulher, encomendando uma muleta nova. — O doutor, calmo como sempre. — Mas o que é que manda, amigo? Como está a amputação?
— Doutor! — grito. — Doutor, a amputação está bem, eu que não estou bem! Doutor, envelheço minuto a minuto! Doutor, estou morrendo! Doutor, o senhor descobriu alguma coisa?
— Eu mesmo não descobri, mas sabe...
— Ai, doutor! — O abismo do desespero.
— Mas sabe — ele continua — que a minha recepcionista estava tomando leite aqui na minha sala — ela sofre de úlcera, sabe — e aí ela deixou cair a úlcera, aliás, o leite, na sua perna, quero dizer — na sua antiga perna — e eu acho, me parece, sabe, que a perna mudou de aspecto, a pele ficou mais lisa, mais acetinada...
— Leite!
Volto-me para a moça — como é o nome dela? nem sei o nome dela — pergunto, ansioso:
— Tens leite aí, amor?
— Não — responde — não costumo tomar café em casa, de modo que...
Já não escuto. Larguei o telefone, corri para o quarto. Trêmulo, tento enfiar as calças. Caio duas vezes. Por fim, com o auxílio dela, consigo me vestir.
— Rápido! — grito. — Vamos comprar leite!
Olho o relógio; são

DEZESSETE HORAS E QUARENTA E DOIS MINUTOS

— acredito, é uma convicção profunda que eu tenho, uma fé que vem de dentro, uma crença arcaica — que o prazo fatal termina às *dezoito horas*. Temo esse número, dezoito. Temo os ponteiros em oposição, um apontando para cima, outro para baixo, um para o céu, outro para o inferno, temo o negror dos ponteiros e dos números, anseio pelo branco do leite e

DEZESSETE HORAS E QUARENTA E CINCO MINUTOS – o elevador que não vem!

— Vamos pela escada! — grito.

— Mas tu não podes — me diz, os olhos cheios de lágrimas. — Estamos no oitavo andar e tu com essa perna amputada...

— Posso sim!

Me segura, aponta o pequeno painel sobre o elevador. Os números se iluminam: o *um*, o *dois*, o *três*...

— Vem subindo, estás vendo?

Sorri. É uma moça muito boa. Trabalha num escritório, faz poesias. Vive sozinha porque quer encontrar o seu caminho. O seu amado. E eu...

A porta do elevador se abre.

— Olha quem está aí! — Ela, muito alegre. — Meu pai! Há quanto tempo, papai!

O dono da tipografia.

— Seu salafrário! — Me reconheceu! Me reconheceu, apesar da idade! — Seu velho salafrário! Com a minha filha, assassino!

Vacilo. Ela me ampara. Muito tarde... O frio da noite já me invade os ossos. Sento no chão, apoio a cabeça na parede.

— Escreve tudo — peço. — Escreve tudo, como se fosses eu.

Meus olhos se toldam. A última coisa que vejo: ela abre a bolsa, tira lápis e papel, começa a escrever: *Sofro — sofri —*

65

ESTADO DE COMA

1902 — Subitamente — nenhuma doença antes, nenhuma febre, nenhum golpe na cabeça, nenhum desgosto — o menino Jorge Henrique Kuntz, de treze anos, residente no bairro da Floresta, em Porto Alegre, entra em coma. Ao menos este é o diagnóstico que formula o Doutor Schultz, médico da família, perplexo diante do estranho caso deste rapazinho que, nunca tendo tido uma doença grave, deitou-se e não mais acordou, apesar dos gritos, das súplicas, das cautelosas picadas de alfinete. É coma, diz o médico, e a família recusa-se a acreditar: o rosto rubicundo, o leve sorriso, a respiração tranquila — isto é coma? Isto é coma, doutor? — pergunta indignado Ignacio José Kuntz, marceneiro e faz-tudo, pai do menino. A mãe, Augusta Joaquina Kuntz, não pergunta nada, não diz nada; chora, abraçada aos outros filhos: as gêmeas, Suzana e Marlene, dois anos mais velhas que Jorge Henrique; e Ernesto Carlos, o caçula. O médico, confuso, apanha a maleta e se retira.

1903 — Muito jeitosos, e bem orientados pelo bondoso e paciente Doutor Schultz, os pais de Jorge Henrique aprendem a alimentá-lo; usam para isso um tubo de borracha flexível, que, introduzido por uma narina, chega ao estômago. Por ali fornecem ao menino os caldos, as papas e os sucos de que ele tanto gostava quando estava lúcido.

Aprendem a movimentá-lo no leito, a exercitá-lo, a mantê--lo limpo. Como resultado, Jorge Henrique se desenvolve bem. Os músculos são fortes, a pele é lisa, acetinada. As unhas crescem e são aparadas; os cabelos também crescem, mas não são cortados — trata-se de uma promessa de Augusta Joaquina.

É bonito, o rapaz. O leve sorriso nunca lhe desaparece do rosto. Dir-se-ia apenas adormecido.

1910 — Vocês só pensam nele, só cuidam dele! — brada um dia Ernesto Carlos ao almoço. Pálido de raiva, Ignacio José levanta-se e ordena ao rapagão, de rosto pastoso e espinhento, e feros olhos azuis, que deixe a casa. A mãe e as irmãs choram, Ernesto Carlos faz as malas e sai, batendo a porta.

A família vai, em conjunto, visitar Jorge Henrique em seu quarto. Está um homem, murmura Augusta Joaquina, e é verdade: o rapaz já tem barba. Ao banhá-lo amorosamente com uma esponja, ela não pode deixar de observar os pelos, o matinho loiro que viceja sobre o púbis e já invade o ventre. Augusta Joaquina cora, mas prossegue o seu trabalho: unta com óleo toda a pele, que, graças a este e a outros cuidados, apresenta-se lisa, perfeita, sem uma escara, sem uma ferida. Jorge Henrique pode dormir em paz o seu sono.

1914 — Início da Primeira Grande Guerra.

1915 — Os cabelos de Jorge Henrique crescem, crescem. A mãe procura mantê-los limpos e asseados. E bonitos: às vezes faz tranças, às vezes bucles ou coques. Desembaraçado, o cabelo fino e loiro flutua no ar, escorre pelos lados da cama até o chão — sob o olhar maravilhado dos pais e das irmãs. A barba também é loira, mas não suscita tanta admiração.

1916 — Uma das gêmeas, Suzana, tem um sonho estranho. Vê o irmão num palácio, sentado num trono monumental, a cabeleira loira emoldurando-lhe, como uma auréola, o rosto resplandecente. Sorri para ela, o Jorge Henrique, fala-lhe numa língua desconhecida.

O sonho é de extraordinária brevidade, mas tanto basta para que Suzana se sinta investida de uma missão: deve despertar o irmão de seu torpor, deve conduzi-lo à posição de honra e destaque que o destino lhe reserva. Expõe aos pais esse fervente desejo; eles titubeiam, vacilantes quanto à conveniência de medidas que aparentemente carecem de suporte lógico e que podem até prejudicar o rapaz. Mas o entusiasmo da filha acaba por convencê-los; autorizam-na a tentar o que parece um plano absurdo.

Suzana atira-se com denodo à tarefa.

Sucedem-se as massagens, os gritos de estímulo, as preces à beira do leito. Infusões das mais variadas ervas são despejadas pelo funil da sonda.

À flagelação com toalhas úmidas segue-se a aplicação de compressas quentes e de bolsas com gelo. O sangue de um frango novo é derramado sobre o peito e os genitais do rapaz.

Tudo inútil. O doente continua tão letárgico quanto antes.

Suzana se desespera. Na madrugada do trigésimo dia encontram-na enforcada, pendendo de um abacateiro no pátio.

1917 — Revolução Russa.

1918 — Fim da Primeira Guerra Mundial. Espalha-se pelo mundo a gripe espanhola. A doença poupa a família Kuntz. Mesmo assim, Ignacio José e Augusta Joaquina vivem dias de angústia; temem que os germes se infiltrem por alguma frincha da casa. Vaporizam ácido carbólico no quarto, vigiam atentamente o filho, tiram-lhe a temperatura todo o dia.

Passa o perigo. *Infelizmente, nada aconteceu ao Jorge Henrique* — diz Marlene, a leviana Marlene. Dá-se conta do lapso e pede desculpas, com um sorriso; mas já os pais a encaram com suspeição.

1919 — Na noite de vinte e três de dezembro — uma noite quente, abafada, Ignacio José acorda sobressaltado. Tomado de um súbito pressentimento, salta da cama e corre para o quarto do filho. Uma fraca lamparina ilumina o rapaz que, coberto por um lençol, dorme tranquilo. Aparentemente está tudo bem; mas Ignacio José continua inquieto. Senta-se e fica observando. A respiração do rapaz se acelera. Alguma coisa acontece! Ignacio José põe-se de pé, os olhos esgazeados. Aproxima-se da cama e, os dedos trêmulos, arranca o lençol.

O pênis se levanta. Um enorme pênis emerge do tufo de pelos loiros, fica ereto, oscilando rítmico. Meu Deus, murmura o pobre homem, e deixa-se cair na poltrona, arrasado.

O rapaz agora se mexe; a testa perolada de suor, a boca entreaberta — seu rosto é uma máscara de angústia. Ignacio José não pode suportar o sofrimento do filho. Sai precipitadamente. Volta a seu quarto, veste-se sem fazer ruído e desliza para fora, para a rua.

Dirige-se para a Cidade Baixa, chega à viela das prostitutas. Mulheres muito pintadas, de vestidos colantes, umas usando chapéus com plumas, outras com esquisitos penteados, caminham de um lado para outro, proferindo palavrões, casquinando risadinhas, fazendo gestos obscenos. O rosto ardendo de vergonha, Ignacio José caminha entre elas. Causam-lhe asco.

De repente dá com uma jovem encostada a um muro; os olhos baixos, as vestes modestas, a moça parece mais recatada que as outras. Ignacio José hesita ainda um instante, e dirige-se a ela. Em voz baixa, diz a que veio, faz uma proposta. A moça olha-o, surpresa e desconfiada;

pergunta, quer detalhes. A cara honesta de Ignacio José a convence. Vamos — diz.
Percorrem apressados as ruas adormecidas. Entram pelos fundos da casa, vão direto ao quarto de Jorge Henrique. Ignacio José abre a porta, mas não olha o filho: está bem, moça, diz em voz baixa, pode entrar.
Ela entra, fecha a porta atrás de si.
Ignacio José espera no corredor, nervoso, o suor a lhe pingar do rosto. Minutos depois a porta se abre e a moça sai, se arrumando. Pronto — diz. Correu tudo bem? — pergunta o homem, ansioso. Tudo bem — ela diz, e se cala. Quanto é, pergunta Ignacio José. Ela menciona uma módica quantia. Ele paga, acompanha-a até a rua. Ela se vai, sem olhar para trás.
1920 — O Doutor Schultz acha que a situação de Jorge Henrique é estável: nem melhora, nem piora. Assusta-o porém o aspecto de Ignacio José; não lhe agrada nada o tom arroxeado dos lábios, a respiração curta e ofegante. Adverte-o: você precisa se cuidar, Ignacio José. Ao que o homem replica: cuide de meu filho, doutor, que o senhor estará cuidando de mim. O médico se vai, resmungando: isso ainda vai acabar mal; o inverno vem aí...
Mas Ignacio José consegue resistir ao inverno. Chega a primavera, o verão; uma noite ele está sentado junto à cama do filho, lendo o jornal, quando batem à porta. Abre tu, marido — grita a mulher, da cozinha —, eu estou ocupada. Ele suspira, põe o jornal de lado, e vai abrir.
É uma moça. O xale que lhe cobre a cabeça oculta-lhe parcialmente o rosto. Tem um bebê ao colo.
— Deseja alguma coisa? — pergunta Ignacio José.
— Não me reconhece? — ela diz, e com um gesto brusco arranca o xale. Ignacio José recua, assombrado: é a jovem prostituta que ele trouxe para o filho. Mas seu

espanto logo se transforma em ira. O que vieste fazer aqui? — vocifera, fechando a porta atrás de si. — Não tenho mais nada a ver contigo. Já te paguei, não te devo nada...

— Não? — ela, desafiadora. Mostra o bebê. — E isto aqui, o que é?

Ignacio José olha espantado a criança — loira, de olhos azuis.

— Não pode ser — balbucia.

— Pode ser — ela grita, triunfante. — Pode ser! Faz as contas, velho!

— Não grita — suplica o homem. — Minha mulher está aí dentro...

A moça ri.

— Sei. E tens medo. Será que ela vai acreditar na história? Será que ela não vai pensar que o filho é teu?

Ignacio José está transtornado:

— Olha, aqui não podemos conversar. Quem sabe a gente dá uma volta...

— Nada disso. Vamos resolver a coisa aqui mesmo. E já. — Ela agora está firme, resoluta; mas ele insiste, suplica até. Ela acaba concordando.

Saem a caminhar. Ignacio José a conduz por ruelas escuras e desertas. Não fala. Não sabe o que dizer. Nem o que fazer. Pensamentos desesperados rodopiam em seu cérebro. Um crime: apanhar na sarjeta um pedregulho de bom tamanho...

Ela parece que adivinha esses desígnios: de súbito, detém-se:

— Escuta, velho — diz, abraçando forte a criança, os olhos brilhando de ódio — se pensas que vais acabar comigo, estás enganado. Sei me defender!

Enfia a mão no decote, extrai de lá uma navalha que já vem aberta, a lâmina reluzindo. A criança berra, o homem

recua um passo. Perdão, moça — murmura. — Nem sei o que faço... Esta velha cabeça... Encosta-se a uma árvore, prorrompe num pranto convulso. Ela olha-o, atônita. Guarda a navalha, aproxima-se, coloca-lhe a mão ao ombro:
— Desculpe, meu senhor, eu não queria...
— Ah, moça — ele diz, a voz entrecortada de soluços. — Ah, moça, se soubesses como tenho sofrido... Esse filho... Desde os treze anos assim...
Ela enxuga os olhos. Também sei, diz, olhando o bebê, o que é sofrer por um filho.
Ignacio José tira o lenço do bolso, assoa-se ruidosamente, sorri: e como é o nomezinho dele, pergunta. Jorge Henrique Filho, ela diz. Ele se sobressalta: mas como é que sabias... Tu me disseste, ela responde. Ri: posso te chamar de sogro? Ele faz que sim com a cabeça, um pouco constrangido. Pois é isso, sogro — ela diz.
Ficam um instante em silêncio. O bebê recomeça a chorar, ela acalma-o com a chupeta. Pergunta por Jorge Henrique: está melhor?
— No mesmo — suspira Ignacio José. — No mesmo.
— Não atina com nada?
— Com nada.
— Mas que coisa. Que doença braba.
Nova pausa.
— Gostei do teu filho — ela diz. — Mesmo ele sendo abobado, gostei dele. — Cala-se, fica a olhar a criança. — Sozinha, não posso criar este nenê. Tu me aceitarias na tua casa, sogro?
— Não posso — diz ele, em voz surda.
— Eu sabia — ela diz, sem mágoa. — E o meu filho, tu aceitarias?
Ele estende os braços: dá para cá. Pega a criança, atrapalha-se, o bebê recomeça a chorar. Perdi a prática,

resmunga Ignacio José. Ela ensina-o a embalar o nenê para que não chore. Suspira:

— Bom, sogro, acho que vou indo.

Num impulso ele beija-lhe a testa. Oferece-lhe dinheiro. Ela recusa e se vai.

Com o bebê nos braços Ignacio José volta para casa. A mulher vem-lhe ao encontro, aborrecida:

— Onde é que estavas? Te chamei...

Para, atônita, ao ver o que o marido carrega.

— Olha o que deixaram à nossa porta — ele diz, sorrindo.

1922 — Jorge Henrique no mesmo. Dir-se-ia um encantamento, exclama o Pastor Joseph.

Quanto ao menino, cresce, desenvolve-se bem. É travesso, corre por toda a casa; mas jamais entra no quarto do comatoso, a quem teme. É muito afeiçoado à Marlene. Esta dá-se mal com o pai e a mãe; no centenário da Independência faz comentários irônicos sobre a vida em família.

Ignacio José pouco tempo tem para o guri; quanto à Augusta Joaquina, ignora ostensivamente o neto, deixando à filha a tarefa de criá-lo. Vem, Bebê, diz Marlene, vamos para o quarto, aqui não nos querem. Ignacio José engole a raiva. Nada pode fazer.

1923 — As notícias da Revolução, de filhos arrancados ao lar, de combates, de carnificinas, inquietam Ignacio José: chegará a Porto Alegre a conflagração? Preocupa-se demais, não dorme à noite. Acaba tendo um edema agudo de pulmão. Eu bem que avisei, diz o Doutor Schultz, chamado às pressas. Recomenda hospitalização. E no hospital morre Ignacio José, não sem antes ter revelado à consternada esposa a verdade sobre o menino.

Voltando do enterro, os olhos vermelhos e inchados, Augusta Joaquina dirige-se ao quarto do filho. Ali está ele, deitado, a fisionomia tranquila como sempre: na aparência, um sono comum, não fosse pelo tubo de borracha introduzido na narina. *Mas por que não morre, este desgraçado?* — grita Augusta Joaquina (é a amargura acumulada que extravasa). — *Por que fica aí nos fazendo sofrer?* (Tem vontade de despejar soda cáustica pelo tubo. Tem vontade de decepar com o machado a cabeça de olhos cerrados.) O neto aparece à porta, carregando um gatinho. Olha, vovó — diz, rindo, olha o que eu achei. Sai daí, nojento, ela diz, a voz enrouquecida. O menino, surpreso, corre para seu quarto: Marlene! A vó gritou comigo, Marlene!

Augusta Joaquina torna a olhar o filho. Os cabelos loiros, espalhados sobre o travesseiro, brilham ao sol que entra pela janela. Ela ajoelha-se junto à cama, pede perdão e chora à vontade.

1924 — Com a morte do marido, Augusta Joaquina passa a dormir no quarto de Jorge Henrique. Seu catre fica junto à cama do filho; às vezes, ao revolver-se em seu sono inquieto, mergulha o rosto nas macias madeixas. Uma carícia que a conforta.

Marlene se mostra cada vez mais apegada ao menino (cujo apelido é Bebê). Abraça-o, beija-o — mas de súbito afasta-o de si e corre a trancar-se no banheiro. De lá vem um choro convulso. Bebê também chora; pouco. Logo se distrai com os blocos de madeira d'O Pequeno Construtor. E Marlene sai do banheiro diferente; vem toda pintada, toda arrumada, rindo e se requebrando, fazendo caretas para Augusta Joaquina, que finge não vê-la. Abre a porta da rua...

— Onde é que tu vais? — choraminga o Bebê.

— Não é da tua conta, pesteado.

Sai. É assim, noite após noite. E não ajuda em nada na casa. Augusta Joaquina lava e cozinha; cuida de Jorge Henrique, e também (com má vontade) do Bebê; e ainda costura para fora. A aposentadoria que o marido deixou é escassa.

Marlene volta tarde da noite. A mãe admoesta-a, ela sai-se com desaforos: eu faço o que quero, tu não mandas em mim, não pensa que eu sou a Suzana. Comigo tu não tiras farinha. Vou viver a minha vida.

Fede a cachaça e a cigarro. Entra cambaleando no quarto, bate a porta. Augusta Joaquina, esgotada, as costas doendo, vai se deitar ao lado do filho.

1925 — Marlene passa semanas fora de casa.

Uma vez volta acompanhada de um desconhecido. Um tipinho com cara de safado, um peralvilho de paletó apertado, gravata borboleta e sapato de duas cores, um patife de bigodinho e cabelo alisado a brilhantina. Moreno, quase mulato.

— Quem é este homem? — pergunta Augusta Joaquina, escandalizada.

— Meu marido — replica Marlene. — Nos casamos na semana passada, em Rio Grande. — E acrescenta rápido: — Já te aviso que ele vai morar aqui.

— Não fui consultada — diz Augusta Joaquina, seca, a cara fechada.

— Não estou te consultando. Estou te avisando.

— Não gosto dele! — grita Bebê.

— Cala a boca, tu também! — berra Marlene. E para o homem: — Vem, Sabiá, vou te mostrar o nosso quarto.

— Com licença, madama. — O janota, sempre sorridente, tem uma voz macia. Vai atrás de Marlene, carregando a maleta.

A nova vida que começa, Augusta Joaquina não gosta nada.

Marlene e o marido passam o dia inteiro em casa, ele de pijama, rede no cabelo; ela de chambre, cigarro no canto da boca, os seios fartos aparecendo. Riem todo o tempo. Jogam cartas e bebem cerveja. Bebê, amuado, esconde-se pelos cantos. Sabiá não quer saber dele.

Um dia:

— Meu marido — diz Marlene — quer olhar o Jorge Henrique de perto.

Estão à mesa, comendo.

— Nada disso — diz Augusta Joaquina, sem levantar os olhos do prato.

— Por que não? — insiste Marlene. — É cunhado dele, ué.

— Eu disse que não — repete Augusta Joaquina.

Sabiá suspira. Dobra cuidadosamente o guardanapo, levanta-se. Augusta Joaquina levanta-se também. Sabiá dirige-se para o quarto de Jorge Henrique. Augusta Joaquina corre-lhe à frente, atravessa-se à porta.

— Para trás, bandido.

Mas, Marlene já está em cima dela, enche-a de tapas, empurra-a para o lado.

— Isto é para aprenderes, bruxa!

Entram, fecham a porta. Caída no chão, Augusta Joaquina chora baixinho. O que foi, vovó? — pergunta Bebê, assustado. — O que foi que aconteceu?

A porta se abre, Marlene e Sabiá aparecem.

— Fala com ela — diz o homem, e vai para o alpendre, fumar.

De pé, diante da mãe, as mãos na cintura, a fisionomia carregada, Marlene conta o plano de Sabiá.

— O Sabiá disse que a gente pode ganhar muito dinheiro com o Jorge Henrique. Diz que é um caso raro, um homem viver tanto tempo assim, meio vivo, meio morto. Diz o Sabiá que na terra dele um sujeito assim virou santo. Vinha gente de longe para olhar, para rezar

na casa. Pagavam fortunas para isso. Nós também podemos aproveitar.
— Não — diz Augusta Joaquina, ainda caída.
Marlene resolve negociar:
— Ora, mãe, o que é que tem. Para Jorge Henrique não fará mal, ele de qualquer jeito não atina com nada. E para nós será bom, estamos aí passando dificuldade...
— Não.
— Mas mãe...
— Não.
Marlene se impacienta:
— Ah, mas que bobagem, mãe. Não vai dar trabalho nenhum, o Sabiá disse que se encarrega de tudo.
Com um grito estrangulado Augusta Joaquina atira-se à filha, as mãos procurando-lhe o pescoço. Ah, sua cadela! — exclama Marlene, enfurecida. Livra-se dela sem dificuldade, derruba-a. Do alpendre, Sabiá assiste à cena, finando-se de rir. Bebê chora. Marlene finalmente domina a mãe:
— Te acalma! — grita. — Fica quieta aí! De agora em diante quem manda aqui sou eu, ouviste? Eu e o Sabiá.
— Vou mandar fazer os cartazes — diz o Sabiá. Começamos na semana que vem.
Não começam. Vem a polícia e prende Sabiá, conhecido meliante. Quanto à Marlene, some.
1929 — O craque da Bolsa, a crise. É castigo de Deus, murmura Augusta Joaquina, lavando o filho. Castigo merecido — penteando a barba (alguns fios com mais de metro). Da porta, Bebê observa-os, impassível.
1936 — Bebê, um rapagão. Moreno, de olhos azuis; as moças da Floresta suspiram por ele, apesar das advertências dos pais: aquilo não é trigo limpo, aquilo é bastardo.

Bebê senta praça. Quando aparece, garboso em seu uniforme, a avó não pode deixar de admirá-lo: apesar de tudo, pensa, o menino conseguiu superar sua sina, conseguiu vencer na vida. Tem vontade de lhe contar o segredo, mas contém-se: ainda não é tempo. Bebê agora a trata com indiferença. Nunca engoliu as humilhações a que foi submetido. Chegou a sua vez de mostrar desprezo, e ele pode fazê-lo: é respeitado no quartel, a filha do capitão pisca-lhe o olho.

1938 — Morre o Doutor Schultz. Encontram entre seus papéis um caderno contendo uma descrição detalhada do caso de Jorge Henrique. As inúmeras interrogações dão prova da angústia do velho médico: até o fim, pesquisou, sem êxito, um diagnóstico.

1939 — Estoura a Segunda Guerra Mundial. Os alemães sob suspeição. Augusta Joaquina revolve-se no catre, inquieta: atacarão a casa? Levanta-se assustada, acende a luz. Jorge Henrique continua mergulhado em seu sono calmo. Ela examina-lhe o rosto sereno, ainda infantil, apesar das rugas; acaricia-lhe a longa cabeleira, já grisalha.

1943 — Às vésperas de partir para a Itália, Bebê vem visitá-la, acompanhado da esposa. Augusta Joaquina preparou um bom almoço: carne recheada, repolho refogado, torta de maçã. Bebê, porém, não come: está sombrio. E agressivo: é tudo por causa dos alemães, diz, desabrido. Cala a boca, Bebê — murmura a esposa (é alta e bonita, ela). Augusta Joaquina baixa a cabeça, oculta as lágrimas; está na hora de contar a Bebê, pensa. Mas não tem coragem. O expedicionário despede-se dela com um aperto de mão. Para Jorge Henrique, tem apenas um olhar distraído.

1944 — Augusta Joaquina completa setenta e cinco anos. As vizinhas querem homenageá-la com uma festa, que ela recusa: não vê motivos para celebrações. Prefere ficar só, com seu filho. É que vê a morte se aproximar. Vê a morte se aproximar e nada pode fazer. Mas não se preocupa: há meses vê, junto à cama de Jorge Henrique, um vulto de contornos indistintos, envolto numa aura de suave esplendor. É a este ser, ao anjo da guarda, que confiará o seu filho quando enfim partir.

Uma madrugada acorda sufocada, estertorando; é, reconhece, o velho coração que fraqueja. Soergue-se no catre, volta os olhos arregalados para o filho.

— Filho!

Não consegue levantar-se. Pega os cabelos dele com as mãos trêmulas, leva-os ao rosto. Filho, murmura, vou para o céu, vou pedir por ti...

Morre.

Não fosse isto — a morte — teria visto Jorge Henrique abrir os olhos, sorrir, espreguiçar-se, dizer numa vozinha fraca de nenê: ai, gente, dormi um bocado.

CEGO E AMIGO GEDEÃO À BEIRA DA ESTRADA

— Este que passou agora foi um Volkswagen 1962, não é, amigo Gedeão?
— Não, Cego. Foi um Simca Tufão.
— Um Simca Tufão?... Ah, sim, é verdade. Um Simca Tufão. Grande carro, amigo Gedeão, grande carro! Muito potente. E muito econômico. Conheço o Simca Tufão de longe. Conheço qualquer carro pelo barulho da máquina. Este que passou agora não foi um Ford?
— Não, Cego. Foi um caminhão Mercedinho.
— Um caminhão Mercedinho! Quem diria! Faz tempo que não passa por aqui um caminhão Mercedinho. Grande caminhão. Forte. Estável nas curvas. Conheço o Mercedinho de longe... Conheço qualquer carro. Sabe há quanto tempo sento à beira desta estrada ouvindo os motores, amigo Gedeão? Doze anos, amigo Gedeão. Doze anos. É um bocado de tempo, não é, amigo Gedeão? Deu para aprender muita coisa. A respeito de carros, digo. Este que passou não foi um Gordini Teimoso?
— Não, Cego. Foi uma lambreta.
— Uma lambreta... Enganam a gente, estas lambretas. Principalmente quando eles deixam a descarga aberta. Mas conheço muito motor de automóvel, modéstia à parte. Também anos e anos ouvindo, ouvindo: não é

para menos. Aliás, esta habilidade já me foi de valia certa ocasião. Este que passou não foi um Mercedinho?
— Não, Cego. Foi o ônibus.
— Eu sabia: nunca passam dois Mercedinhos seguidos. Disse só pra chatear. Mas onde é que eu estava? Ah, sim. Minha habilidade já me foi útil. Quer que eu conte, amigo Gedeão? Pois então conto. Ajuda a matar o tempo, não é? Assim o dia termina mais ligeiro. Gosto mais da noite: é fresquinha, nesta época. Mas como eu ia dizendo: há uns anos atrás mataram um homem a uns dois quilômetros daqui. Um fazendeiro muito rico. Mataram com quinze balaços. Este que passou não foi um Galaxie?
— Não. Foi um Volkswagen, 1964.
— Ah, um Volkswagen... Bom carro. Muito econômico. E a caixa de mudanças muito boa. Mas, então, mataram o fazendeiro. Não ouviu falar? Foi um caso muito rumoroso. Quinze balaços! E levaram todo o dinheiro do fazendeiro. Eu, que naquela época já costumava ficar sentado aqui à beira da estrada, ouvi falar no crime, que tinha sido cometido num domingo. Na sexta-feira, o rádio dizia que a polícia nem sabia por onde começar. Este que passou não foi um Candango?
— Não, Cego.
— Eu estava certo que era um Candango... Como eu ia contando: na sexta, nem sabiam por onde começar.
Eu ficava sentado aqui, nesta mesma cadeira, pensando, pensando... A gente pensa muito. De modos que fui formando um raciocínio. E achei que devia ajudar a polícia. Pedi ao meu vizinho para avisar ao delegado que eu tinha uma comunicação a fazer. Mas este agora foi um Candango!
— Não, Cego. Foi um Gordini Teimoso.
— Eu seria capaz de jurar que era um Candango. O delegado demorou a falar comigo. Decerto pensou: "Um cego? O que pode ter visto um cego?" Estas bobagens, sabe como é, amigo Gedeão. Mesmo assim, apareceu,

porque estavam tão atrapalhados que iriam até falar com uma pedra. Veio o delegado e sentou bem aí onde estás, amigo Gedeão. Este agora foi o ônibus?
— Não, Cego. Foi uma camioneta Chevrolet Pavão.
— Boa, esta camioneta. Veio o delegado. Perguntei-lhe: "Senhor delegado, a que horas foi cometido o crime?"
— "Mais ou menos às três da tarde, Cego"— respondeu ele. "Então" — disse eu. — "O senhor terá de procurar um Oldsmobile 1927. Este carro tem a surdina furada. Uma vela de ignição funciona mal. Na frente, viajava um homem muito gordo. Atrás, não tenho certeza, mas iam talvez duas ou três pessoas." O delegado estava assombrado. "Como sabe de tudo isto, amigo?" — era só o que ele perguntava. Este que passou não foi um DKW?
— Não, Cego. Foi um Volkswagen.
— Sim. O delegado estava assombrado: "Como sabe de tudo isto?" — "Ora, delegado" — respondi — "Há anos que sento aqui à beira da estrada ouvindo automóveis passar. Conheço qualquer carro. Sei mais: quando o motor está mal, quando há muito peso na frente, quando há gente no banco de trás. Este carro passou para lá às quinze para as três; e voltou para a cidade às três e quinze. Também sei calcular as horas pela altura do sol.
Pode procurar este carro, delegado. Mas cuidado que os homens estão armados!" Ainda duvidando, o delegado foi.
Passou um Aero Willys?
— Não, Cego. Foi um Chevrolet.
— O delegado acabou achando o Oldsmobile 1927 com toda a turma dentro. Ficaram tão assombrados que se entregaram sem resistir. O delegado recuperou todo o dinheiro do fazendeiro, e a família me deu uma boa bolada de gratificação. Este que passou foi um Toyota?
— Não, Cego. Foi um Ford 1956.

LAVÍNIA

Entrou no quarto e fechou silenciosamente a porta. Não acendeu a luz, preferindo ligar um pequeno abajur que iluminou debilmente o aposento. Deu alguns passos em direção à cama e sentou-se numa banqueta.

— Lavínia — murmurou — já estou aqui. Suspirou.

— Demorei um pouco, porque a governanta não queria me largar. Maldita! Tive que mentir que ia ao banheiro. Não foi boa essa, Lavínia? No banheiro. Soltou uma risadinha; um cão latiu ao longe, como se estivesse respondendo. Ela olhou com ansiedade pela janela. Nada viu. O gramado bem tratado brilhava à luz da lua. Folhas de plátano boiavam na piscina.

— Agora está tudo bem. Vou cuidar de ti como só eu sei fazer. Antes de mais nada, um banho; um bom banho quente, de imersão. Vou prepará-lo agora mesmo. A governanta não quer que eu me aproxime da banheira. Diz que é perigoso, para uma menina de dez anos. Ouviste esta, Lavínia? Perigoso para mim! Naturalmente, ouço e calo. Posso responder àquela ignorante? Nem sequer falamos a mesma linguagem: o meu vocabulário é maior, mais rico, mais expressivo. Leio numa semana mais livros do que ela em toda sua vida.

Abaixou-se, tirou os sapatos.

— Não devemos fazer ruído. Do bolso do casaco extraiu um pacote.
— Adivinha o que tenho aqui, Lavínia. Não adivinhas? Pois, exatamente: marrom-glacês. Marrom-glacês! Não é ótimo? E olha que me deu trabalho surrupiá-los. Mas eu o fiz: nas ventas da governanta. Vou colocá-los aqui, na mesinha de cabeceira. Serão saboreados depois do banho, não antes: banho com estômago cheio é perigoso, dizia papai. Calou-se bruscamente e ficou a olhar pela janela. Depois disse, sem se voltar:
— Vais vestir o teu pijama de flanela azul, deitar na cama, acender a lâmpada de cabeceira e ler o teu livro predileto, saboreando os doces. Não é uma boa ideia Lavínia? Me diz: alguém cuida tão bem de ti como eu? Mas assim deve ser, pois todos os outros são inimigos. Mamãe, aquele homem que vem aqui e a governanta.

Inclinou-se para a cama:
— E agora vem o melhor. Sabes o que vou fazer, antes de dormires? Vou te acariciar: passarei minha mão bem de leve em teu rosto suave, em teus cabelos de ouro, em tuas pálpebras macias. E, Lavínia — bem, isto não posso prometer, mas farei todo o possível — cantarei para ti. Cantarei baixinho aquela música que papai ensinou antes de morrer, aquela em francês, te lembras? Sobre as meninas solitárias. Estarás bem enroladinha no cobertor; como uma larva no casulo. E eu te darei boa-noite...

A porta se abriu. Era a governanta, iluminada pela luz forte do corredor.
— Lavínia — disse ela, em voz baixa. — Não há ninguém aqui além de ti, vês? Estás falando sozinha — de novo. Agora, põe teus sapatos e desce; tua mãe e aquele senhor querem te dar boa-noite. Vão sair.

Arrumou-se vagarosamente. A governanta esperava, sorrindo sempre. Antes de sair, Lavínia voltou-se para a cama e piscou um olho.
— Volto já — murmurou.

TREM FANTASMA

Afinal se confirmou: era leucemia mesmo, a doença de Matias, e a mãe dele mandou me chamar. Chorando, disse-me que o maior desejo de Matias sempre fora passear de Trem Fantasma; ela queria satisfazê-lo agora, e contava comigo. Matias tinha nove anos. Eu, dez. Cocei a cabeça.

Não se poderia levá-lo ao parque onde funcionava o Trem Fantasma. Teríamos de fazer uma improvisação na própria casa, um antigo palacete nos Moinhos de Vento, de móveis escuros e cortinas de veludo cor de vinho. A mãe de Matias deu-me dinheiro; fui ao parque e andei de Trem Fantasma. Várias vezes. E escrevi tudo num papel, tal como escrevo agora. Fiz também um esquema. De posse desses dados, organizamos o Trem Fantasma.

A sessão teve lugar a três de julho de 1956, às vinte e uma horas. O minuano assobiava entre as árvores, mas a casa estava silenciosa. Acordamos o Matias. Tremia de frio. A mãe o envolveu em cobertores. Com todo o cuidado colocamo-lo num carrinho de bebê. Cabia bem, tão mirrado estava. Levei-o até o vestíbulo da entrada e ali ficamos, sobre o piso de mármore, à espera.

As luzes se apagaram. Era o sinal. Empurrando o carrinho, precipitei-me a toda velocidade pelo longo corredor. A porta do salão se abriu; entrei por ela. Ali estava a *mãe* de Matias, disfarçada de *bruxa* (grossa maquilagem vermelha. Olhos pintados, arregalados. Vestes negras. Sobre o ombro, uma coruja empalhada. Invocava deuses malignos).

Dei duas voltas pelo salão, perseguido pela mulher. Matias gritava de susto e de prazer. Voltei ao corredor.

Outra porta se abriu — a do banheiro, um velho banheiro com vasos de samambaia e torneiras de bronze polido. Suspenso do chuveiro estava o *pai* de Matias, *enforcado*, língua de fora, rosto arroxeado. Saindo dali entrei num quarto de dormir onde estava o *irmão* de Matias, como *esqueleto* (sobre o tórax magro, costelas pintadas com tintas fosforescentes; nas mãos, uma corrente enferrujada). Já o gabinete nos revelou as duas *irmãs* de Matias, *apunhaladas* (facas enterradas nos peitos; rostos lambuzados de sangue de galinha. Uma estertorava).

Assim era o Trem Fantasma, em 1956.

Matias estava exausto. O irmão tirou-o do carrinho e, com todo o cuidado, colocou-o na cama.

Os pais choravam baixinho. A mãe quis me dar dinheiro. Não aceitei. Corri para casa.

Matias morreu algumas semanas depois. Não me lembro de ter andado de Trem Fantasma desde então.

O DIA EM QUE MATAMOS
JAMES CAGNEY

Uma vez fomos ao Cinema Apolo. Sendo matinê de domingo, esperávamos um bom filme de mocinho. Comíamos bala café com leite e batíamos na cabeça dos outros com nossos gibis. Quando as luzes se apagaram, aplaudimos e assobiamos; mas depois que o filme começou, fomos ficando apreensivos...

O mocinho, que se chamava James Cagney, era baixinho e não dava em ninguém. Ao contrário: cada vez que encontrava o bandido — um sujeito alto e bigodudo chamado Sam — levava uma surra de quebrar os ossos. Era murro, e tabefe, e chave-inglesa, e até pontapé na barriga. James Cagney apanhava, sangrava, ficava de olho inchado — e não reagia.

A princípio estávamos murmurando, e logo batendo os pés. Não tínhamos nenhum respeito, nenhuma estima por aquele fracalhão repelente.

James Cagney levou uma vida atribulada. Muito cedo teve de trabalhar para se sustentar. Vendia jornais na esquina. Os moleques tentavam roubar-lhe o dinheiro. Ele sempre se defendera valorosamente. E agora sua carreira promissora terminava daquele jeito! Nós vaiávamos, sim, nós não poupávamos os palavrões.

James Cagney já andava com medo de nós. Deslizava encostado às paredes. Olhava-nos de soslaio. O cão covarde, o patife, o traidor.

Três meses depois do início do filme ele leva uma surra formidável de Sam e fica estirado no chão, sangrando como um porco. Nós nem nos importávamos mais. Francamente, nosso desgosto era tanto, que por nós ele podia morrer de uma vez — a tal ponto chegava nossa revolta.

Mas aí um de nós notou um leve crispar de dedos na mão esquerda, um discreto ricto de lábios.

Num homem caído aquilo podia ser considerado um sinal animador.

Achamos que, apesar de tudo, valia a pena trabalhar James Cagney. Iniciamos um aplauso moderado, mas firme.

James Cagney levantou-se. Aumentamos um pouco as palmas — não muito, o suficiente para que ele ficasse de pé. Fizemos com que andasse alguns passos. Que chegasse a um espelho, que se olhasse, era o que desejávamos no momento.

James Cagney olhou-se ao espelho. Ficamos em silêncio, vendo a vergonha surgir na cara partida de socos.

— Te vinga! — berrou alguém. Era desnecessário: para bom entendedor nosso silêncio bastaria, e James Cagney já aprendera o suficiente conosco naquele domingo à tarde no Cinema Apolo.

Vagarosamente ele abriu a gaveta da cômoda e pegou o velho revólver do pai. Examinou-o: era um quarenta e cinco! Nós assobiávamos e batíamos palmas. James Cagney botou o chapéu e correu para o carro. Suas mãos seguravam o volante com firmeza; lia-se determinação em seu rosto. Tínhamos feito de James

Cagney um novo homem. Correspondíamos aprovadoramente ao seu olhar confiante.

Descobriu Sam num hotel de terceira. Subiu a escada lentamente. Nós marcávamos o ritmo de seus passos com nossas próprias botinas. Quando ele abriu a porta do quarto, a gritaria foi ensurdecedora. Sam estava sentado na cama. Pôs-se de pé. Era um gigante. James Cagney olhou para o bandido, olhou para nós. Fomos forçados a reconhecer: estava com medo. Todo o nosso trabalho, todo aquele esforço de semanas fora inútil. James Cagney continuava James Cagney. O bandido tirou-lhe o quarenta e cinco, baleou-o no meio da testa: ele caiu sem um gemido.

— Benfeito — resmungou Pedro, quando as luzes se acenderam. — Ele merecia.

Foi o nosso primeiro crime. Cometemos muitos outros, depois.

PIQUENIQUE

Agora é como um piquenique: estamos no Morro da Viúva, homens, mulheres e crianças, comemos sanduíches e tomamos água da fonte, límpida e fria. Alguns estão com os rifles, embora isso seja totalmente dispensável — temos certeza de que nada nos acontecerá. Já são cinco da tarde, logo anoitecerá e voltaremos às nossas casas. As crianças brincaram, as mulheres colheram flores, os homens conversaram e apenas eu — o distraído — fico aqui a rabiscar coisas neste pedaço de papel. Alguns me olham com um sorriso irônico, outros com ar respeitoso; pouco me importa. Encostado a uma pedra, um talo de capim entre os dentes, e revólver jogado a um lado, divirto-me pensando naquilo que os outros evitam pensar: o que terá acontecido em nossa cidade neste belo dia de abril, que começou de maneira normal: as lojas abriram às oito, os cachorros latiam na rua principal, as crianças iam à escola. De repente — eram nove horas — o sino da igreja começou a soar de maneira insistente: em nossa pequena cidade este é o sinal de alarme, geralmente usado para incêndios. Em poucos minutos estávamos todos concentrados frente à igreja e lá estava o delegado — alto, forte, a espingarda na mão.

Ele era novo em nossa cidade; na verdade, nunca tivéramos delegado. Vivíamos em boa paz, plantando e colhendo nossa soja, as crianças brincando, nós fazendo piqueniques no campo, eu tendo os meus ataques epilépticos. Um belo dia acordamos e lá estava ele, parado no meio da rua principal, a espingarda na mão; esperou que uma pequena multidão se formasse a seu redor, e então anunciou que fora designado para representante da lei na região. Nós o aceitamos bem; a seu pedido, fizemos uma cadeia — uma cadeia pequena, mas resistente. Construímo-la num domingo, todos os cidadãos, num só domingo, e antes que o sol se pusesse tínhamos colocado o telhado, comemos os sanduíches feitos por nossas mulheres e bebemos a boa cerveja da terra.

Às seis da tarde olhei para o delegado, de pé diante da cadeia, o rosto avermelhado pelo crepúsculo; naquele momento, tive a certeza de que já o vira antes, e ia dizer a todos, mas em vez disso soltei um grito, antes que o ar passasse por minha garganta eu já sabia que seria um grito espantoso e que depois cairia de borco na rua poeirenta, me debatendo; que as pessoas se afastariam, temerosas de me tocarem e se contaminarem com minha baba viscosa, e que depois acordaria sem me recordar de nada. Permaneceria a confusa impressão de já ter visto o homem alto em algum lugar, e isso eu diria ao doutor, e o doutor me responderia que não, que não o vira, que isso era uma sensação comum a epilépticos. Restaria um dolorimento pelo corpo, um entorpecimento da mente. Então eu sairia ao campo, e recostado numa pedra, um talo de capim entre os dentes, escreveria ou rabiscaria, coisas várias. Dizem — as pessoas supersticiosas — que tenho o dom da premonição e que tudo quanto escrevo após uma convulsão é profético; mas ninguém jamais conseguiu confirmá-lo, pois escrevo e rasgo, rabisco e rasgo. Os

91

pedacinhos de papel são levados pelo vento, depois caem na terra úmida e apodrecem.

Agora mesmo, sentado aqui, neste dia de abril, fixo os olhos num pedacinho de papel amarelado que ficou preso entre as pedras e onde se lê "... no jornal". É minha letra, eu sei, mas quando o escrevi? E que queria dizer? Foi há muito tempo, é certo, mas antes da chegada do delegado? Hoje pela manhã ELE NOS REUNIU FRENTE À IGREJA: Do adro o homem alto, espingarda na mão, falou-nos; lembrou o dia em que chegara, não há muito tempo. "Aqui cheguei para proteger vocês..." Todos de pé, imóveis, silenciosos. Mas eu estava sentado; numa cadeira, na calçada do café, que fica fronteira à igreja. E entregava-me ao meu passatempo: lápis e papel. Mas não escrevia: desenhava, o que também faço muito bem. Do meu lápis surgiu o rosto impassível do homem alto. *Fui informado há pouco que um grupo de bandidos se dirige à nossa cidade. Devem chegar aqui dentro de uma hora. Sabem que a agência bancária está com muito dinheiro...* Era verdade; a soja fora vendida, os colonos haviam feito grandes depósitos durante a semana.

É minha obrigação defendê-los. Entretanto, conto com a ajuda de todos os cidadãos válidos... Naturalmente, anotei algumas dessas frases: senti nelas o peso do histórico. As pessoas cochichavam entre si, assustadas.

Vão para casa — concluiu o homem alto. *Armem-se e voltem. Espero-os aqui dentro de meia hora.* As pessoas se dispersaram e eu vi rostos apreensivos, crianças chorosas, as mulheres murmurando aos ouvidos dos maridos.

A praça ficou deserta. Apenas o homem alto parado na praça, o rosto iluminado de frente pelo sol forte, e eu oculto na sombra projetada pelo toldo do café. Cinco minutos depois, chegou o primeiro cidadão; era o barbeiro; quando surgiu na praça eu já sabia o que ele diria;

que o delegado o perdoasse, mas que era chefe de família, tinha muitos filhos; e eu já sabia que o delegado ia desculpá-lo, recomendando que fosse para o Morro da Viúva com sua família, onde estaria seguro. Mal o barbeiro se fora, e o farmacêutico aparecia, gordo, os olhos esbugalhados, a testa molhada de suor; que o delegado compreendesse... O delegado compreendia e também ao dono do bar e ao lojista que surgiram depois.

O último foi o gerente do banco; este tentou levar o delegado consigo, mas foi repelido brandamente; antes de sair correndo, gritou: *Delegado, o cofre está aberto; se não conseguir atemorizar os ladrões, pelo amor de Deus, entregue o dinheiro e salve a sua vida!* O delegado fez que sim com a cabeça e o homem partiu.

Foi então que o delegado me viu. Creio que só nós dois estávamos na cidade, à exceção dos cães que farejavam a sarjeta.

O homem alto ficou a me olhar por uns instantes. Depois atravessou a rua a passos lentos. Postou-se diante de mim, o homem com a espingarda na mão.

— O senhor não tem ajudante — eu disse, sem parar de rabiscar.

— É verdade — ele me respondeu. — Nunca precisei.

— Mas precisa agora.

— Também é verdade.

— Aqui me tem.

Tênue sorriso.

— Tu és doente, meu filho.

— Por isso mesmo — digo-lhe. — Quero provar que sirvo para alguma coisa.

É então que ele vê o retrato em minhas mãos; seu rosto se contrai, ele avança para mim, arranca-me o papel: — *Me dá isto, rapaz, não quero que se lembrem de mim depois* — ele diz, e eu vou protestar, vou dizer que ele não faça isto, mas aí o seu rosto está diante de mim — onde? onde? — e sinto o grito fugir do meu peito, e nada mais vejo.

Quando acordo estou amarrado a um cavalo que sobe lentamente o morro. Lá em cima, entre as pedras, toda a população da cidade: desmontaram-me, espantados, me desamarram; alguns me olham de maneira irônica, outros me fazem perguntas. — Por fim me deixam em paz.

Fico sentado a ouvir o que dizem: o telegrafista está explicando que tentou mandar um telegrama à guarnição, sem resultado, porém. *Na certa, eles cortaram os fios.*

Foi então que os cinco tiros ecoaram nos morros. Levantamo-nos todos, ficamos inteiriçados, à escuta, um grande silêncio caiu sobre a região.

— Vamos até lá — ouvi a voz, com grande surpresa, pois era a minha própria. Todos se voltaram para mim. Eu continuava sentado, um talo de capim entre os dentes.

O gerente do banco se aproximou.

— Está louco? Prometemos voltar quando soassem os sinos ou às seis da tarde!

Não respondo. Fico quieto a rabiscar. O sol vai se pondo agora, e os sinos não soaram. Estão todos alegres, pois é melhor ficar pobre do que morrer. Breve desceremos e todos não cabem em si de ansiedade: o que encontraremos em nossa cidade? Divirto-me pensando no que encontraremos; sei que quando chegarmos será como se eu já tivesse visto tudo (o que, segundo o doutor, é comum em minha doença): a rua vazia, as portas do banco escancaradas, o cofre vazio. Acho também que na estrada, muito longe, vai um homem alto a cavalo, com os alforjes cheios de notas. Talvez sejam três ou quatro, mas é certo que o homem alto vai rindo.

AS URSAS

O profeta Eliseu está a caminho de Betel. O dia é quente. Insetos zumbem no mato. O profeta marcha em passo acelerado. Tem missão importante, em Betel. De repente, muitos rapazinhos correm-lhe no encalço, gritando:

— Sobe, calvo! Sobe, calvo!

Volta-se Eliseu e amaldiçoa-os em nome do Senhor; pouco depois, saem da mata duas grandes ursas e devoram quarenta e dois meninos: doze a menor, trinta a maior.

A ursa menor tem digestão ativa; os meninos que caem em seu estômago são atacados por fortes ácidos, solubilizados, reduzidos a partículas menores. Somem-se. O mesmo não acontece aos trinta meninos restantes. Descendo pelo esôfago da grande ursa, caem no enorme estômago. Ali ficam. A princípio, transidos de medo, abraçados uns aos outros, mal conseguem respirar; depois, os menores começam a chorar e a se lamentar, e seus gritos ecoam lugubremente no amplo recinto. "Ai de nós? Ai de nós?"

Finalmente, o mais velho acende uma luz e eles se veem num lugar semelhante a uma caverna, de cujas paredes anfractuosas escorrem gotas de um suco visco-

so. O chão está juncado de resíduos semiapodrecidos de antigas presas: crânios de bebês, pernas de meninas. "Ai de nós!" — gemem.
— "Vamos morrer!"
Passa o tempo e, como não morrem, se animam. Conversam, riem: fazem brincadeira, pulam, correm, jogam-se detritos e restos de alimentos. Quando cansam, sentam e falam sério. Organizam-se, traçam planos.
O tempo passa. Crescem, mas não muito; o espaço confinado não permite. Tornam-se curiosa raça de anões, de membros curtos e grandes cabeças, onde brilham olhos semelhantes a faróis, sempre a perscrutar a escuridão das entranhas. E ali fazem a sua cidadezinha, com casinhas muito bonitinhas, pintadas de branco. A escolinha.
A prefeiturazinha. O hospitalzinho. E são felizes.
Esquecem o passado. Restam vagas lembranças, que com o tempo adquirem contornos místicos.
Rezam: "Grandes Ursas, que estais no firmamento...". Escolhem um sacerdote — o Grande Profeta, homem de cabeça raspada e olhar terrível; uma vez por ano flagela os habitantes com o Chicote Sagrado. Fé e trabalho, exige. O povo, laborioso, corresponde. Os celeirinhos transbordam de comidinhas, as fabricazinhas produzem milhares de belas coisinhas.
Passa o tempo. Surge uma nova geração. Depois de anos de felicidade, os habitantes se inquietam: por um estranho atavismo, as crianças nascem com longos braços e pernas, cabeça bem-proporcionada e meigos olhos castanhos. A cada parto, intranquilidade. Murmura-se: "Se eles crescerem demais, não haverá lugar para nós." Cogita-se de planificar os nascimentos. O Governinho pensa em consultar o Grande Profeta sobre a conveniên-

cia de executar os bebês tão logo nasçam. Discussões infinitas se sucedem.

Passa o tempo. As crianças crescem e se tornam um bando de poderosos rapazes. Muito maiores que os pais, ninguém os contém. Invadem os cineminhas, as igrejinhas, os clubinhos. Não respeitam a polícia. Vagueiam pelas estradinhas.

Um dia, o Grande Profeta está a caminho de sua mansãozinha, quando os rapazes o avistam. Imediatamente, correm atrás dele, gritando:

— Sobe, calvo! Sobe, calvo!

Volta-se o Profeta e os amaldiçoa em nome do Senhor.

Pouco depois, surgem duas ursas e devoram os meninos: quarenta e dois.

Doze são engolidos pela ursa menor e destruídos. Mas trinta descem pelo esôfago da ursa maior e chegam ao estômago — grande cavidade, onde reina a mais negra escuridão. E ali ficam chorando e se lamentando: "Ai de nós! Ai de nós!"

Finalmente, acendem uma luz.

RUÍDOS NO FORRO

São onze da noite, já, mas eles não conseguem dormir. Estão cansados — ele é motorista de táxi, ela cuida da casa, os dois trabalham muito — mas não conseguem dormir. Deitados lado a lado, têm os olhos fixos na pequena mancha de luz que a lâmpada do poste da rua, lá de baixo, projeta no teto.

Faz calor, eles suam, mas as janelas estão fechadas. Não ousam abri-las; há muito roubo, nesta vila, muito assassinato. Melhor sentir calor, mas com segurança. É verdade que a janela do quarto não fecha bem; está protegida por tampões, mas deixa uma fresta, por onde se infiltra a luz da rua. Mas só esta luz, porque estão acordados e enquanto estiverem acordados nada mais entrará pela janela.

Onze e quinze, onze e meia — não dormem. Mexem-se, inquietos, os corpos suados se roçam. É uma sensação familiar — estão casados há um ano, já — mas às vezes ainda se estranham. Mais estranho que tudo é o escuro, os ruídos que povoam o escuro.

A casa toda estala. É uma casa de madeira, pequena, mal construída, torta. Não podiam alugar outra melhor, então vieram para cá, para esta vila popular onde não conhecem ninguém — nem querem conhecer. Não querem se envolver com malfeitores, que aqui são muitos.

Dos ruídos da casa, alguns já lhes são familiares: o rangido da porta da cozinha, os estalos do roupeiro, o pingar da torneira. Mas sempre há barulhos novos, insuspeitados; novos insetos, novos bichos, vão chegando e se instalando, apesar de todos os venenos.

Passa da meia-noite. Ela cochilou, teve um pequeno pesadelo, acordou sobressaltada; acalmou-se, agora, fita o teto. Ele ainda não dormiu. Fita também o teto, a mesma mancha luminosa.

É então que começam os ruídos no forro.

Ela estremece, surpresa e assustada. É a primeira vez que ouve ruídos no forro, até então silencioso. É uma novidade. Desagradável novidade. Coisa de mau presságio.

Estende a mão trêmula, toca o braço dele; sente os músculos tensos. Então — ele também ouviu, ele também está atento aos ruídos. Isso não a acalma, pelo contrário. (Os dois são crianças assustadas, ela pronta a chorar, ele prestes a transformar o medo em fúria — mas a verdade é que não sabem o que fazer; esperam, os olhos grudados no forro.)

Não é um ruído contínuo. Para e recomeça. Poderia ser o de um corpo que se arrasta. Um animal? Um animal grande, então. Maior que um gato, por exemplo. Um cachorro? Mas cachorro em forro de casa? Não, cachorro não. Há animais que vivem em forros; o gambá, por exemplo. Ela, que é de fora, conhece o gambá. Mas o barulho não é de gambá, disso ela tem certeza.

Um homem?

Não. Homem não é. As tábuas, delgadas, não aguentariam o peso de um homem — pelo menos de um

homem robusto. Talvez aguentassem um sujeito magrinho. Ou um menino. Ou um anão.
O ruído cessa. Minutos se escoam. Quem sabe, ela pensa esperançosa, agora vai parar de vez. Quer dormir. Está cansada, precisa acordar cedo, o marido também. É uma vida dura, a deles. Já não bastavam todas as preocupações? Era preciso este barulho?
Pelo canto do olho espreita o marido. Mal o vê, na semiobscuridade. Mas sabe que tem os olhos bem abertos, como ela. É um homem nervoso, ela tem medo do que ele possa fazer, se subitamente se enfurecer.
Uma ideia lhe ocorre. Boceja ruidosamente. Espera que esse som de pessoa de bem, tranquila, espante o intruso e acalme o marido (e a ela também). Boceja lento, termina com um ruminar e um murmúrio que pretende traduzir a satisfação de estarem ali, na cama que é deles, na casa que é deles. Mas o marido não relaxa os músculos, e o silêncio que se segue é ominoso. Logo em seguida os ruídos no forro recomeçam.
Desta vez são bem audíveis. Não há, parece, nenhum cuidado em disfarçá-los. As tábuas rangem. A lâmpada oscila nitidamente.
A mão dele sai de sob o lençol. Tateia a mesinha de cabeceira. Ali está o revólver, o vinte e dois que ele leva no carro e que à noite fica à mão, carregado; o gatilho em posição de fogo.
O barulho agora é contínuo. Não é difícil localizar de onde vem: bem no ponto em que se projeta a réstia de luz, as tábuas afundam ritmicamente. Ele ergue o braço — o revólver niquelado reluz por um instante — ela solta um grito abafado — ele atira.
O estampido faz estremecer a casa. O quarto se enche de fumaça e do cheiro acre da pólvora. Sentam na cama, os dois, inteiriçados, os olhos arregalados fitos no

forro. Lá fora, cães ladram. (Mas nenhuma janela se abrirá, disso eles têm certeza. Tiro é problema de quem disparou e de quem foi atingido. E da polícia.) Os latidos vão cessando aos poucos. Eles continuam sentados, mirando o teto, o orifício da bala visível no centro mesmo da mancha de luz. A casa agora está absolutamente silenciosa. Nenhum ruído mais se ouve.

Ela começa a chorar baixinho. Ele a atrai para si, beija-lhe os cabelos, os olhos, os lábios, o pescoço, os seios. Minha querida, murmura, as mãos trêmulas percorrendo as coxas rijas, de penugem levemente áspera. Não quero, ela murmura, mas ele já a deitou, já está sobre ela. Não quero, ela repete num queixume, mas já está a beijá-lo também, a morder-lhe a orelha.

(Nos dias que se seguirem sentirão o cheiro, fraco, mas penetrante, o odor de carne em decomposição. Mas não falarão sobre isso, ao jantar. Ele contará de seu dia, do trânsito congestionado, ela se queixará do tempo que se perde para consultar o médico do Instituto. Mas do cheiro, nada dirão. Esperarão que se dissipe — e de fato, ao cabo de uma ou duas semanas só restarão na casa os cheiros familiares, da comida, das plantas que ela cultiva em latas vazias, do lixo acumulado no terreno ao lado.

Ao forro, ele nunca subirá.)

Cinco da manhã. Bocejam. Uma noite destas não há mortal que aguente, ele diz, e ela ri.

Decidem que, se tiverem um filho, ele se chamará Alonso.

BICHO

Joel, guri judeu! Sorriso triste, quieto. Nos úmidos olhos castanhos, restos de velhas aldeias da Polônia.
O pai era um marceneiro alto e forte; às vezes tinha dor de cabeça e gemia baixinho. A mãe cozinhava e cantava em iídiche. Às sextas-feiras imolava um peixe do mar. A família sentava-se em torno da mesa coberta com uma toalha branca. À luz de velas, repartiam o alimento. Ao pai, tocava a cabeça, que ele comia devagar, chupando ruidosamente o esqueleto calcáreo.
Moravam no beco, numa casa de madeira. Havia um quintal; ao fundo um galpão de madeira, fechado a cadeado, onde jamais Joel entrara.
Era inverno... De manhã, os guris morenos pegavam seus caniços e iam pescar no rio.
Joel ficava à janela. Olhava as pombas que debicavam na rua, arrulhando. As pombas, mansas, voavam baixo.
Seus olhos — contas pretas — furavam a leve névoa. Joel não podia pescar. Cuidava da casa enquanto o pai trabalhava na fábrica de móveis e a mãe saía a fazer compras.
Joel, um menino judeu, chorava de saudade das coisas.

Deitado na linha de anzol. Um dia iria com os meninos mulatos pescar no rio. Cantava baixinho.

O sol pálido deslizava no céu. Na fábrica de móveis, o pai trabalhava na lixadeira, o rosto e os cabelos cobertos de pó. Empilhava portas de armário entre montes de serragem. O patrão vinha e gritava com ele em iídiche. O patrão estava nervoso: seu filho, gerente da fábrica, viajava pelo interior.

A mãe assava o peixe para a noite de sexta-feira, a noite que viria. No crepúsculo, as pombas adejavam lentas, espreitavam. A casa era de madeira e tinha ao fundo um quarto sombrio fechado a cadeado.

Joel, um menino judeu, chorava de saudade das coisas. Deitado na cama, tinha febre e chorava, segurando na mão úmida o seu tesouro: linha e anzol. Estava tudo muito escuro. Na casa agora silenciosa Joel levantou-se e andou. Atravessou o estreito corredor e chegou ao quintal. Era mais de onze horas, era mais de meia-noite. A cidade estava quieta, longe uma criança chorava, na Polônia houve uma aldeia judaica.

Joel saiu para a noite fria. Os muros limosos cresciam para o céu negro. Para trás ficara sua casa, o pai, a mãe.

Diante dele, o galpão sombrio fechado a cadeado. Joel chorava de saudade; doía-lhe o seu destino...

Abaixou-se, enfiou sob a grande porta a linha e o anzol e ficou à espera. Imóvel sob o céu, contido entre muros, Joel esperava. Dentro de si, algo crescia e palpitava; ele tinha frio e tremia.

Esperava. De repente, sentiu a linha estremecer na sua mão. Era um sinal? Puxou devagar; nada aconteceu. O coração batia-lhe apressado. De novo o fio estremeceu.

Joel queria chorar. Joel queria fugir... Mas, o tempo passou e ele conheceu que há momentos em que tudo

103

se decide; ficou muito calmo, muito quieto. No silêncio, respirou fundo e puxou com todas as suas forças.

Alguma coisa pulou no ar e caiu em seus braços. Era um peixe; um pobre animal, um lamentável ser marinho que habitava só, as entranhas do oceano. Nunca vira a luz do sol; não a suportaria. Joel arrancara-o do fundo e agora, tinha-o em seu colo. Examinava a criatura, pele espessa coberta de vesículas, os enormes olhos mortiços. Da boca retorcida saía um débil gemido.

Joel acariciava a cabeça absurda e chorava baixinho; tinha febre.

Lá em cima era noite. Na Polônia a aldeia judaica dormia.

AO MAR

Choveu dias e depois amanheceu. Joel chegou à janela e olhou o quintal: estava tudo inundado! Joel vestiu-se rapidamente, disse adeus à mãe, embarcou numa tábua e pôs-se a remar. Hasteou no mastro uma bandeira com a estrela de David... O barco navegava mansamente. As noites se sucediam, estreladas. No cesto de gávea Joel vigiava e pensava em todos os esplêndidos aventureiros: Krishna, o faquir que ficou cento e dez dias comendo cascas de ovo; Mac-Dougal, o inglês que escalou o Itatiaia com uma das mãos amarradas às costas; Fred, que foi lançado num barril ao golfo do México e recolhido um ano depois na ilha da Pintada. Moma, irmão de sangue de um chefe comanche; Demócrito que dançava charleston sobre fios de alta tensão...
— A la mar! A la mar! — gritava Joel entoando cânticos ancestrais. Despertando pela manhã, alimentava-se de peixes exóticos; escrevia no diário de bordo e ficava a contemplar as ilhas. Os nativos viam-no passar — um ser taciturno, distante, nas águas, distante do céu. Certa vez — uma tempestade! Durou sete horas. Mas não o venceu, não o venceu!

E os monstros? Que dizer deles, se nunca ninguém os viu?

Joel remava afanosamente; às vezes, parava só para comer e escrever no diário de bordo. Um dia, disse em voz alta: "Mar, animal rumorejante!" Achou bonita esta frase; até anotou no diário. Depois, nunca mais falou.

À noite, Joel sonhava com barcos e mares, e ares e céus, e ventos e prantos, e rostos escuros, monstros soturnos. Que dizer destes monstros, se nunca ninguém os viu?

— Joel, vem almoçar! — gritava a mãe.

Joel viajava ao largo; perto da África.

OS PÉS DO PATRÃOZINHO

Almerinda começou a lavar os pés de Júlio logo depois que ele começou a andar. Era um menino ativo, corria descalço pelo jardim — o que a mãe, senhora fina mas de ideias modernas, até achava bom — mas não poderia, evidentemente, ir para a cama de pés sujos:

— Almerinda, faz o favor de lavar os pés de Julinho.

Almerinda entrava com uma bacia de água, sabonete e toalha, pedia que o menino sentasse — ao que ele acedia, pois era travesso, mas de bom gênio — lavava-lhe cuidadosamente os pés. Nessa época, Julinho com quase dois anos, Almerinda teria uns vinte e cinco ou trinta (a idade dela, uma incógnita, não tinha sido registrada, não era costume, na localidade do interior onde nascera; mas era costume trabalhar e obedecer, e por isso Almerinda estava há anos no emprego. Lavara os pés da irmã mais velha de Júlio — não, ele não era filho único — até que a menina, crescida, começou a se banhar sozinha).

A partir de certa época Almerinda passou a lavar os pés de Júlio mesmo sem a patroa mandar. Tornou-se hábito: ao crepúsculo, Júlio entrava em casa, sentava na poltrona do pai (falecido quando ele tinha poucos meses), estendia os pés. Vinha Almerinda e lavava-os.

107

Não trocavam palavra durante esse ato. Júlio, que herdara da linhagem paterna a arrogância de antigos barões, não falava com criados: ficava olhando, distraído, os desenhos animados que Aníbal, motorista da família, projetava para distraí-lo. Quanto à quieta Almerinda, cumpria em silêncio sua tarefa. Ao terminar: está pronto. E era tudo. Na tela: Mickey.

O tempo passou. Júlio cresceu, começou a frequentar o colégio, mas nem por isso Almerinda deixou de lhe lavar os pés. Ao contrário, dedicava cada vez mais tempo e cuidado à lavagem. E foi ela quem descobriu as primeiras lesões de uma micose, curada pela pronta intervenção do médico da família — que não deixou de elogiar a empregada pelo senso de responsabilidade. Lavava bem, Almerinda, lavava com dedicação os pés de Júlio, que continuava olhando desenhos animados, agora na TV. Na tela, Mickey...

É verdade que essa coisa de lavar os pés era motivo de zombaria por parte dos amigos de Júlio; todos eles meninos de famílias abastadas, estavam acostumados a ser servidos por domésticas, mas não a este grau.

Mesmo a mãe, que tinha por Júlio um carinho todo especial, não deixava de repreendê-lo brandamente: que é isso, meu filho, a Almerinda te lavando os pés, já está em tempo de te cuidares sozinho. Um dia, contudo, a própria Almerinda — à patroa:

— Deixa, dona Débora. Eu gosto.

Gostava. Era isso que diria aos mais íntimos, na Faculdade de Direito: que Almerinda gostava de lhe lavar os pés — o que ele permitia, para não contrariá-la, afinal era uma empregada de tanta confiança. Os colegas riam dessa história; um, porém, não achava graça, não achava graça alguma; mas tratava-se de um revoltado; um iracundo, esse Ricardo. Não há do que rir, dizia, quando há tanta injustiça no mundo. Para ele, Almerinda lavando os pés do patrão era o símbolo mesmo da opressão da classe operária. Júlio ouvia-o, sorrindo; a rispidez do outro não o abalava. Um dia propôs: quem sabe falas com ela, Ricardo, quem sabe tu a convences a não me lavar mais os pés. Ricardo olhou-o, entre surpreso e rancoroso, mas Júlio lhe devolveu o olhar: estava falando sério. Antes não estivera falando sério, mas agora estava falando sério.

Foram até a casa dele, Ricardo emitindo comentários escarninhos, enquanto caminhavam pela larga aleia ensaibrada que levava à porta de entrada; algo sobre a aristocracia rio-grandense, feudais decadentes. Júlio ignorou-o. Levou o amigo a seu quarto; ligou o televisor, sentou na poltrona, tirou os sapatos e as meias. Mickey surgiu na tela, e logo depois apareceu Almerinda: bacia, sabonete, toalha. Indiferente à presença de Ricardo, pôs-se a lavar os pés de Júlio. Ricardo ficou olhando, boquiaberto. Lentamente seu rosto foi ficando vermelho, violáceo; e ele começou a falar, primeiro em voz baixa, ominosamente contida, e depois já aos berros:

— Não é possível, dona! Não é possível a senhora se humilhar desse jeito! Onde está sua dignidade?

Almerinda não respondia. Cenho franzido, precedia à lavagem dos pés com o cuidado habitual, dedicando especial atenção ao espaço entre os artelhos, ali onde detectara a micose. Quanto a Júlio, continuava absorto no televisor. Não era mais Mickey, era um filme de piratas.

Com um palavrão, Ricardo saiu. Cortaram relações; não mais falaram, nem sobre lavar pés, nem sobre outro assunto qualquer. Morreria ainda jovem, esse atormentado, vítima, como é comum nesses casos, de um daqueles acidentes que nada mais são do que suicídios disfarçados. Júlio, que não guardara rancor, foi ao enterro e enviou condolências à família.

109

Por causa de Almerinda, contudo, ainda enfrentaria outro grave dissabor. Recém-formado em Direito, apaixonou-se. A moça, Cristina, era bonita e meiga; culta e inteligente; de boa família. Dona Débora estava contentíssima, mas temia a reação da jovem quando descobrisse a história da lavagem dos pés. Aconteceu: um dia Júlio convidou a noiva para jantar em sua casa. Cristina chegou mais cedo, foi introduzida, talvez perversamente, pelo motorista Aníbal, no quarto de Júlio, exatamente no instante em que Almerinda começava seu trabalho. Se ficou surpresa ou irritada, a moça não o demonstrou, pelo menos na hora. Tão logo Almerinda saiu, contudo, expressou sua estranheza:

— Não pretende continuar com essa coisa depois de casarmos, não é? — perguntou, em tom de gracejo.

Ele não respondeu. No dia seguinte, bem cedo, foi ao médico, o mesmo médico da família que cuidava dele desde bebê.

— Doutor Augusto — foi logo dizendo — acho que minha micose voltou. A micose que tive quando guri, lembra-se? Voltou.

O médico mandou que ele tirasse os sapatos, as meias, examinou-o cuidadosamente.

— Não vejo nada — disse.

— Mas voltou — insistiu Júlio. Me coça dia e noite, não aguento mais. Preciso um tratamento. Uma coisa para dissolver em água, por exemplo.

Olhou-o fixo, o médico. Era um velho homossexual, tímido e suave de modos. Baixou a cabeça, ficou pensativo por uns instantes.

— Acho que sim — disse, finalmente. — Acho que precisas de um remédio para micose.

Escreveu rapidamente a receita, estendeu-a ao rapaz.

— Pronto. Dissolvido numa bacia d'água.

— Uma vez por dia? — perguntou Júlio.
— É. Uma vez por dia.
— À tardinha, por exemplo.
— É. À tardinha.
Júlio despediu-se, saiu. Retornou logo depois:
— Ah, eu ia me esquecendo: imagino que deva usar esse remédio muito tempo, não é?
— É — suspirou o médico. — Muito tempo. Essas coisas são crônicas.
— Pelo resto da vida, o senhor diria.
— Bem...
Sorriu amargo:
— Pelo resto da minha vida pelo menos, Julinho.
Saindo dali, ele telefonou a Cristina:
— Preciso continuar com a lavagem dos pés. O médico disse que é necessário.
Ela desligou. No dia seguinte mandou um curto bilhete, desfazendo o noivado.
Júlio não casou, mas mudou-se de casa. Foi morar sozinho; levando Almerinda, naturalmente. Não teve mais problemas com amigos, que não convidava para o apartamento, nem com mulheres, que só o visitavam altas horas da noite. Foi uma dessas promíscuas que o matou; uma discussão tola, ele queria que ela cheirasse pó, ela se recusou, ele tentou obrigá-la à força, ela puxou a navalha, cortou-lhe a carótida. Quando Almerinda, atraída pelo barulho, veio correndo de seu quarto, Júlio já estava sem vida.
    A mãe ficou tão desesperada que teve de ser hospitalizada. A empregada é que cuidou de tudo: avisou os parentes e os amigos, providenciou o agente funerário, e até mesmo lavou e vestiu o cadáver, colocando-lhe os sapatos novos que comprara.
    Mas não havia nada nesses sapatos. Os pés do patrãozinho ficaram com Almerinda, que usou, para

111

cortá-los, a navalha que encontrara junto ao cadáver. Devidamente embalsamados por um tio de Almerinda, homem entendido nessas coisas, eles foram levados para a casinha onde ela agora mora, no interior. Todos os dias, ao cair da tarde, ela liga o televisor e procede à lavagem dos pés. Fá-lo com alegria. Que uma lágrima pingue de vez em quando na bacia é apenas um acontecimento fortuito; quase um acidente no trabalho.

HISTÓRIA PORTO-ALEGRENSE

Não penses que eu estou reclamando, não. Estou só contando a verdade e contar a verdade não pode fazer mal a ninguém. E a verdade é que a porto-alegrense sou eu; o orgulhoso és tu, mas a porto-alegrense sou eu. Eu já morava nesta cidade quando tu apareceste, o altivo filho de um fazendeiro da fronteira. Faz tempo isso, não é? Petrópolis nem existia, Três Figueiras era mato. Os bondes eram poucos... Te lembras dos bondes? Bem. Eu era a modesta caixeirinha de um armarinho da Cidade Baixa. Tu, o garboso estudante que varava as madrugadas no Café Central ou no Alto da Bronze, declamando em voz alta os teus poemas. Tu eras o rapaz rico que vinha à loja onde eu trabalhava, trazendo imensos buquês de rosas.

Foi um escândalo, te lembras? O que se cochichava na Rua da Praia! É que desfilavas de braço comigo, desde a Praça da Alfândega até a Igreja da Conceição. Eu nem gostava desses passeios, mas tu ias de cabeça alta, desafiador — enquanto as senhoras e os cavalheiros nos olhavam, escandalizados. Se escandalizavam? Foste mais longe: alugaste para mim uma casa no Menino Deus. E que casa! O antigo palacete de um barão, situado no meio de um verdadeiro parque, com árvores, e estátuas,

113

e um lago com peixinhos vermelhos. Me instalaste ali porque eu era, dizias, a tua rainha; e de fato, como rainha eu vivia, com criados à disposição e até um carro — um dos primeiros automóveis de Porto Alegre, te lembras? Um Edsel. Teu pai pagava tudo. Teu pai, o rico fazendeiro, achava que o filho tinha direitos de macho, não importava o que dissessem. Ou o que custasse. Pagava tudo.
    E eu? Bem, eu gostava de ti. Gostava mesmo. Por tua causa, saí da casa de meus pais, na Cidade Baixa, e fui morar no palacete como uma cortesã. Mas eu gostava de ti, essa era a verdade.

    Teus parentes — ricos fazendeiros como o teu pai, mas fazendeiros da cidade, dos Moinhos de Vento — deixaram de te convidar para festas. O que te irritou mais ainda. Te vingaste, alugando uma casa nos Moinhos de Vento, no reduto dos inimigos. Nos instalaste lá, eu e todos os empregados (só despediste a cozinheira, porque achavas que eu cozinhava melhor do que ela). Vinhas seguido. Não querias morar comigo, porque preferias a tua liberdade, mas vinhas seguido.

    Moinhos de Vento... Lindo bairro, de casas finas. Teus parentes estavam furiosos; não te cumprimentavam. Se te encontravam na rua, viravam a cara.

    Menos a tua prima, a Rosa Maria. Ela te olhava de esguelha, piscava o olho, travessa que era... Tu sorrias. Vocês se trocavam bilhetinhos. Pensas que eu não sabia? Eu sabia. Mas gostava de ti, essa é que era a verdade. E gostava da casa nos Moinhos de Vento. Um paraíso.

    Um paraíso que durou pouco... Decidiste que eu deveria me mudar. Gostavas da casa, e a querias para ti, de modo que tive de sair. Fui para uma casa em Petrópolis. Comigo foram a empregada e o motorista, que era também uma espécie de guarda. O jardineiro foi dispensado, porque a casa não tinha jardim; era uma casa relativamente modesta; e depois, para que jardim, era o que perguntavas, e ponderavas: jardim só dá trabalho. Eu gostava de jardim, mas não te respondi nada. Porque gostava de ti.

Casaste com a tua prima Rosa Maria e assumiste um cargo na direção da firma do pai dela. E aí começaste a aparecer cada vez menos; a vida de um homem de negócios é muito atarefada, dizias. Eu concordava, me lembrando da loja de armarinhos.

A cidade progredia e a essa altura eu já não tinha mais motorista, porque Petrópolis contava — me disseste entusiasmado — com transporte abundante, digno de uma cidade moderna: bondes, ônibus.

Petrópolis era realmente um bairro bom, mas com o passar dos anos começou a apresentar inconvenientes. Muitos de teus amigos — médicos, advogados, homens de negócio — moravam ali; além disso, a escola de balé que tuas filhas — duas garotinhas encantadoras — frequentavam, também era em Petrópolis... — Decidiste que eu deveria me mudar.

Me mandaste para Três Figueiras, um lugar que já não era mato, mas que ainda estava pouco povoado. Me instalaste numa casinha simpática. De madeira, mas muito simpática. Chovia dentro, mas eu não te incomodaria me queixando desses pequenos problemas. Vinhas me ver tão pouco que não era justo. Realmente não era justo. E a casa não era feia. Eu me distraía com as lides domésticas — a essa altura já não tinha mais empregada. (Para que empregada, numa casa pequena? — perguntaste, e estavas com a razão. Realmente, estavas com a razão.)

Uns anos depois — me lembro muito bem, porque já estava costurando para fora — começaram a aparecer

115

as primeiras casas elegantes nas Três Figueiras. Casas bonitas, as fachadas com pedra decorativa... Achaste que eu deveria me mudar para a Vila Jardim. Um pouco mais afastado, disseste, e tinhas razão; um verdadeiro jardim, disseste, o jardim que te faltava. É verdade que a casa não tinha água nem luz; mas eu não queria te incomodar. Passavas por uma fase de profunda depressão, de angústia existencial. Que é o dinheiro? — me perguntavas. Estávamos os dois com sessenta anos. Qual o sentido da vida? — teus olhos cheios de lágrimas. Eu, quase sem dentes, pensava numa dentadura nova — mas não ousava te pedir nada.

Me disseste para sair da Vila Jardim. O bairro estava ficando muito conhecido, poderiam te ver por lá. Me mandaste morar numa espécie de casa-barco que estava atracada no Guaíba, num lugar deserto, perto do Porto das Pombas. Interessante a casa-barco. Mais barco do que casa; esta, na verdade, era uma simples cabina de madeira coberta com uma lona.

Sacudida pelos temporais de inverno eu te esperava. Em um ano vieste só uma vez, no dia do teu aniversário. Estavas muito deprimido: Rosa Maria tinha morrido, tuas filhas não queriam saber mais de ti, só pensavam em viagens para a Europa. Procuravas as respostas para as grandes questões da vida no zen-budismo. Dizias que deveríamos mergulhar no nada. Eu olhava para a água que entrava no barco e concordava.

Um dia recebi um bilhete teu — trouxe-o o teu motorista, aliás o nosso antigo motorista... Dizias, numa letra muito trêmula, que a vida não tinha mais sentido para ti; que eu deveria soltar as amarras do barco e deixar que as correntes do Guaíba me levassem ao sabor do destino.

Pela primeira vez pensei em não te obedecer. É que eu gosto demais desta cidade, desta Porto Alegre que só avisto de longe e que mal reconheço. Me lembro que gritei, não! Não vou abandonar a minha cidade! E aí resolvi te escrever, lembrando toda a nossa história e te pedindo para voltares atrás em tua ordem.

Espero que recebas esta carta. É que estou escrevendo já do meio do rio — e é a primeira vez que mando uma carta numa garrafa jogada às águas. Mas espero que a recebas e que ela te encontre gozando saúde junto aos teus, nessa linda cidade de Porto Alegre.

AGENDA PARA A NOITE DE NÚPCIAS

"**S**enhora Presidente:
Na qualidade de futuro Diretor-Gerente das empresas dirigidas por V.Sa., e também na qualidade de seu futuro genro, submeto à sua apreciação a seguinte

Agenda para a Noite de Núpcias

1. Os trabalhos terão início às vinte e três horas na suíte 1.102 do Hotel Real Navarino. Trata-se de hotel, e de aposento, habitualmente escolhido por nubentes para a noite de núpcias. O apartamento é simpático e acolhedor; há música ambiental, suave e romântica; uma reprodução da *Maja Desnuda* proporciona, particularmente para quem vem de um ambiente culto e refinado, como é o caso de sua filha, um sutil estímulo erótico. Providenciarei champanhe, e do melhor; entrando, proporei de imediato um brinde. Pretendo que o efeito inebriante da bebida elimine qualquer inibição ainda presente na noiva.

2. A seguir, usarei da palavra, fazendo um breve mas emocionado retrospecto de um namoro apaixonado, de um noivado ardente; evocarei cenas pitorescas ou ternas, cômicas ou dramáticas; ao concluir, abraçarei a noiva, declarando enfaticamente que a amo.

3. Beijar-nos-emos. O beijo será muito prolongado, da variedade conhecida como 'de língua', na qual, modéstia à parte, sou mestre. Com esse beijo tenho despertado poderosas paixões, inclusive nas mais frígidas. Ao final desse beijo, pode V.Sa. crer, sua filha estará gemendo de prazer.

4. Seguir-se-á a operação de retirada das roupas. Ajudá-la-ei, transformando esse momento numa ocasião para carícias e elogios: aos belos seios, à graciosa cintura, às longas coxas, que, de acordo com Lorca, compararei a peixes movendo-se na semiobscuridade. Em seguida me despirei. Ela poderá constatar que seu noivo é uma bela figura de macho, alto, forte, bronzeado; e se, ao avistar o membro viril, soltar uma pequena exclamação, será, não de susto, mas sim de excitação.

5. Folguedos amorosos. Tomarei a iniciativa, começando por pequenos e úmidos beijos no pescoço, na nuca, nas orelhinhas; e nos seios. Demorar-me-ei a explorar com a ponta da língua os delicados mamilos, passando depois à sucção, o que arrancará a ela, estou seguro, numerosos e repetidos gemidos de prazer. Descendo, prosseguirei, via ventre, aos pequenos lábios, que serão acariciados e sugados. Ela então se renderá completamente e a levarei nos braços até a cama. Com a experiência acumulada em muitos anos (em camas, bancos de automóveis e macegas), decidirei sobre o momento oportuno para a penetração e a

6. Cópula. Será o momento culminante do programa. Tenho para mim que será uma cópula arrebatadora, uma torrente de paixão rompendo as comportas para, em meio a gemidos de prazer, culminar num cataclísmico orgasmo: triunfo do amor!

Cópula realizada, direi, ainda que ofegante, breves palavras sobre os belos momentos vividos. Repetirei que a amo, que a amo. E então, sono reparador.

Para a segunda noite, a agenda será ligeiramente alterada, com a introdução de novos tipos de folguedo, e assim na terceira e na quarta noites (na quinta não haverá atividades). Ao cabo de meses um padrão acabará por se estabelecer, e tudo cairá na rotina. O noivo, contudo, aguardará ansioso a oportunidade de novas experiências: outra boca a beijar, outras coxas a acariciar. Boca e coxas que poderão ser as *suas*, Senhora Presidente."

ÁPICE DE PIRÂMIDE

Seria o cheiro, talvez — mistura de odores, de terra, de serragem molhada, do suor de homens e animais exóticos. Seria o cheiro; talvez. Talvez não. O fato é que ela estava se sentindo mal ali, muito mal. Meu Deus, pensou, eu queria estar em minha casa, é a coisa que eu mais queria neste momento.

    O homem diante dela, o Breno (Breno ou Bruno) parecia não perceber seu mal-estar. Sorria o tempo todo, um sorriso humilde — humilde mas debochado; um sorriso de dentes estragados. As cáries dele me repugnam, ela pensou, e lhe ocorreu: será por isso que me sinto mal? Indignou-se: não é a mim mesma que devo fazer perguntas; é a esse homem, afinal sou jornalista.

    Corrigiu-se: estagiária. Estagiária de quarenta anos, mas estagiária. Ainda não estava formada.

    Abriu a bolsa, tirou a caneta — de ouro (os olhos do homem brilharam ou ela os adivinhou brilhar) — e um maço de folhas de papel. Vamos ver, disse, o senhor é da base. Sim, disse o Breno (ou Bruno), sou da base; fico no meio da base. A senhora sabe, eles dizem que eu sou o mais forte. Sei, ela disse, estou vendo. Fui o primeiro a ser convidado, acrescentou o homem, orgulhoso. *Foi o primeiro a ser convidado* — ela escreveu, e perguntou: há quanto tempo isso? Ah, respondeu o homem, há muito tempo, há uns dez anos mais ou menos.

Dez anos. O que fazia ela há dez anos? Morava no casarão de Higienópolis, então, e os dias fugiam um atrás do outro. De manhã o marido aproximava-se dela, a pasta na mão: já vou, Selma, te diverte. Beijava-a. Ela o beijava também, sabendo que de modo algum se divertiria — nem naquele dia, nem em nenhum outro dia. Mas o marido estava com pressa, estava saindo, não era o momento de se queixar. Tomava mais um gole de café, suspirava, pegava uma revista.

— Foi o Ruivo quem me convidou — disse o homem.

Ela estremeceu. Quem, perguntou, tentando disfarçar a perturbação. O Ruivo, repetiu o Breno, ou Bruno; não sei o nome dele, acho que ninguém sabe. Todo o mundo aqui chama ele de Ruivo.

Passou um homem baixinho, um homem que parecia um anão: *era* um anão. Carregava sem esforço um enorme tamborete. Sorriu para ela e desapareceu. Selma estremeceu. Escreveu — *Ruivo o convi* —; não terminou a palavra, começava a faltar tinta na caneta. Eu deveria usar uma esferográfica, como todo o mundo, pensou, enquanto sacudia desesperadamente a caneta; mas não sou como todo o mundo, uso caneta-tinteiro e me esqueço de enchê-la. Tentou de novo: — *dou*, sim, conseguia terminar a palavra. *Convidou.*

O Breno, ou Bruno, falava, animado.

— O Ruivo me convidou. Nós éramos guris, eu tinha uns treze, e ele um pouco mais — dezesseis, acho. Um dia chegou perto de mim e disse: sabe, Bruno...

(Bruno! O nome era Bruno. Não deveria esquecer. Por via das dúvidas anotou num canto da folha: Bruno.)

— aquela casa de muro alto? Ali tem coisa, Bruno.

Que coisa, eu perguntei. Ruivo não quis dizer, ele era assim mesmo, misterioso. Riu e disse: eu vou te mostrar, vem comigo. Fui com ele. Chegamos ao muro, ele mandou que eu me abaixasse, subiu nos meus ombros — e foi assim que tudo começou, dona, todo o nosso negócio. O Ruivo era muito ágil, mas eu não, eu era um pouco desajeitado, ele então me ensinou como é que eu deveria fazer para não deixar ele cair. Custei a aprender, mas aprendi. Só que, a senhora sabe, eu sou alto, mas o Ruivo é baixinho, então não deu para ele olhar por cima do muro. Falta muito, Ruivo, eu perguntei lá de baixo, um tanto agoniado porque as botinas dele me machucavam os ombros. Falta, ele disse, falta um metro e tanto: Saltou lá de cima, muito aborrecido.

Ela escrevia, escrevia. Não quero olhar para este homem — pensava — não quero olhar as coisas ao redor. *Saltou lá de cima* — escreveu.

Um grito! Ouviu um grito. Não, um grito não, antes um guincho, um guincho angustiado. Meu Deus, perguntou-se de novo, onde é que fui me meter?

Indignou-se: não, não vou me entregar! Não vou me deixar atemorizar, esta fase já passou! Forçou-se a parar de escrever, forçou-se a erguer a cabeça, a sorrir, a falar:

— Foi então que apareceram os outros.

Isso mesmo, dona, disse o Bruno (Bruno?). Foi o Ruivo que disse: Bruno (Bruno!) precisamos de mais gente, só tu não me chega. Ruivo, eu disse, tenho uns irmãos, posso falar com eles. Bruno (Bruno!), ele disse, vamos precisar de cinco caras: três para a base, dois para ficarem em cima da base e eu...

(— *no ápice*, ela escreveu; se antecipava)

... por cima de todos. Fiquei muito contente, dona (riu, o Bruno), porque nós somos justamente cinco irmãos: os dois gêmeos e os outros. Só que eu não sabia

123

se eles gostariam da coisa... Mas o Ruivo convenceu eles, disse que todos poderiam espiar por cima do muro, depois dele; depois que ele olhasse, ficaria na base, outro poderia olhar.

Um grito, desta vez. Um grito de homem, e logo o guincho de um animal enfurecido. Ela tornou a se encolher. A caneta agora traçava no papel palavras invisíveis: A tinta tinha secado de vez.

O Ruivo tinha lábia — estava dizendo o homem, e havia admiração em sua voz. O Ruivo era bom mesmo... Convenceu os meus irmãos. Mas levamos uma semana treinando para formar a pirâmide; o Ruivo perdia a paciência, o Ruivo gritava que a gente nunca ia aprender nada. Mas aprendemos. No fim, a gente estava fazendo uma bela pirâmide.

Enxugou os olhos. Barbaridade, murmurou, isso foi há dez anos, quem diria.

Há dez anos, e era verão. Te diverte, dizia o marido, saindo. A empregada aparecia, trazendo o menino pela mão: já vou indo, Dona Selma, o Serginho está atrasado para o colégio. Vai, meu filho, ela dizia, te diverte. Te diverte? — o menino, aborrecido. Se divertir com que, no colégio? Tu és burra, mãe, tu nunca aprendes nada!

Saía, altaneiro como o pai. Ela suspirava, pegava a revista e ia para a piscina.

Uma manhã, continuava o Bruno, ou Breno, fomos até a casa. Ficamos escondidos num campinho próximo, porque tinha um carrão preto estacionado no portão. Quando saiu, o Ruivo nos fez sinal. Corremos até o muro, formamos a pirâmide. Ruivo subiu por nossas costas. Olhou. Não disse nada, pulou o muro e desapareceu lá dentro.

Um urro. Mas isto agora é um leão! — pensou, alarmada. — Isto que eu ouvi tem de ser um leão, e pode

estar solto! Mordeu o dorso da mão, sacudiu a cabeça — pouco lhe importava que o homem notasse sua perturbação. E que foi que o Ruivo viu lá, perguntou. Nada, disse o homem. O Ruivo disse que não tinha nada lá.
O *Ruivo mentiu* — era o que ela deveria escrever, ou dizer; mas não escreveria nem diria. Estava pensando no adolescente ruivo saltando do alto do muro, caindo junto à borda da piscina; estava pensando em seu susto, e no sorriso debochado dele, e depois na ideia, a ideia fascinante — *por que não?* — estava pensando em seus dedos trêmulos abrindo o chambre...
Hoje — o homem concluía — trabalhamos todos aqui, no circo do Ruivo. Nosso número ainda é a pirâmide. Só que Ruivo não trabalha mais com a gente. Agora ele é o dono de tudo. Está por cima — disse o homem, com seu sorriso de dentes estragados.
Por cima. O Ruivo por cima. Ela guinchava, ela urrava, ela gritava, ela gemia — ninguém ouviria: a casa estava vazia, os muros eram altos e grossos. Há dez anos...
— Olá, Selma — disse uma voz atrás dela.
Voltou-se: um homem bem-vestido, um homem elegante, apesar da reduzida estatura. Era ele, sim; era o
— Olá, Ruivo.
ápice da pirâmide.

OFERTAS DA CASA DALILA

Tudo bem em São Paulo, eu satisfeito na posição de gerente de uma cadeia de lojas — boa casa, dois automóveis, viagem para o Caribe marcada, tudo — quando, de repente, telefona de Porto Alegre minha mãe. O velho está doente, ele não dá conta da casa e dos negócios... Sou filho único. Tomo o primeiro avião. Encontro meu pai bem melhor. Mas já que estou, resolvo botar em ordem o negócio deles, uma lojinha de confecções para homens; no Mont'Serrat. Dava bem quando era a única loja da zona, com sua fiel clientela de funcionários públicos e pequenos comerciantes. Graças a ela estudei, terminei um curso. É por isso que o meu diploma de contador está pendurado atrás da caixa, junto com alvarás e o retrato do meu avô, fundador do estabelecimento.
 Agora, porém, vejo que há outra loja na rua, bem defronte à nossa — a Casa Dalila. Também pequena, também desarrumada, tem um movimento bem maior: Por quê? — pergunto-me, olhando a proprietária, uma velha de cabelos oxigenados e olhos pintados que, da porta, me encara desafiadora. Não sabe com quem está lidando.
 Lanço-me ao trabalho. Uma investigação preliminar

me revela que grande parte de nossa clientela faz agora suas compras na Casa Dalila. E logo descubro por quê: as notas de compra dão direito à frequência de certas sessões cinematográficas realizadas nas noites de sexta--feira, nos fundos da própria Casa Dalila. Obtenho algumas dessas notas. E marco minha passagem para sábado. Pretendo resolver o assunto à minha moda: rápido, eficiente, sem barulho.

Às nove da noite de sexta-feira, de óculos escuros e bigodes postiços, toco a campainha da Casa Dalila. A porta se abre; aparece a cara pintada da velha. Mostro as notas de compra, entro, e sou conduzido a uma sala mal iluminada nos fundos da loja. Ali, entre manequins sorridentes e caixotes de mercadorias, estão os outros espectadores. Não sou o único de óculos escuros. Sento-me num tosco banco de madeira, acendo um cigarro e espero.

Está nervosa, a Dona Dalila. Corre pela sala, ajeita a tela rasgada, consulta o relógio; finalmente anuncia, com voz rouca, que a sessão vai começar. Apaga a luz e liga o velho e barulhento projetor.

Um letreiro aparece na tela: "As Aventuras de Dalila". Antes mesmo que o filme se inicie já imagino do que se trata: uma lamentável coisa pornográfica, antiga, escura, muda — a mulher com o cachorro, a mulher com dois homens, a mulher com outra mulher. De fato, a primeira cena já mostra uma cama; e dentre peles e plumas emerge o rosto da devassa: olhos pintados de preto, boca em coração — linda, a diaba, apesar de tudo.

Entra o cachorro; depois, os dois homens; depois, a outra mulher. A plateia ri e aplaude; de entusiasmo, alguns gemem, mesmo.

O filme termina. A luz se acende. Resmungos; quer mais, alguém. Não, diz a velha, por hoje é só. Só na sexta que vem. E não esqueçam as notas de compra.

Meio oculto atrás de um manequim, espero que todos saiam. A velha está enrolando o filme. Saio do meu esconderijo; ao me ver, assusta-se.
— Que foi? — grita, enraivecida. — Já terminou! Te arranca. Cai fora logo que é tarde e eu ainda tenho muito que fazer.

Tiro o bigode e os óculos. Recua, surpresa: Mas é o filho de Dona Cecília! Exato, digo, e acrescento: o filho dos teus concorrentes. Estou aqui para terminar com a palhaçada.

Ri, incrédula. Terminar, como? Por quê? Porque é concorrência desleal, digo. Só por isso.

— Teus pais podem fazer o mesmo na loja deles — observa, sarcástica.

— Cala a boca! — berro (mas minha fúria é calculada). — Meus pais não são ordinários como tu, sua vaca! São honestos!

Assusta-se: Não precisa gritar, não sou surda; e depois, o que tem de mal em passar uns filmezinhos? É uma sujeira — grito — atrair fregueses com esses truques!

Suspira. Está bem, diz. Não passo mais filmes. Começa a tirar o rolo da máquina.

— Me dá isto aqui — ordeno.

— Para quê? — a voz é trêmula, e há verdadeiro pavor nos olhos. Ah!

— Dá aqui! — repito.

Tenta escapar pela porta dos fundos. Agarro-a, tiro-lhe o filme. Tenta reagir. Aplaco-a com um bom murro.

— Vou queimar esta droga — digo, ainda ofegante. Aqui mesmo, e já!

— Espera um pouco! — o tom agora é de súplica, e a boca sangra. — Me faz um único favor. Me deixa assistir o filme pela última vez.

— Para quê?

— Deixa eu passar o filme. Depois te explico.
Consulto o relógio. Tenho tempo; e mesmo, não vi direito o filme.
— Está bom.
Coloca o filme na máquina, apaga a luz. Sento-me no banco, acendo um cigarro. Ela senta-se junto a mim. Olhamos o rosto na tela — os olhos pintados, a boca em coração.
— Sabe quem é esta aí? — murmura ao meu ouvido. — Sou eu mesma.
— Mentira tua.
— Palavra. Eu mesma, na Europa. Fui muito famosa... A bela Dalila.
Olho-a. De fato, parece-me reconhecer no rosto gordo os traços da mulher da tela.
— Passa o filme de novo.
Não há dúvida: os mesmos olhos, a mesma boca.
— Sou eu, sim — sussurra, e ri.
Caímos no chão, entre os manequins.
Sábado de manhã já estou no avião, a caminho de São Paulo. Já convenci os velhos a vender a loja para Dalila; já acertei a mesada que lhes mandarei de São Paulo; e já resolvi que tão cedo não voltarei ao bairro de Mont'Serrat em Porto Alegre.

129

O MISTÉRIO DOS
HIPPIES DESAPARECIDOS

Ide ao Mercadão da Travessa do Carmo. Que vereis? O alegre, o pitoresco, o colorido. Admirai a excelente organização: cada artesão em seu quadrado, exibindo belos trabalhos. Mas... Nada vos chama a atenção? Não? Neste caso, pergunto-vos; onde estão os *hippies* da Praça Dom Feliciano? Isso mesmo, aqueles que ficavam na frente da Santa Casa. Onde estão? Não sabeis?

O homem de cinza sabe.

O homem de cinza vinha todos os dias à Praça Dom Feliciano. Ficava muito tempo olhando os *hippies,* que não lhe davam maior atenção. O homem, ao contrário, parecia muito interessado neles: examinava os objetos expostos, indagava por preços, por detalhes da manufatura. E anotava tudo numa caderneta de capa preta. Um dia perguntou aos *hippies* onde moravam. Por aí, respondeu um rapaz. Numa comuna? — perguntou o homem. Não, não era em nenhuma comuna; na realidade, estavam ao relento. O homem então disse que eles deveriam morar juntos numa comuna. Ficaria mais fácil, mais prático. O rapaz concordou. Não estava com muita vontade de falar; contudo, acrescentou, depois de uma pausa, que o problema era encontrar o lugar para a comuna.

Não é problema, disse o homem; eu tenho uma chácara lá na Vila Nova, com uma boa casa, gramados, árvores frutíferas. Se vocês quiserem, podem ficar lá. No amor? — perguntou o rapaz.
— No amor, bicho — respondeu o homem, rindo. Só quero que vocês tomem conta da casa. Os *hippies* confabularam entre si e resolveram aceitar. O homem levou-os — eram doze, entre rapazes e moças — à chácara, numa camioneta Veraneio. Deixou-os lá.

Durante algum tempo não apareceu. Mas, num domingo, deu as caras. Conversou com os jovens sobre a chácara, contou histórias interessantes. Finalmente, pediu para ver o que tinham feito de artesanato. Examinou as peças atentamente e disse:
— Posso dar uma sugestão?
Eles concordaram. Como não haveriam de concordar? Mas foi assim que começou. O homem organizou-os em equipes: a equipe dos cintos, a equipe das pulseiras, a equipe das bolsas.

Ensinou-os a trabalhar pelo sistema da linha de montagem; racionalizou cada tarefa, cada atividade.

Disciplinou a vida deles, também. Centralizou todo o consumo de tóxicos. Fornecia drogas mediante vales, resgatados ao fim do mês, conforme a produção. Permitiu que se vestissem como desejavam, mas era rígido na escala de trabalho. Seis dias por semana, folgas às quartas — nos domingos tinham de trabalhar. Nestes dias, o homem de cinza admitia visitantes na chácara, mediante o pagamento de ingressos. Um guia especialmente treinado acompanhava-os, explicando todos os detalhes acerca dos *hippies*, estes seres curiosos.

O homem de cinza já era muito rico, mas agora está multimilionário. É que organizou uma firma, e exporta para os Estados Unidos e para o Mercado Comum Europeu cintos, pulseiras e bolsas.

Parece que, para esses artigos, não há sobretaxa de exportações. Escreveu um livro — *Minha Vida Entre os Hippies* — que tem se constituído em autêntico êxito de livraria; uma adaptação para a televisão, sob forma de novela, está quase pronta. E quem ouviu a trilha sonora, garante que é um estouro.

Tem apenas um temor, este homem. É que um dos *hippies*, de uma hora para outra, cortou o cabelo, passou a tomar banho — e usa agora um decente terno cinza. Por enquanto ainda não se manifestou; mas trata-se — o homem de cinza está convencido disto — de um autêntico contestador.

O VELHO MARX

Nos fins do século passado, Marx estava realmente cansado. As lides políticas esgotavam-no. Estava doente e descrente de seu futuro como líder do movimento operário mundial. O que podia ter feito, já fizera. *O Capital* estava lançado e circulava; seus artigos eram lidos atentamente. E contudo Marx continuava doente, pobre, frustrado.

— Basta — disse Marx. — Tenho poucos anos de vida. Vou vivê-los anonimamente, mas no conforto.

Essa decisão foi penosa. Faz lembrar a história de um homem que se julgava superior aos demais, porque tinha seis dedos no pé esquerdo. Tanto falava nisso, que um dia um amigo quis vê-los, os seis artelhos. Tira o homem sapato e meia e, quando vê, tinha cinco dedos, como todo mundo. Risos gerais. Volta o homem para casa e, desiludido, vai dormir. Tira novamente o sapato: no pé esquerdo tem quatro dedos.

Estava cansado, Marx. "Quero viver bem os poucos anos de vida que me restam." Marx baseava-se num cálculo empírico: subtraía sua idade da expectativa de vida de então e angustiava-se: não lhe restava muito tempo, parecia. Que fazer? Entregar-se a aventuras jocosas? Mas seria lícito trocar a seriedade pela hilarie-

dade? Desperdiçar — na expressão dos rosa-cruzes — em risos os anos da vida?
Marx tinha filhas. Desejava para elas um futuro melhor, uma vida confortável... Como? Mais do que ninguém, Marx conhecia a estrutura do capitalismo em ascensão. Diagnosticou acertadamente todos os erros da nascente sociedade industrial. "Ninguém melhor do que eu para explorar estes erros" — pensava. A riqueza estava ao alcance da mão.
Contudo, não se decidia. Deixava os dias passarem, dava desculpas à mulher: "Estou estudando a melhor maneira... tenho de fazer alguns cálculos... atualmente não tenho disposição..." Relapso Marx!
A mulher e as filhas é que não estavam para brincadeiras. Já não tinham o que vestir. Faziam só uma refeição por dia, composta de batatas e pão velho.
De modo que Marx teve que se decidir. Resolveu testar suas teorias sobre o lucro fácil num país novo. Escolheu o Brasil.
Numa manhã de inverno nos começos deste século Marx chega a Porto Alegre. O navio atracou no cais em meio ao nevoeiro. Marx e suas filhas espiavam as barcaças dos vendedores de laranja. As meninas choravam de fome. Um velho gaúcho deu a uma delas um pedaço de linguiça. A menina devorou-o e riu, satisfeita.
— Eta, guriazinha faminta! — disse o homem, admirado.
"Preciso fazer um estudo sobre o papel do proletariado nos países atrasados" — pensou Marx, mas em seguida lembrou-se de que estava ali para ganhar dinheiro e não para elaborar teorias.
— Vamos! — comandou.
Hospedaram-se numa pensão na antiga rua Pantaleão Teles. Logo após a chegada, mais uma tragédia veio

enlutar a família Marx: a caçulinha Punzi, que tinha comido linguiça, adoeceu com cólicas e diarreia. Marx, sem recursos para chamar médico, levou a menina à Santa Casa, onde ela faleceu na mesma noite.

— Se tivessem trazido logo... — disse o interno de plantão.

Em sua dor, a mulher de Marx voltou-se para o marido:

— Tu és o culpado, revolucionário maldito! És incapaz de amor! Só sabes semear o ódio por todas as partes! Delicia-te a luta de classes; mas és incapaz de comover-te com o sofrimento de tuas filhas!

Compungido, Marx suportou a torrente de impropérios.

No dia seguinte foi procurar emprego.

Conseguiu colocação numa fábrica de móveis na Avenida Cauduro. Era um lugar pequeno, escuro e cheio de pó; mal rendia o suficiente para sustentar o proprietário. Mas este, um velho judeu barbudo, tinha pensamentos filosóficos:

— Onde come um, comem dois, três, quatro. Ainda mais um judeu: mesmo que seja um alemão.

Além de Marx trabalhavam na fábrica o Negro Querino e Ióssel, um rapazinho de óculos e cheio de espinhas. Negro Querino era hábil com a pua, a plaina, a goiva, o formão, o martelo; trabalhava também na lixadeira; era lustrador quando necessário. Ninguém melhor do que ele na serra de fita.

Ióssel dava uma mãozinha aqui, uma mãozinha ali. Falou a Marx:

— Não quer juntar-se a nós? Somos um grupo de bons rapazes judeus. Reunimo-nos ora na casa de um, ora na casa do outro. Discutimos assuntos variados. Pretendemos casar com boas moças e formar famílias.

135

Queremos melhorar a vida da nossa comunidade. Aceita participar, Karl Marx?

Marx recusou por duas razões: primeiro, porque após ter escrito *A Questão Judaica*, acreditava ter esgotado o assunto com o povo judeu; e depois, porque sua finalidade era enriquecer, não confraternizar.

— Não posso aceitar, Ióssel. Meu objetivo é subir na vida. Aconselho-te a deixar de lado as ilusões. Dedica-te a algo sério, antes que seja tarde demais. Tua saúde já está abalada. Vais acabar morrendo de tuberculose.

De fato: embora a tuberculose seja rara entre os judeus, Ióssel passou a escarrar sangue e morreu sem ter constituído família. Foram ao enterro o velho, Marx, e Negro Querino. No cemitério apareceram alguns rapazes de cara assustada. Marx supôs que fossem do círculo de debates. Estava certo: Marx errava muito pouco, agora.

Uma noite, antes de dormir, Marx olhou para o pé esquerdo:

— Cinco dedos — disse em voz alta. — Quatro antes: seis, um dia!

— O quê? — perguntou a mulher, sonolenta.

— Dorme, mulher — respondeu ele.

Marx estava sempre atento à conjuntura econômica. Lia tudo o que lhe caía às mãos: jornais, revistas, livros. Ouvia rádio. Escutava conversas pelas esquinas. Coletava dados. Examinava tendências.

O dono da fábrica estava muito velho. Um dia chamou Marx:

— Estou velho. Preciso de um sócio. Não queres ser meu sócio?

— Nada tenho.

— Não preciso. Confio na tua honradez de judeu; ainda que sejas um alemão.

Marx aceitou. Ficaram dois a mandar no Negro Querino. Este não se importava; corria da lixadeira para a serra de fita, da serra de fita para a lustração, no caminho pregava um sarrafo, sempre a cantarolar *Prenda Minha*.

Lentamente, como um motor que vai adquirindo velocidade, Marx começou a trabalhar. Antes dele, o sistema da fábrica era simples. Um freguês entrava na fábrica, encomendava um roupeiro, nas dimensões e formato que bem entendia, e ainda estipulava o preço.

Selado o acordo com um aperto de mão, iam todos, patrão e empregados, fazer o roupeiro. Marx acabou com essa desordem. Declarou instituída a linha de montagem. Mas antes despediu o Negro Querino.

— Por quê? — protestou o velho. — Um empregado tão bom! Faz tudo!

— Exatamente por isso — respondeu Marx. — Quero gente que só saiba fazer uma coisa: especialistas, entendes? Estes que trabalham na goiva, na plaina, na serra de fita, que entendem de tudo — não me servem, entendes?

— Mas tu não conheces nada de móveis! — o velho estava desconsolado.

— Mas conheço economia. Vai dormir, sócio.

Começava a Segunda Guerra Mundial, Marx, que já raspara a barba, hasteou na fábrica a bandeira nacional. Falava um português perfeito; ninguém diria que se tratava de um europeu. Contudo, tinha razão em tomar precauções. Conseguira um contrato para fabricar móveis para o exército e não queria que sua condição de estrangeiro prejudicasse os negócios.

O velho passava os dias na sinagoga.

Notícias horríveis vinham da Europa. Os campos de concentração. Os fornos... A mulher de Marx um dia disse-lhe à mesa do café: "Tinhas razão quando falavas que a história da humanidade é atravessada por um fio de sangue!", e serviu-se de manteiga.

137

Churchill prometia aos ingleses sangue, suor e lágrimas. Marx mandou instalar na fábrica um sistema de alto-falantes que irradiavam canções patrióticas e pediam aos operários aumento na produção. "Londres está sendo bombardeada! E você, o que faz?" Foi dos primeiros empresários a investir em publicidade. Graças a esse senso de oportunidade e a outras qualidades ganhou muito dinheiro.

É claro que o processo não foi contínuo nem suave. A enchente de 1941 causou-lhe um sério revés. Milhares de tábuas de madeira de lei saíram a flutuar, levadas pelas águas barrentas: Marx recebeu o golpe com resignação. "O homem se tornou gigante controlando as forças da natureza" — pensou.

Em compensação, com a enchente, o velho pegou pneumonia e morreu. Foi um alívio para Marx; não suportava mais as admoestações do sócio. Contudo, inaugurou o retrato dele no escritório, proferindo, na ocasião, um comovido discurso.

Teve de suportar ainda uma grande crise moral. Foi no fim da guerra: as tropas russas avançavam pela Europa levando tudo de roldão. Bandeiras vermelhas surgiam nas capitais.

"Será que eu estava certo?" — perguntava-se Marx, assustado. "O proletariado tomará o poder? Os capitalistas serão esmagados? O último financista será enforcado nas tripas do último proprietário?"

Decidiu pôr à prova suas antigas teorias. Se estivessem erradas, reconheceria seu erro e ajudaria o operariado a vencer a luta de classes.

Tinha em uma de suas fábricas um aprendiz chamado Querininho. Era filho do Negro Querino. Decidiu usá-lo como cobaia.

Chamava-o.

— Querininho.
— Senhor?
— Limpa meus sapatos.
— Sim, senhor.
Sorrindo, Querininho limpava os sapatos de Marx.
— Querininho.
— Senhor?
— És um imbecil.
— Sim, senhor.
— Não vês que tudo isto é teu? As máquinas são tuas; os móveis que fazes são teus; o palacete em que eu moro é teu. Poderias ser amante de minhas filhas se quisesses. O futuro te pertence.
— Sim, senhor.
— Não queres a fábrica?
— O senhor está brincando, seu Marx! — dizia o crioulo, os dentes de fora.
— Não estou brincando, cretino! — berrava Marx. Toma a fábrica! Ela é tua! Faz greve! Arma barricadas!
Querininho ficava quieto, olhando o chão.
— O que é que tu mais queres na vida?
— Ter uma casinha na Vila Jardim. Ir ao futebol todos os domingos. Tomar uma cachacinha com os amigos no sábado à noite. Casar. Ser feliz.
Todas as noites Marx contava os dedos dos pés.
— Já são seis? — perguntava a mulher, debochando dele. Ela também morreu. Marx organizou uma Fundação em memória dela.
Velho, Marx tornou-se amargo. Uma de suas filhas casou-se com o dono de uma companhia de aviação, mas ele não foi ao casamento. Outra fugiu com o guarda-livros da firma. Ele não se importou.
Qual era o segredo de Marx? Ele estava sempre na crista da onda. Percebia: "Vão faltar moradias para toda

139

esta gente que emigra das zonas rurais em busca dos atrativos das grandes cidades." E lançava-se aos negócios imobiliários. Usava psicologia: oferecia coisas como Segurança, com S maiúsculo. Era amigo de todas as figuras do mundo bancário: as torneiras do crédito estavam sempre abertas para ele. Quando havia retração, oferecia financiamentos a juros altos.

Velho, Marx tornou-se amargo. Tomava chimarrão, coisa que sempre detestara; sugando melancolicamente a bomba, resmungava contra os empresários modernos ("Vagabundos. Vagabundos e burros. Não entendem nada de economia. Sem computador não fazem nada. Não têm visão. Eu era capaz de prever uma crise com precisão de minutos — e nunca precisei de computador."), contra os países comunistas ("Brigam entre si como comadres. E só pensam em consumo."), contra o chimarrão ("Está frio! Está frio!").

Querininho morreu num acidente da fábrica. Antes de expirar pediu para ver o patrão, a quem pediu humildemente a bênção.

Marx ficou muito impressionado. Três dias depois foi hospitalizado e teve seu pé esquerdo amputado. Fez questão de enterrá-lo, embalsamado, com grandes pompas fúnebres. Altas figuras estiveram presentes ao enterro; entreolhavam-se constrangidas.

Marx morreu há muitos anos.

Durante manifestações antiesquerdistas, o pé embalsamado foi desenterrado por uma multidão furiosa. Antes de queimarem-no, alguém notou que tinha seis dedos.

NO RETIRO DA FIGUEIRA

Sempre achei que era bom demais. O lugar, principalmente. O lugar era... era maravilhoso. Bem como dizia o prospecto: maravilhoso. Arborizado, tranquilo, um dos últimos locais — dizia o anúncio — onde você pode ouvir um bem-te-vi cantar. Verdade: na primeira vez que fomos lá ouvimos o bem-te-vi. E também constatamos que as casas eram sólidas e bonitas, exatamente como o prospecto as descrevia: estilo moderno, sólidas e bonitas. Vimos os gramados, os parques, os pôneis, o pequeno lago. Vimos o campo de aviação. Vimos a majestosa figueira que dava nome ao condomínio: Retiro da Figueira.
Mas o que mais agradou à minha mulher foi a segurança. Durante todo o trajeto de volta à cidade — e eram uns bons cinquenta minutos — ela falou, entusiasmada, da cerca eletrificada, das torres de vigia, dos holofotes, do sistema de alarmes — e sobretudo dos guardas. Oito guardas, homens fortes, decididos — mas amáveis, educados. Aliás, quem nos recebeu naquela visita, e na seguinte, foi o chefe deles, um senhor tão inteligente e culto que logo pensei: *ah, mas ele deve ser formado em alguma universidade.* De fato: no decorrer da conversa ele mencionou — mas de maneira casual — que era

formado em Direito. O que só fez aumentar o entusiasmo de minha mulher.

Ela andava muito assustada ultimamente. Os assaltos violentos se sucediam na vizinhança; trancas e porteiros eletrônicos já não detinham os criminosos. Todos os dias sabíamos de alguém roubado e espancado; e quando uma amiga nossa foi violentada por dois marginais, minha mulher decidiu — tínhamos de mudar de bairro. Tínhamos de procurar um lugar seguro.

Foi então que enfiaram o prospecto colorido sob nossa porta. Às vezes penso que se morássemos num edifício mais seguro o portador daquela mensagem publicitária nunca teria chegado a nós, e, talvez... Mas isso agora são apenas suposições. De qualquer modo, minha mulher ficou encantada com o Retiro da Figueira. Meus filhos estavam vidrados nos pôneis. E eu acabava de ser promovido na firma. As coisas todas se encadearam, e o que começou com um prospecto sendo enfiado sob a porta transformou-se — como dizia o texto — num novo estilo de vida.

Não fomos os primeiros a comprar casa no Retiro da Figueira. Pelo contrário; entre nossa primeira visita e a segunda — uma semana após — a maior parte das trinta residências já tinha sido vendida. O chefe dos guardas me apresentou a alguns dos compradores. Gostei deles: gente como eu, diretores de empresa, profissionais liberais, dois fazendeiros. Todos tinham vindo pelo prospecto. E quase todos tinham se decidido pelo lugar por causa da segurança.

Naquela semana descobri que o prospecto tinha sido enviado apenas a uma quantidade limitada de pessoas. Na minha firma, por exemplo, só eu o tinha recebido. Minha mulher atribuiu o fato a uma seleção cuidadosa de futuros moradores — e viu nisso mais um motivo de satisfação. Quanto a mim, estava achando tudo muito bom. Bom demais.

Mudamo-nos. A vida lá era realmente um encanto. Os bem-te-vis eram pontuais: às sete da manhã começavam seu afinado concerto. Os pôneis eram mansos, as aleias ensaibradas estavam sempre limpas. A brisa agitava as árvores do parque — cento e doze, bem como dizia o prospecto. Por outro lado, o sistema de alarmes era impecável. Os guardas compareciam periodicamente à nossa casa para ver se estava tudo bem — sempre gentis, sempre sorridentes. O chefe deles era uma pessoa particularmente interessada: organizava festas e torneios, preocupava-se com nosso bem-estar. Fez uma lista dos parentes e amigos dos moradores — para qualquer emergência, explicou, com um sorriso tranquilizador. O primeiro mês decorreu — tal como prometido no prospecto — num clima de sonho. De sonho, mesmo.

Uma manhã de domingo, muito cedo — lembro-me de que os bem-te-vis ainda não tinham começado a cantar — soou a sirene de alarme. Nunca tinha tocado antes, de modo que ficamos um pouco assustados — um pouco, não muito. Mas sabíamos o que fazer: nos dirigimos, em ordem, ao salão de festas, perto do lago. Quase todos ainda de roupão ou pijama.

O chefe dos guardas estava lá, ladeado por seus homens, todos armados de fuzis. Fez-nos sentar, ofereceu café. Depois, sempre pedindo desculpas pelo transtorno, explicou o motivo da reunião: é que havia marginais nos matos ao redor do Retiro e ele, avisado pela polícia, decidira pedir que não saíssemos naquele domingo.

— Afinal — disse, em tom de gracejo — está um belo domingo, os pôneis estão aí mesmo, as quadras de tênis...

143

Era mesmo um homem muito simpático. Ninguém chegou a ficar verdadeiramente contrariado.

Contrariados ficaram alguns no dia seguinte, quando a sirene tornou a soar de madrugada. Reunimo-nos de novo no salão de festas, uns resmungando que era segunda-feira, dia de trabalho. Sempre sorrindo, o chefe dos guardas pediu desculpas novamente e disse que infelizmente não poderíamos sair — os marginais continuavam nos matos, soltos. Gente perigosa; entre eles, dois assassinos foragidos. À pergunta de um irado cirurgião o chefe dos guardas respondeu que, mesmo de carro, não poderíamos sair; os bandidos poderiam bloquear a estreita estrada do Retiro.

— E vocês, por que não nos acompanham? — perguntou o cirurgião.

— E quem vai cuidar das famílias de vocês? — disse o chefe dos guardas, sempre sorrindo.

Ficamos retidos naquele dia e no seguinte. Foi aí que a polícia cercou o local: dezenas de viaturas com homens armados, alguns com máscaras contra gases. De nossas janelas nós os víamos e reconhecíamos: o chefe dos guardas estava com a razão.

Passávamos o tempo jogando cartas, passeando ou simplesmente não fazendo nada. Alguns estavam até gostando. Eu não. Pode parecer presunção dizer isto agora, mas eu não estava gostando nada daquilo.

Foi no quarto dia que o avião desceu no campo de pouso. Um jatinho. Corremos para lá.

Um homem desceu e entregou uma maleta ao chefe dos guardas. Depois olhou para nós — amedrontado, pareceu-me — e saiu pelo portão da entrada, quase correndo.

O chefe dos guardas fez sinal para que não nos aproximássemos. Entrou no avião. Deixou a porta aberta, e assim pudemos ver que examinava o conteúdo da maleta. Fechou-a, chegou à porta e fez um sinal. Os guardas vieram correndo, entraram todos no jatinho. A porta se fechou, o avião decolou e sumiu.

Nunca mais vimos o chefe e seus homens. Mas estou certo de que estão gozando o dinheiro pago por nosso resgate. Uma quantia suficiente para construir dez condomínios iguais ao nosso — que eu, diga-se de passagem, sempre achei que era bom demais.

ESCALPE

Uma família — pai, mãe, filha — viajava de automóvel pelo interior. O pai era um engenheiro, jovem ainda; dirigia irritado, por causa do calor e também porque o dínamo não carregava bem. A esposa estava grávida e abanava-se com um leque de papel. A filha — uma menina de cinco anos — dormia no banco traseiro. Nos quilômetros precedentes estivera agitada, chorando e mordendo a mãe. Agora dormia.

O carro, um velho Simca, avançava penosamente na estrada enlameada, entre barrancos de terra vermelha. O motor gemia, a água fervia no radiador. O engenheiro estava inquieto. A noite se aproximava, e ele temia um enguiço do motor. Pisava fundo no acelerador e praguejava baixinho.

De repente a mulher soltou um grito: Olha ali! Ele freou, assustado: Que foi? Ali, disse ela, ali na frente. Uma moça caminhava na estrada. Era alta, de belo corpo. Os pés nus iam amassando o barro da estrada. Mas o que é, afinal? — perguntou o marido, sem entender. Os cabelos dela, murmurou a esposa, que coisa mais linda, os cabelos dela!

Passavam devagar pela jovem, que voltou-se e fitou-os longamente, sorrindo.

A esposa suspirou, mexeu-se no banco. Para o carro, gemeu. O engenheiro diminuiu a marcha: Estás te sentindo mal? Queres vomitar? Ela baixou os olhos: Não, não quero vomitar; é outra coisa, mas eu não te digo, porque sei que tu não vais querer... O que é? — perguntou o engenheiro. Ela, chorosa: Não adianta te dizer, tu não vais me atender... Mas o que é, afinal? — o marido olhou o relógio, apreensivo; diz logo, pombas! Ela assoou o nariz: aquela mulher... Sim, disse o engenheiro, aquela mulher; o que é que tem aquela mulher? Viste os cabelos dela? — a mulher já não chorava; seus olhos até brilhavam. O que é que têm os cabelos dela? — gemeu o engenheiro — me diz, o que é que têm os cabelos dela? Pretos, respondeu a esposa, são pretos como os meus, mas muito mais compridos, muito mais bonitos. Sim, disse o marido, mas e daí, qual é o problema?

— Nada — disse a mulher, e deixou pender a cabeça. Uma lágrima grossa pendia da ponta do nariz.

O engenheiro olhava para ela, sem compreender. Como é, perguntou, podemos continuar? Espera, ela murmurou, e assoou-se ruidosamente. Mas não vês — ele gritou — que já é tarde, que ainda temos pela frente sessenta quilômetros desta estrada horrível? Posso continuar ou não? Ela levantou a cabeça, respirou fundo e disse, com raiva: Está bom, segue, podes seguir. Não se fala mais, pronto.

Ele pisou no freio, desligou o motor: Não, agora estou cismado, agora tu vais me dizer o que há contigo. A esposa, calada. A moça de cabelos pretos apareceu, passou por eles, sorriu de novo e se foi.

— Os cabelos dela, disse a mulher. Mas, pelo amor de Deus, gritou o engenheiro, o que é que têm os cabelos dela? A gente compra, gritou a mulher por sua vez, a gente compra — não sabia? — a gente compra! Para fazer

147

peruca! Na cidade custa uma fortuna. Aqui, elas vendem barato.
O engenheiro olhava a moça, que desaparecia numa curva. Imagino que tu queres comprar os cabelos dela, disse em voz baixa. Não, disse a esposa sorrindo, quero que *tu* compres. Vai ser presente teu.
— Nada feito, resmungou o marido, ligando o motor. Com um sorriso súplice, ela pousou a mão no braço dele: por favor, querido.
— Está bem, suspirou ele. Pôs o automóvel em marcha. Alcançaram a moça. O engenheiro parou o carro, desceu.
— Boa-tarde, moça — disse, com um sorriso forçado.
— Boa-tarde, ela respondeu; muito linda, era ela; os dentes um pouco estragados, mas os olhos lindos, e os cabelos! Pretos, compridos, caindo sobre os ombros nus. A moça olhava para ele, à espera.
Ele explicou; desejava comprar-lhe a cabeleira para a esposa, muitas vendiam, não sabia? Sabia, sim, a moça sabia, mas não podia vender. Fizera uma promessa à mãe moribunda: só cortaria o cabelo quando tivesse seu homem. Quem leva meu cabelo, me leva junto, disse, e se persignou. O engenheiro ainda insistiu um pouco; vendo que não conseguiria nada, agradeceu e voltou para o carro. Ela não vende, disse à mulher.
— É mentira, gritou a esposa, os olhos brilhando de raiva, ela vende sim, todas vendem, ela só quer aumentar o preço. Pode ser, disse o marido ligando o motor, mas nós vamos embora. Não! — gritou a mulher, e seu rosto se contorceu de dor. Por favor!
O engenheiro — ai, meu Deus; eu hoje tirei o dia para me incomodar — desligou o motor e desceu.
A moça saíra da estrada, avançava por uma picada, morro acima. Ele foi atrás.

Ela avançava rápido. Ele tentava alcançá-la, arranhando-se nos arbustos. Ofegava. Insetos zumbiam...
Alcançou-a numa clareira, onde ela se detivera a descansar.

— Moça, ele murmurou.

Ela voltou-se. Não parecia surpresa. Sorria.

— Moça, ele disse, é o seguinte: minha esposa está grávida, moça, não pode ser contrariada, a senhora compreende. Me venda seu cabelo, moça.

— Não dá, ela respondia sorrindo, já disse que não dá para vender. Levantou-se e desapareceu entre as árvores. Ele hesitou um momento e seguiu-lhe no encalço praguejando. As botas enterravam-se na terra úmida, o suor escorria-lhe pelo pescoço. Tornou a alcançá-la.

— Moça, ele gemeu. Ela o olhava, sem nada dizer.

Ele cortou-lhe os cabelos enquanto ainda estava deitado sobre ela. Cortou com sua faca, aos punhados, com fúria. Ela não fez um gesto, não disse palavra. Fitava as copas das árvores.

Voltou correndo, tropeçando nas raízes. Abriu a porta do automóvel, atirou à esposa as madeixas sujas de barro: Toma, agarra aí. — Que nojeira, protestou a mulher, deixaste cair, não é? — É — ele disse — e pôs o carro em movimento. — Não faz mal, ponderou a esposa, eu mando lavar. Guardava com cuidado os cabelos numa sacola de plástico.

Quilômetros mais adiante, o engenheiro levou a mão ao bolso da camisa: tinha perdido os documentos. Mas não volto lá, pensou, não volto lá por nada deste mundo. A criança acordava: Que é isto, mãe? É uma peruca para a mamãe, cantarolou a mãe. Dá pra mim, choramingou a menina. Cala a boca, gritou o pai. Calaram-se, mãe e filha.

A peruca foi feita, meses se passaram, uma criança nasceu, um menino.

Uma tarde de domingo, o engenheiro descansava em casa, lendo uma revista. Estava sozinho. A esposa e os filhos passavam o dia fora.

Soou a campainha. Ele levantou-se, com um gemido, e foi abrir.

Era a moça. O cabelo ainda não crescera; o sorriso era o mesmo.

— Se lembra de mim? — ela disse, e entrou.

AMAI A HENRIQUE SOBRE TODAS AS COISAS

Estas são as gerações de Sem; Sem era da idade de cem anos, e gerou a Arpachsad, dois anos depois do dilúvio. E viveu Arpachsad trinta e cinco anos e gerou Selah. E viveu Selah trinta anos e gerou a Eber. E viveu Eber trinta e quatro e gerou a Peleg. E viveu Peleg trinta anos e gerou a Rehu... E assim viveram, por muitas gerações, e geraram, num contínuo aperfeiçoamento. Embora se diga o contrário, caracteres adquiridos se transmitiram, e o progresso dos genótipos e fenótipos foi incessante, porque havia um objetivo: Henrique.

Henrique é bom, é puro, é generoso. Henrique é forte e suave. Henrique é genial, incomensurável, irresistível, infinito. Falo, e meus olhos se enchem de lágrimas: Henrique (abençoado seja seu nome) é meu irmão.

Somos gêmeos. Eu nasci primeiro. — "É um menino" disse a parteira, com certa irritação — o parto fora demorado e minha mãe pagava pouco. Limpou-me, vestiu-me, e preparava-se para ir embora, quando viu, fascinada, que o ventre de minha mãe não murchara: continuava grande, tenso, vibrações de força percorriam-no.

Passaram-se quinze minutos. O que a humanidade avançou neste tempo! Momentos assim levaram à radioatividade, à bomba atômica e ao satélite artificial, precederam Waterloo e Sebastopol. Havia expectativa. Em Viena, um estadista acordou sobressaltado, em meio a um sono povoado de visões fantásticas; nas planícies geladas da Estônia, um lobo ergueu a cabeça e uivou inquieto para a lua. E ali, em Lodz, na Polônia, mecanismos poderosos punham-se em movimento, e Henrique começava a descer de seu berço secular para o mundo que o esperava.

Nasceu. Trazia na testa um sinal vermelho, marca decisiva que foi encontrada também em Asdrúbal, o Cartaginês, e Olaf, o Viking que desafiou as Valquírias. As mãos da parteira tremiam. Minha mãe deixou-se ficar, amolecida, chorando baixinho. Henrique descerrou lentamente os olhos: viu o mundo e devorou-o.

Cresci à sombra de Henrique, vendo-o tirar sempre o primeiro lugar na escola e surrando os moleques que nos perseguiam. Quando o nosso país se tornou hostil, quando na Europa bocas se retorceram de ódio, quando os punhos se fecharam ameaçadores e botas ferradas golpearam o chão, Henrique disse: — "Vamos para a América, Isaías." Henrique não fugia nunca; temia por mim, o fraco e tímido Isaías, órfão de pai e mãe — pouco aparelhado para a luta pela vida.

Seguindo determinadas correntes marítimas, aportamos aqui. Nesta terra exótica e misteriosa, Henrique cravou seu estandarte de vitória e impôs-se.

Ah, Henrique! Como descrever esse gigante, esse prodígio entre os homens, esse sol entre estrelas? Como, se falo tão mal o português?... Durante trinta anos, vi Henrique lutar e triunfar sempre. Vi Henrique começar do nada, almoçar um pãozinho e duas batatas, dormir num galpão de lenha. Vi Henrique meditar; e então, sua testa se franzia, o sinal vermelho ficava rubro; o sol

detinha-se em Gibeon, a lua não transpunha o vale de Achalon, e homens, mulheres e crianças dispunham-se de tal maneira que Henrique pudesse viver e reinar! Assim era ele, meu irmão Henrique.
Com estes olhos, eu vi.

Vi Henrique determinar as coordenadas e abscissas da indústria de móveis; vi Henrique começar com dois operários e chegar a três mil; vi Henrique lançar a cama de casal que levou milhares de namorados a se unirem pelos sagrados laços do matrimônio.

Eu vendia gravatas. Ainda hoje vendo gravatas, e lenços, e meias, sentado (tenho reumatismo) atrás do balcão, na lojinha que Henrique comprou para mim.

Vi o governador abraçar Henrique; vi o governador dizer que Henrique era um orgulho para o estado, para a nação, para o mundo; vi o governador ordenar que fios de alta tensão levassem a eletricidade aos motores potentes de Henrique. Tudo isso eu vi.

E vi também quando Henrique uniu a sua fortuna à de Rosenkrantz; estive no casamento. Amália estava lindíssima, o sogro chorava de emoção, eu derramei um copo de vinho na roupa nova que Henrique me dera.

Vi Henrique agarrar pelo colarinho um fiscal do imposto de consumo e atirá-lo a oito metros de distância (desde então, não houve mais tentativas de extorsão). E vi também Henrique falar no Clube para duas mil pessoas e todas, todas!, votaram em Silva Neto. Eu votei também.

O filho de Henrique nasceu um mês depois do meu, e palavra!, Henrique foi um pai para o meu José. O médico que atendia Roberto, atendia José. O leite em pó de Roberto era o mesmo de José. Mas, embora Henrique fosse bom e puro e poderoso, havia um destino também; havia obstáculos intransponíveis, becos sem saída, dis-

153

positivos a serem mantidos, premissas irrefutáveis, atribuições congênitas...
Roberto foi aprovado no vestibular de engenharia, José insultou um professor e foi expulso na banca, na Faculdade de Direito. Roberto fez um curso brilhante, esteve nos Estados Unidos, é a maior autoridade nacional em concreto protendido. Roberto é puro, e bom, e poderoso; quando Roberto sorri, todos sorriem, quando Roberto fala, todos escutam, e quando Roberto e Henrique falam, meu Deus, é sinfonia, é luz ofuscante, é o paraíso sobre a terra, assim é!
E José... Que seria de mim, se não fosse Henrique? José tinha a alma cheia de ódio e revolta, era incapaz de gratidão. José quis casar com a dançarina de cabaré, e que faria eu, sendo fraco e tímido? Foi então que Henrique falou comigo, e Deus seja louvado, tive forças. Minha alma inundou-se de sabedoria e compreendi — sublime inspiração! — que Henrique jamais poderia ter um sobrinho casado com uma prostituta. E então, cerrei os dentes e respirei fundo; tornei de ferro e granito meu coração, fiz dos braços aríetes, fiz dos pulmões máquinas de vinganças; fiz de cada palavra uma espada, e expulsei José de casa.
José permaneceu calmo e sereno, mas vejam bem, não eram a calma e serenidade maiores de Henrique; não. Era algo diferente, diabólico e estável, algo alheio e defasado. E então, ele falou-me, e tinha o ar de um profeta. E disse muitas coisas sobre Henrique, coisas horríveis que não ouso repetir, falou em exploração e crueldade; com fria e pausada voz.
Disse... que no coração de Henrique, havia uma artéria, a coronária, e que nela se faria justiça; disse que todos os festins de Henrique estavam pouco a pouco se depositando na parede dessa artéria, que o calibre diminuía,

pouco de cada vez, mas diminuía, lenta e seguramente. Que o sangue encontrava um obstáculo cada vez maior, e que, num certo e determinado minuto, Henrique seria visitado pelo Anjo da Morte. Certos eletrocardiogramas feitos por Henrique provavam isso... Enchi-lhe a cara de bofetadas, até que meu braço reumático não mais aguentou, e então mandei-o embora; e que não mais voltasse, até que sua língua maldita lhe apodrecesse na boca! Ali fiquei, chorando muito tempo. Henrique veio e me consolou.
Acabo de saber que Henrique teve um infarto do miocárdio. Está tudo parado, as fábricas, os escritórios, as lojas. Os jornais noticiaram. O governador veio pessoalmente. Roberto não sai da cabeceira da cama.
Uma vida gigantesca pende de um fio. Henrique, o bom, o puro, o descomunal Henrique...
Graças a Deus. Graças a Deus!...

IRMÃOS

Éramos oito irmãos. Às vezes não havia comida para todos. Agora dizem que os judeus são ricos. Pode ser. Naquele tempo não havia comida para todos. Éramos muitos irmãos. Gostaria de dizer alguma coisa sobre cada um, mas não será possível. Falarei de dois. Um morreu. O outro era um bandido. O primeiro, Iankel, era um menino quieto. Usava óculos. Passamos fome um mês inteiro para que o pai pudesse comprar óculos para ele. O pai era operário e ganhava pouco. Mas sem óculos Iankel não podia ler. E nós queríamos que ele lesse bastante: somos o povo do livro.
  Às quintas-feiras Iankel fazia compras. Sabia ler os preços e fazer contas; nunca se enganava. Era quieto, pensava muito. Pensava certo.
  O segundo irmão, Luís, era um diabo. Assim o chamavam: diabo. Batia nos meninos da vizinhança e roubava frutas no mercado. Meus pais o castigavam, temendo que ele se tornasse um assassino. Em vão. Só dava desgostos. Tinha doze anos; em breve faria o "Bar--Mitzvá", mas não sabia ler uma palavra na Torá.
  Tínhamos muitos vizinhos naquele bairro de casas pequenas e sujas. Em frente a nós morava Tzeitl, a viúva.

Era uma velha grande e gorda, com um olho vazado e um único dente. Estava longe de ser bonita, mas era eficiente em sua ocupação: lavava cadáveres.

Nós odiávamos a velha Tzeitl. Atirava água em nós, quando jogávamos futebol em frente à casa dela. Mas nós fugíamos, porque ela conversava com almas penadas, à noite.

Iankel morreu.

Foi numa quinta-feira: eram oito horas da noite e ele não tinha voltado com as compras. Estávamos sentados em volta da mesa da cozinha, arranhando a madeira carcomida com nossos garfos tortos. De vez em quando o pai dava um tapa no que estava mais perto. Estávamos nervosos; tínhamos fome e Iankel não chegava com a comida.

Entrou correndo um vizinho para nos dizer que Iankel tinha sido atropelado por um caminhão. Saímos às pressas e lá estava Iankel estendido no meio da rua, sujo de sangue, uma perna meio arrancada. Tendo visto muitos mortos, sabíamos que ele estava morto. Os moleques catavam o arroz e o feijão nas gretas das pedras colocando tudo em sacolas de pano. Luís os dispersou a pontapés.

O pai levou Iankel para casa. Mandou que tirássemos os pratos de folha de cima da mesa e ali estendeu o corpo. A mãe gritava e arranhava a cara. O pai soluçava às vezes.

Fui chamar a velha Tzeitl para lavar o corpo.

Antes mesmo de abrir a porta ouvi-lhe os resmungos: falava com os mortos. Reuni toda minha coragem e berrei: Dona Tzeitl! Meu irmão morreu! Vem lavar ele!

Três vezes gritei. Finalmente ela abriu a porta, o olhinho são piscando astutamente.

O pai quis que saíssemos de casa. Ficamos no quin-

157

tal, os sete irmãos, mesmo a menor, que era de colo. Tremíamos de frio. A janela da cozinha tinha vidros quebrados. Pedaços de jornal remendavam os buracos. Lembro-me desse jornal; trazia notícias da guerra, sem dúvida, pois havia nele a fotografia de um cruzador. Com um prego Luís fez um furo na proa do cruzador e espiou para dentro. Depois ele me contou: a velha Tzeitl lavava Iankel com um pano molhado. Lavou todo o corpo: a cabeça, a cara, as mamicas, as pernas, a barriga. Quando chegou no pinto a velha parou e ficou olhando. Pegou o pinto de Iankel e o examinou bem, por baixo e por cima. Depois lavou.

Uns dias depois do enterro Luís chamou os irmãos maiores. Reunimo-nos no esconderijo, atrás de um monte de lenha. Luís tinha uma ideia: deveríamos chamar a velha Tzeitl e dizer que ele, Luís, tinha morrido do coração. Ele ficaria deitado sobre a mesa da cozinha, nu e bem quieto. Deixaria a velha lavá-lo.

— O pinto também? — perguntei. Eu era sacana.

Luís ficou vermelho.

— Vai chamar a velha!

Não fui. Achei que ela teria um choque: a velha só tocava gente morta e fria; o que sentiria ao pôr a mão num pinto quente? Talvez até morresse de susto. Pensei que Iankel não gostaria que ela morresse; nem eu.

Luís talvez sim.

Mas Luís era um bandido.

OS LEÕES

Hoje não, mas há anos os leões foram perigo. Milhares, milhões deles corriam pela África, fazendo estremecer a selva com seus rugidos. Houve receio de que eles chegassem a invadir a Europa e a América. Wright, Friedman, Mason e outros lançaram sérias advertências a respeito. Foi decidido então exterminar os temíveis felinos. O que foi feito da maneira que se segue.

A grande massa deles, concentrada perto do Lago Tchad, foi destruída com uma única bomba atômica de média potência, lançada de um bombardeiro, num dia de verão. Quando o característico cogumelo se dissipou, constatou-se, por fotografias, que o núcleo da massa leonina tinha simplesmente se desintegrado. Rodeava-o um setor de cerca de dois quilômetros, composto de postas de carne, pedaços de ossos e jubas sanguinolentas. Na periferia, leões agonizantes.

A operação foi classificada de "satisfatória" pelas autoridades encarregadas. No entanto, como sempre acontece em empreendimentos desta envergadura, os problemas residuais constituíram-se, por sua vez, em fonte de preocupação. Tal foi o caso dos leões radioativos, que tendo escapado à explosão, vagueavam pela selva. É verdade que cerca de vinte por cento deles

159

foram mortos pelos zulus nas duas semanas que se seguiram à explosão. Mas a proporção de baixas entre os nativos (dois para cada leão) desencorajou mesmo os peritos mais otimistas.

Tornou-se necessário recorrer a métodos mais elaborados. Para tal criou-se um laboratório de treinamento de gazelas, cujo objetivo primário era liberar os animais do instinto de conservação. Seria fastidioso entrar nos detalhes desse trabalho, aliás muito elegante; é suficiente dizer que o método utilizado foi o de Walsh e colaboradores, uma espécie de *brain-wash* adaptado a animais. Conseguido um número apreciável de gazelas automatizadas, foi ministrada às mesmas uma forte dose de um tóxico de ação lenta. As gazelas procuraram os leões, deixaram-se matar e comer; as feras, ingerindo a carne envenenada, vieram a ter morte suave em poucos dias.

A solução parecia ideal; mas havia uma raça de leões (poucos, felizmente) resistente a esse e a outros poderosos venenos. A tarefa de matá-los foi entregue a caçadores equipados com armamento sofisticado e ultrassecreto. Desta vez, sobrou apenas um exemplar, uma fêmea que foi capturada e esquartejada perto de Brazzaville. Descobriu-se no útero da leoa um feto viável; pouco radioativo, o animalzinho foi criado em estufa. Visava-se, com isso, a preservação da fauna exótica.

Mais tarde o leãozinho foi levado para o Zoo de Londres onde, apesar de toda a vigilância, foi assassinado por um fanático. A morte da pequena fera foi saudada com entusiasmo por amplas camadas da população. "Os leões estão mortos!" — gritava um soldado embriagado. — "Agora seremos felizes!"

No dia seguinte começou a guerra da Coreia.

ARANHA

Imóvel sobre a parede branca — a aranha. Ao corpo negro articulam-se patas, oito. Há tempo a aranha está ali. Espera: breve chegará o macho. No momento ele anda à caça. Procura moscas; salta sobre elas, mata-as, nutre-se dos sucos deliciosos. Logo esquecerá as carcaças exauridas. Voltará à fêmea. A matança excitou-o: quer cópula. As patas entrelaçadas, amam-se. Separam-se. Ela se afasta um pouco, enquanto ele jaz, torporoso. De súbito ela retorna, possante — e numa manobra rápida e precisa, arranca uma pata dele. E devora-a com prazer: o sabor é de biscoito seco, aveludado. O macho tem então um sobressalto e quer fugir, mas não consegue: privado do suporte do membro, aderna, desgovernado. Sobre a parede branca, a fêmea retorna a ele periodicamente e extrai, com perícia, pata após pata.

Finalmente, resta do macho apenas o tronco, amputado de todas as excrescências — e contudo, espasmos fazem ainda arrepiarem-se os pelos. Esse resíduo é tão pequeno que a aranha pode — com apenas um esforço moderado — degluti-lo de vez. E o faz. Depois, fica imóvel sobre a parede branca do grande quarto: ela e Alice.

Deitada na cama, Alice só viu a aranha quando estendeu a longa perna trigueira. Mirava-se; e quando seu

161

olhar se prolongou, deu com a aranha. Seu primeiro impulso foi matá-la, esmagando-a. Mas não quis manchar a parede. Ficou a olhar a aranha.

Esperava o Antônio. Ele logo estaria chegando do armazém; atrasado como sempre, bufando: "Estou muito gordo para subir estas escadas!" Para compensar: anéis, brincos, dinheiro vivo. E um casaco de pele: "Gostas do couro deste bicho?" Veria a aranha na parede: "Um bicho!" Uma palmada da mão enorme, e pronto: uma mancha negra na parede. Ele limparia a mão na calça e deitaria na larga cama.

Por enquanto a aranha estava viva. E imóvel. Nem se mexeu quando a chave girou na fechadura; nem com o vozeirão: "Estou muito gordo para subir estas escadas!" Bufava, o Antônio. Sorriu, estendeu um pacote de papel de jornal: "Surpresa! Fui eu que fiz. É receita lá da terra!" Alice abriu o pacote: biscoitos secos. De vários formatos: cobras, lagartixas. Alice extraiu um biscoito do pacote. "Uma aranha!" — gritou Antônio. Alice mordeu uma pata seca, aveludada. Lentamente, triturou a ração. Farelos escuros caíam sobre a colcha branca, mas não era isso que ela olhava.

Olhava para Antônio. Sem roupa, ele se aproximava lentamente da parede, a mão erguida, espalmada.

Alice deslizou para o chão. De quatro sobre o tapete, avançou sem ruído, e mais rápida do que o homem. Antônio parou, pronto para o golpe. Quanto a Alice via diante de si uma perna peluda. Morde-a. O homem gritou, surpreso. Alice tornou a morder. Não era seca: tinha polpa, sangrava.

Antônio afastou-a com um pontapé. Gritava palavrões, enquanto se vestia. Finalmente, a porta bateu. O quarto ficou em silêncio.

Alice sorria. E mirava a aranha, imóvel sobre a superfície branca.

162

CÃO

— **O**lha o que eu trouxe da minha viagem — disse o senhor Armando a seu amigo Heitor, tirando algo do bolso. Estavam sentados no aprazível jardim frente à casa do senhor Heitor.

Era um cão; um pequeno cão, talvez o menor cão do mundo. O senhor Armando colocou-o sobre a mesa, onde o animalzinho ficou a palpitar. Era menor que os copos de uísque.

— O que é isto? — perguntou o senhor Heitor.

— É um cão japonês. Tu sabes, os japoneses especializaram-se na arte da miniatura. Este cão é um exemplo típico: há gerações que eles vêm cruzando exemplares cada vez menores, até chegarem a este bichinho. E olha que eles partiram do cão selvagem, parente próximo do lobo.

— Ele mantém a ferocidade do lobo — continuou o senhor Armando — aliado às qualidades do cão-de-guarda. Além disso, há vários aperfeiçoamentos técnicos. Os dentes foram revestidos de uma camada de platina; são duros e afiadíssimos. Aqui nas orelhas, como vês, está instalado um aparelho acústico para melhorar a audição. Nos olhos, lentes de contato que receberam um tratamento especial, de modo a permitir a visão no escuro. E o treinamento! Que treinamento, meu caro! Doze anos...

— Doze anos tem este animal?
— Doze anos. Doze anos de condicionamento contínuo; ele é capaz de reconhecer um marginal a quilômetros de distância. Odeia-os mortalmente. Digo-te uma coisa: desde que tenho esta joia em casa, tenho estado mais tranquilo.

Recostou-se na poltrona e sorveu um gole de uísque. Nesse momento, alguém bateu palmas no portão. Era um homem; um mendigo esfarrapado, apoiado numa muleta.

— Que quer? — gritou o senhor Heitor.
— Uma esmolinha pelo amor de Deus...
— Adolfo! — O senhor Heitor chamava o criado.
— Vem cá!
— Um instantinho, Heitor — disse o senhor Armando, com os olhos brilhando.
— Não queres ver o meu cãozinho trabalhando?

E sem esperar resposta, cochichou ao ouvido do cão:
— Vai, Bilbo! Traze-o aqui! — E ao amigo: — É a primeira vez que ele vai trabalhar aqui no Brasil.

Nesse meio tempo, Bilbo tinha pulado da mesa e corria pelo gramado como uma flecha. Pouco depois, o mendigo entrou portão adentro como se estivesse sendo arrastado por um trator.

— Viste? — gritou o senhor Armando entusiasmado. — E já o mendigo estava diante deles, com os dentes de platina de Bilbo ferrados à perna sã.

— O que queres? — indagou o senhor Heitor, com severidade.

— Uma esmolinha, pelo amor... — começou a dizer o mendigo, a cara retorcida de dor.

— E por que não trabalhas, bom homem?
— Não posso... Não tenho uma perna...
— Há muitos empregos em que se pode trabalhar mesmo sem perna.

— Nenhum emprego me dá o que eu tiro em esmola! — disse o mendigo, irritado.
— Tu és um vagabundo! — gritou o senhor Heitor, indignado. — Um marginal! Um pária da sociedade! Vai-te, antes que eu te castigue!
O mendigo tentou mover-se, mas não conseguiu: Bilbo impedia que ele caminhasse.
— Um momento, Heitor — disse o senhor Armando. — Bilbo está a nos indicar o caminho correto. Por que deixar partir este homem? Para que amanhã assalte a minha casa ou a tua?
— Mas... — começou a dizer o senhor Heitor.
— Deixemos que Bilbo se encarregue do assunto. Vai, Bilbo!
Com uma hábil manobra da minúscula cabecinha, Bilbo jogou a sua presa ao chão. A seguir, iniciando pela própria perna onde tinha os dentes ferrados, começou metodicamente a mastigar. Primeiro comeu o membro inferior; depois passou para o coto da perna, de lá ao abdômen, ao tórax, e à cabeça. Tudo muito rapidamente; ao mesmo tempo ia sorvendo o sangue, de modo a não sujar a grama verde. Finalmente, o último resíduo do mendigo — o olho direito — sumiu na boca do cãozinho, ainda com um brilho de pavor. Para completar, Bilbo comeu a muleta que ficara encostada à mesa.
— Viste? — disse o senhor Armando satisfeito. — Até madeira.
— Muito engenhoso — disse o senhor Heitor, tomando um gole de uísque. — Vou aceitá-lo.
— Como? — o senhor Armando estava assombrado.
— Em troca da dívida que tens comigo.
— Absolutamente, Heitor! — gritou o senhor Armando, indignado. Pôs-se de pé, apanhou o cãozinho e colocou-o no bolso. — Dívida é dívida. Será paga em

165

dinheiro, no momento devido. Este cão está acima de qualquer avaliação. Tua conduta me surpreende. Jamais pensei que um cavalheiro pudesse agir assim. Adeus! Encaminhou-se para o portão.

— Marginal! — gritou o senhor Heitor. — Ladrão!

O senhor Armando voltou-se. Ia dizer qualquer coisa, mas soltou um grito. O senhor Heitor, que enxergava mal, procurou seus óculos; enquanto isso, via confusamente o vulto do senhor Armando desintegrando-se perto do portão. Quando finalmente achou os óculos, deu com Bilbo diante de si, latindo alegremente. Do senhor Armando, nem vestígio.

— Ótimo — murmurou o senhor Heitor, esvaziando o copo de uísque.

— Heitor! — Era a esposa que surgia à porta. O senhor Heitor meteu Bilbo no bolso rapidamente. — O que tens aí, Heitor?

— É... um cachorrinho — disse o senhor Heitor.

— Deveras, Heitor! — A esposa estava furiosa. — Quantas vezes já te disse que não quero animais nesta casa? Onde arranjaste este cão?

— Era de Armando. Ele... me deu.

— Mentira! Armando nunca daria algo a ninguém! Tu roubaste dele! — Os olhos da mulher brilhavam. — Ladrão! Marginal!

O senhor Heitor sorria. De repente, deu um grito e desapareceu. Quanto à mulher, via apenas um cãozinho com a língua de fora.

NAVIO FANTASMA

Aqui no navio fantasma os dias e as noites são iguais, porque navegamos sempre em meio a um espesso nevoeiro. Em silêncio fazemos nossas tarefas, os superiores e os subordinados. Aqueles usam casacas de veludo e chapéus tricornes; nós, roupas simples de marujos. Nosso trabalho consiste em colher ou içar velas, conforme um vento que sopra súbito de direções imprevistas. Nas horas de folga lemos ou jogamos xadrez. Se algo, febre ou dor, nos incomoda, devemos consultar o médico de bordo. Também a propósito de sonhos estranhos, e por isso o procuro. Recebe-me no camarote que lhe serve de consultório, um cubículo acanhado, atulhado de livros, instrumentos cirúrgicos e frascos com líquidos malcheirosos. Suspenso do teto baixo, um esqueleto oscila com os movimentos do barco.

Me manda sentar. Durante algum tempo (que pode ser muito tempo, estas coisas não contam no navio fantasma), ficamos a nos olhar, o velho médico e eu. O velho médico de chapéu tricorne e casaca de veludo, óculos de aro dourado e barba branca. O que há, meu rapaz, pergunta por fim.

— Tive um sonho estranho.

— Pois conta.
Hesito, mas é para contar, então conto.
— Sonhei com um pênis. Pênis e vagina.
Franze a testa.
— Assim, é? Pênis e vagina?
— É.
— Interessante... Pênis e vagina. Interessante.
Uma pausa. Me olha, ele, intensamente.
— Me conta — diz, inclinando-se para a frente — nesse teu sonho, o pênis entrava na vagina?
— Ah, sim. Entrava, sim. Entrava e saía, entrava e saía.
Nova pausa.
— Só isso? — ele pergunta.
— Só isso. Sim senhor, só isso.
— Ah! — Sorri. — Só isso? Não te preocupa, filho. Esse sonho é muito comum entre os marinheiros do nosso barco. Não é difícil decifrá-lo: o pênis simboliza o navio ancestral, o navio segundo o qual foram construídos todos os navios fantasmas.
— Interessante. E a vagina? — pergunto. Sorri de novo.
— A vagina, peralta... A vagina. Sim. Me diz uma coisa: por acaso vias, no teu sonho, o púbis?
— Sim.
— Os pelos do púbis?
— Sim.
— Eram pelos loiros? Pelos bem claros, sobre uma pele rósea, macia?
— Sim! Pelos loiros! Pele macia! Sim!
Me contenho: não posso chorar, agora. Agora não.
— Mas está tudo certo — ele diz. — Não vês? A vagina simboliza a névoa na qual navegamos. No fundo, o que tu queres é voltar para o navio ancestral... Mas não te perturba por isso. Não é raro, sabes?, entre os marujos. Não é raro, não.

168

Levanta-se. Levanto-me.
— Anda, volta para o teu trabalho.
Me pisca o olho:
— Vou te autorizar mais um copo de vinho ao jantar. Assim dormirás bem, não terás mais sonhos. Agora vai.
À porta, volto-me.
— Doutor — mas estou quase gritando, eu — é verdade que existem ilhas? É verdade que as ilhas estão cheias de árvores frutíferas? Doutor, é verdade que existem mulheres?
Olha-me fixo.
— Não, filho. Tudo isso é lenda. Tu sabes muito bem. Ilhas? Não, claro que não. Nem árvores frutíferas. E mulheres também não. Isso tudo é sonho, fantasia. Esquece. E agora volta para o teu trabalho, que o vento já está soprando.
Abro a porta. Segura-me pelo braço.
— E sobretudo — diz (mas seu tom é ríspido!) — não escreve nada. Não coloca mensagem alguma em garrafa, ouviste? É para o teu próprio bem.
Murmuro um agradecimento e saio. A porta fecha-se atrás de mim. Encosto-me a ela, trêmulo, os olhos fechados. Como é que ele adivinhou? Como é que ele sabe que já tenho, escondidos sob o travesseiro, o toco de lápis, o pedaço de papel — e a garrafa?

169

A VACA

Numa noite de temporal, um navio naufragou ao largo da costa africana. Partiu-se ao meio, e foi ao fundo em menos de um minuto. Passageiros e tripulantes pereceram instantaneamente. Salvou-se apenas um marinheiro, projetado à distância no momento do desastre. Meio afogado, pois não era bom nadador, o marinheiro orava e despedia-se da vida, quando viu a seu lado, nadando com presteza e vigor, a vaca Carola.
A vaca Carola tinha sido embarcada em Amsterdam. Excelente ventre, fora destinada a uma fazenda na América do Sul.
Agarrado aos chifres da vaca, o marinheiro deixou-se conduzir; e assim, ao romper do dia, chegaram a uma ilhota arenosa, onde a vaca depositou o infeliz rapaz, lambendo-lhe o rosto até que ele acordasse.
Notando que estava numa ilha deserta, o marinheiro rompeu em prantos: "Ai de mim! Esta ilha está fora de todas as rotas! Nunca mais verei um ser humano!" Chorou muito, prostrado na areia, enquanto a vaca Carola fitava-o com os grandes olhos castanhos.
Finalmente, o jovem enxugou as lágrimas e pôs-se de pé.
Olhou ao redor: nada havia na ilha, a não ser rochas pontiagudas e umas poucas árvores raquíticas. Sentiu fome;

chamou a vaca: "Vem, Carola!", ordenhou-a e bebeu leite bom, quente e espumante. Sentiu-se melhor; sentou-se e ficou a olhar o oceano. "Ai de mim" — gemia de vez em quando, mas já sem muita convicção; o leite fizera-lhe bem. Naquela noite dormiu abraçado à vaca. Foi um sono bom, cheio de sonhos reconfortantes; e quando acordou — ali estava o ubre a lhe oferecer o leite abundante.

Os dias foram passando e o rapaz cada vez mais se apegava à vaca. "Vem, Carola!" Ela vinha, obediente.

Ele cortava um pedaço de carne tenra — gostava muito de língua — e devorava-o cru, ainda quente, o sangue escorrendo pelo queixo. A vaca nem mugia. Lambia as feridas, apenas. O marinheiro tinha sempre o cuidado de não ferir órgãos vitais; se tirava um pulmão, deixava o outro; comeu o baço, mas não o coração etc.

Com pedaços de couro, o marinheiro fez roupas e sapatos e um toldo para abrigá-lo do sol e da chuva. Amputou a cauda de Carola e usava-a para espantar as moscas.

Quando a carne começou a escassear, atrelou a vaca a um tosco arado, feito de galhos, e lavrou um pedaço de terra mais fértil, entre as árvores.

Usou o excremento do animal como adubo. Como fosse escasso, triturou alguns ossos, para usá-los como fertilizante.

Semeou alguns grãos de milho, que tinham ficado nas cáries da dentadura de Carola. Logo, as plantinhas começaram a brotar e o rapaz sentiu renascer a esperança.

Na festa de São João, comeu canjica.

A primavera chegou. Durante a noite uma brisa suave soprava de lugares remotos, trazendo sutis aromas.

Olhando as estrelas, o marinheiro suspirava. Uma noite, arrancou um dos olhos de Carola, misturou-o com água do mar e engoliu esta leve massa. Teve visões voluptuosas, como nenhum mortal jamais experimentou... Transportado de desejo, aproximou-se da vaca... E ainda desta vez, foi Carola quem lhe valeu.

Muito tempo se passou, e um dia o marinheiro avistou um navio no horizonte. Doido de alegria, berrou com todas as forças, mas não lhe respondiam: o navio estava muito longe. O marinheiro arrancou um dos chifres de Carola e improvisou uma corneta. O som poderoso atroou os ares, mas ainda assim não obteve resposta.

O rapaz desesperava-se: a noite caía e o navio afastava-se da ilha. Finalmente, o rapaz deitou Carola no chão e jogou um fósforo aceso no ventre ulcerado de Carola, onde um pouco de gordura ainda aparecia.

Rapidamente, a vaca incendiou-se. Em meio à fumaça negra, fitava o marinheiro com seu único olho bom. O rapaz estremeceu, julgou ter visto uma lágrima. Mas foi só impressão.

O clarão chamou a atenção do comandante do navio; uma lancha veio recolher o marinheiro. Iam partir, aproveitando a maré, quando o rapaz gritou: "Um momento!"; voltou para a ilha, e apanhou, do montículo de cinzas fumegantes, um punhado que guardou dentro do gibão de couro. "Adeus, Carola" — murmurou. Os tripulantes da lancha se entreolharam. "É do sol" — disse um.

O marinheiro chegou a seu país natal. Abandonou a vida do mar e tornou-se um rico e respeitado granjeiro, dono de um tambo com centenas de vacas.

Mas apesar disso, viveu infeliz e solitário, tendo pesadelos horríveis todas as noites, até os quarenta anos. Chegando a essa idade, viajou para a Europa de navio.

Uma noite, insone, deixou o luxuoso camarote e subiu ao tombadilho iluminado pelo luar. Acendeu um cigarro, apoiou-se na amurada e ficou olhando o mar.

De repente estirou o pescoço, ansioso. Avistara uma ilhota no horizonte.

— Alô — disse alguém, perto dele.

Voltou-se. Era uma bela loira, de olhos castanhos e busto opulento.

— Meu nome é Carola — disse ela.

TORNEIO DE PESCA

Acontecimento dos mais desagradáveis registrou-se durante o último torneio de pesca na praia da Alegria. Participavam destacadas figuras desse apreciado esporte.

Ali estavam entre outros: Miller, Saraiva, Zeca, Desembargador Otávio, Bruneleschi e Sra. Santos. O tempo era esplêndido. As águas, piscosas. Não se introduzia anzol sem extrair belo exemplar. As águas atarefavam-se em confeccionar, com restos calcários, os fortes esqueletos, que revestiam depois de carne saborosa.

A satisfação era geral. Todos confraternizavam, cumprimentando os mais afortunados.

No terceiro dia do torneio chegou à localidade um estranho veículo. Tratava-se de uma grande carruagem, pintada de cores berrantes, e tracionada por rocinantes ridículos. Dela desceram, em grande algazarra, pai, mãe e muitos filhos, formando um enorme clã.

Como é natural, as pessoas que lá estavam sentiram-se grandemente constrangidas. Os arrivistas eram indivíduos sujos, mal-educados e pouco aceitáveis ao convívio.

O homem era especialmente "disgusting". Pessoa de baixa estatura, tez bronzeada, olhos pretos e malignos, boca de lábios grossos guarnecidos de dentes de ouro. E língua ferina: não passava por donzela sem proferir graçola.

Se, contudo, mantivessem-se os intrusos no terreno baldio que haviam escolhido para paragem, seus miasmas ainda seriam toleráveis.

Mas, na manhã seguinte, comparece à praia o homem — Antônio era seu nome — e, sem pedir permissão, entrega-se às seguintes manobras:

Arregaça as calças até os joelhos. Entra na água, introduzindo-se entre as linhas de pesca dos esportistas. Mergulha os braços, até os cotovelos. Pronuncia em voz baixa algumas palavras. E quando retira os braços, trá-los cheios de peixes!

Tal violação das regras causou vivo mal-estar. Os participantes do torneio reclamaram ao Presidente do Clube de Pesca que se dirigiu, acompanhado de uma Comissão, ao terreno onde acampavam as esquisitas criaturas.

A família almoçava. Pegavam os peixes — alguns ainda vivos — e os introduziam nas bocas, mastigando vorazmente. Ponderou o Presidente que era proibido comer os animaizinhos antes de os mesmos serem pesados e devidamente registrados.

— "Que sabés, vos? Que querés?" — berrou o tal Antônio em seu linguajar arrevesado, um pedaço de intestino de peixe a pender da boca lúbrica. E toda a tribo pôs-se a rir com o maior desrespeito. O Presidente e sua Comissão retiraram-se, dispostos a comunicar o fato a quem de direito. Porém, quando o Desembargador Otávio soube do caso, disse:

— Cavalheiros, por favor, deixem o assunto por minha conta.

Via-se que estava tomado de justa indignação.

O Desembargador Otávio agiu naquela mesma noite. Era homem alto, ágil e enérgico.

Na manhã seguinte comunicou a seus pares:

— Cavalheiros, breve vereis o resultado de uma expedição punitiva.

E dirigiram-se todos para o rio.

Cerca das nove horas aparece o tal Antônio. De longe, via-se que tinha os membros superiores amarrados em trapos sangrentos.

— Cortei-lhe os braços — explicou o desembargador — à altura dos cotovelos. Não me falhou a minha fiel faca de pescador.

Aproximou-se então o grotesco personagem. Gemia baixo.

Tal como no dia anterior, entrou no rio. Tentou enfiar nas águas os cotos amputados. Mas o frio fê-lo urrar de dor!

Risos gerais.

O estrangeiro pôs-se então a entoar monótona melopéia, a cara voltada para o céu. Depois saiu da água, passando entre os esportistas sem olhá-los.

Mais tarde, viu-se a carroça partir e desaparecer rumo ao norte.

Aquelas águas não deram mais peixe. Não houve mais torneio de pesca na praia da Alegria.

MEMÓRIAS DE UM PESQUISADOR

Não era bem vida, era uma modorra — mas de qualquer modo suportável e até agradável. Terminou bruscamente, porém, eu estando com vinte e oito anos e um pequeno bujão de gás explodindo mesmo à minha frente, no laboratório de eletrônica em que trabalhava, como auxiliar. Me levaram às pressas para o hospital, os médicos duvidando que eu escapasse. Escapei, mas não sem danos. Perdi todos os dedos da mão esquerda e três (sobraram o polegar e o mínimo) da direita. Além disso fiquei com o rosto seriamente queimado. Eu já não era bonito antes, mas o resultado final — mesmo depois das operações plásticas — não era agradável de se olhar. Deus, não era nada agradável.

No entanto, nos primeiros meses após o acidente eu não via motivos para estar triste. Aposentei-me com um bom salário. Minha velha tia, com quem eu morava, desvelava-se em cuidados. Preparava os pastéis de que eu mais gostava, cortava-os em pedacinhos que introduzia em minha boca — derramando sentidas lágrimas cuja razão, francamente, eu não percebia. Deves chorar por meu pai — eu dizia — que está morto, por minha mãe que está morta, por meu irmão mais velho que está morto; mas choras por mim. Por quê? Escapei com vida de uma explosão que teria liquidado qualquer um; não preciso mais trabalhar; cuidas de mim com desvelo; de que devo me queixar?

Cedo descobri. Ao visitar certa modista. Esta senhora, uma viúva recatada mas ardente, me recebia todos os sábados, dia em que os filhos estavam fora. Quando me senti suficientemente forte telefonei explicando minha prolongada ausência e marcamos um encontro.

Ao me ver ficou, como era de se esperar, consternada. Vais te acostumar, eu disse, e propus irmos para a cama. Me amava, e concordou. Logo me deparei com uma dificuldade: o coto (assim eu chamava o que tinha me sobrado da mão esquerda) e a pinça (os dois dedos restantes da direita) não me forneciam o necessário apoio. O coto, particularmente, tinha uma certa tendência a resvalar pelo corpo coberto de suor da pobre mulher. Seus olhos se arregalavam; quanto mais apavorada ficava, mais suava e mais o coto escorregava.

Sou engenhoso. Trabalhando com técnicos e cientistas aprendi muita coisa, de modo que logo resolvi o problema: com uma tesoura, fiz duas incisões no colchão. Ali ancorei coto e pinça. Pude assim amá-la, e bem.

— Não aguentava mais — confessei, depois. — Seis meses no seco!

Não me respondeu. Chorava. — Vais me perdoar, Armando — disse — eu gosto de ti, eu te amo, mas não suporto te ver assim. Peço-te, amor, que não me procures mais.

— E quem vai me atender daqui por diante? — perguntei, ultrajado.

Mas ela já estava chorando de novo. Levantei-me e saí.

Não foi nessa ocasião, contudo, que fiquei deprimido. Foi mais tarde; exatamente uma semana depois.

Deitado, eu pensava na modista. Com ódio, porém excitado; mais excitado do que com ódio. Tentei me masturbar. Impossível. A pinça (no coto nem pensar) era um instrumento inteiramente inadequado para tal finalidade. Os dois dedos estavam muito distantes, separados por uma massa de tecido cicatricial. Além disso, o polegar, se de um lado tinha força, por outro não mostrava nenhuma sensibilidade; um dedo grosso. Quanto ao mínimo não exibia força nem sensibilidade. Dedo inepto. Acabei desistindo.

Foi aí que experimentei a verdadeira depressão; a qual consistia em eu ficar deitado, imóvel, olhando para o teto, recusando todo alimento e não querendo falar com minha tia. Penso que naquele momento não queria mais viver. Acho que me perguntava: por que a explosão não acabou de vez comigo? Por quê?

No terceiro dia minha barriga estava inchada, e minha boca, seca como um trapo. A tia, assustada, chamou o médico. Este veio; sentou à borda da cama, me observou algum tempo, fez perguntas — que respondi por monossílabos — e diagnosticou acertadamente: depressão. Enfiou uma luva de borracha, lubrificou-a com vaselina, mandou que eu deitasse de lado. Introduzindo os dedos em meu reto, retirava de lá pedaços de fezes duras, petrificadas, arcaicas quase. Eu não me queixava. Invejava a quantidade de dedos que ele tinha, só.

Terminada a tarefa, tirou a luva, arrojou-a pela janela e sentou-se para conversar comigo. Deves caminhar por aí, aconselhou-me, deves fazer coisas que te interessem. O que é que te interessa?

O que me interessava?... Pensei um pouco, mas não consegui dar nenhuma resposta satisfatória. Depois da modista, aparentemente nada mais me interessava. Tentou me ajudar: pescar, quem sabe? Ri: pescar, doutor?

De que jeito, com este coto? Como é que vou segurar o caniço? (Poupei-o da descrição de uma manipulação semelhante, mas bem mais angustiante.) Ele: algum esporte? Futebol, quem sabe? Não, futebol não interessava. Vôlei sim, mas vôlei...
Está bem, murmurou. Senti que havia desistido: rabiscou uma receita, levantou-se e foi embora.
Sua visita, no entanto, teve méritos. Senti-me desafiado em minha engenhosidade — a mesma que despertava a admiração dos técnicos do laboratório. Pus-me a pensar em meu caso e, naquela mesma noite, me ocorreu uma atividade com a qual poderia unir o útil ao agradável e que me permitiria matar dois, três ou até mesmo quatro coelhos de uma cajadada só.

Algum tempo antes eu tinha anotado em minha caderneta um versinho pícaro, lido no WC do laboratório — raro exemplar de uma literatura praticamente desconhecida. A ideia que me acudia agora era a de percorrer as privadas da cidade anotando o que estivesse escrito nas paredes, nas portas. Com isso, eu me movimentaria bastante; com isso, eu combateria a minha prisão de ventre (estando, em caso de necessidade, sempre próximo a um banheiro); com isso, eu estaria manifestando meu interesse por algo; e finalmente, eu estaria coletando informações curiosas e até de interesse cultural que, reunidas em livro, poderiam se transformar até em *best-seller*.

Que ideia! No meio da noite corri a telefonar ao médico.

Bruscamente acordado no meio da noite, ainda sonolento, o doutor me deu, contudo, seu apoio. Sugeriu que eu descrevesse minhas experiências sob forma de diário, ofereceu-se para falar com um editor seu amigo, quis até me levar num programa de televisão (o que eu recusei, mais para não chocar os telespectadores). Era um bom doutor; um pouco velho, mas muito humano.

Segui seu conselho. Então: tudo isso que está escrito acima já faz parte do diário, como introdução. Agora vai começar o diário propriamente dito, com datas e tudo. A propósito, me deu trabalho escrevê-lo; segurar a caneta com a pinça não foi fácil. O que, espero, valorize esta obra.

Abril, 19 — Começo minha pesquisa pelo centro da cidade. No Mercado, ótima privada; muito suja, mas rica em dizeres: versos, provérbios, denúncias. Desenhos (impossíveis de reproduzir; com uma máquina fotográfica, talvez; mas manejar uma máquina fotográfica para mim é um sonho longínquo). Num bar perto da Praça da Alfândega outro achado excelente: menos dizeres, porém menor fedor, o que me permite uma observação mais demorada e uma seleção mais cuidadosa. Já percebi que os versinhos mais banais e grosseiros não poderão entrar na antologia, sob pena de lhe baixarem o nível. É preciso escolher aquilo que realmente corresponde ao produto maduro do frequentador de privadas, à essência do ato de rabiscar, à inter-relação do autor com o peculiar ambiente. Portanto: *merda não é tinta, dedo não é pincel* — de maneira alguma. Mas reflexões sobre a condição humana, sim.

Abril, 25 — Não são todos que compreendem o meu trabalho. Há os mal-educados que batem à porta exigindo que eu não me demore. Há os que espiam por cima ou por baixo da porta. Há os que me olham com suspeição, os que ameaçam chamar a polícia.

Hoje fui bruscamente interrompido pelo zelador da privada da Praça da Harmonia. Usando um gancho ele abriu o trinco e entrou bruscamente. Que é isto, protestei, a gente não pode mais fazer as necessidades em paz. Tu estás aí há quase meia hora! — gritou. — Os outros também têm direito!

Me olhou, com estranheza: mas o que estás fazendo? Nem baixaste as calças! Por baixo das cicatrizes na cara, senti-me corar. É que eu já estava saindo, murmurei. Olha aí — apontei um fragmento que boiava na água do vaso — já terminei.

Enfureceu-se:

— Mentiroso! Esse aí não é teu! Esse já estava antes de tu entrares! Mentiroso!

— Não respeita um aleijado! — gritei, como último recurso, mas ele já me empurrava para fora.

Abril, 30 — Outro problema surgiu agora — logo com quem! — com minha tia. Anda maquinando coisas. Leu numa revista sobre mãos artificiais americanas — engenhos eletrônicos em tudo análogos às mãos comuns. Mostrou-me a fotografia: tu, que trabalhaste em eletrônica, poderias fazer umas destas para ti. Mostrei-lhe o coto e a pinça: e trabalhar de que jeito, tia?

Calou-se — por aquela noite. No dia seguinte me acordou sugerindo que comprássemos as mãos eletrônicas. Isto só tem nos Estados Unidos — ponderei, bocejando. — Então vamos mandar buscar! — insistia, ansiosa. Com boas razões: tinha prometido à minha mãe moribunda que cuidaria de mim. E a mim dedicava todo seu afeto de solteirona.

Sentei-me na cama e expliquei-lhe, pacientemente, que as mãos sairiam muito caras, inacessíveis a gente pobre como nós, por causa das dificuldades de importação, e outras.

Pareceu convencida, mas não estava. No dia seguinte mostrou-me uma carta. Era dirigida a um programa radiofônico e solicitava a ajuda do apresentador e dos ouvintes para a aquisição das mãos eletrônicas. Me ofendi. Aquilo já era demais. Disse que jamais aceitaria a caridade do próximo. Prefiro perder os dois

181

dedos que me restam! — gritei. Retirou-se, chorando. No dia seguinte anunciou que voltava para o interior, de onde tinha vindo. Que eu compreendesse: não suportava mais me alimentar com pedacinhos de pastel. Vai tia, vai com Deus — foi o que eu disse, e já não pensava mais nela, preocupado que estava em ordenar o meu material. Foi-se.

Maio, 5 — A partida da tia me criou problemas. Tentei arrumar a casa sozinho; mas assim como é impossível empunhar um caniço de pesca com coto & pinça, é impossível manejar uma vassoura ou um aspirador de pó. Sem falar na enceradeira que escapa de minhas mãos (?) e sai dançando pela casa. Sem falar nos pratos que escorregam entre meus dedos (?) e vão se quebrar no chão. Sem falar nos escorregadios tomates; sem falar nas pérfidas vagens, nos traiçoeiros ovos.

Acabei desistindo. Não limpo mais a casa. Me alimento de pãezinhos, queijo, maçãs — coisas que basta comprar e comer.

Maio, 10 — *A* insatisfação começou a tomar conta de mim.

Hoje, do banheiro de uma repartição pública, situado no décimo andar de um edifício do centro, eu observava outro banheiro — este, de um luxuoso escritório, no prédio em frente, propriedade de uma companhia de investimentos. Um homem estava sentado no vaso. Um homem de meia-idade, calvo, gordo, e tanto quanto eu podia ver, muito bem-vestido. Pela estreita janela do banheiro olhava a cidade a seus pés. Depois olhava para a frente, para cima, suspirava, fazia força. Sofria evidentemente de prisão de ventre, pois ficou ali uns bons quinze minutos — apesar do intenso movimento em seu escritório. De repente, me viu. Fez uma careta de desgosto e fechou a janela.

Fiquei com inveja. Não posso negar que fiquei com inveja. Esse homem, pensei, não precisa que a tia lhe enfie a comida na boca. Treze garçons de libré fariam isso, se ele quisesse. Esse homem não precisa arrumar sua casa. Esse homem não precisa de nenhuma modista neurótica. Deita de costas e três ou quatro mulheres bonérrimas caem sobre ele, dando-lhe prazer, sem que ele tenha que mexer um dedo, uma pinça de dedos.

Saí do banheiro, me esquecendo de anotar as inscrições. Foi a primeira vez. Não que eu tivesse perdido coisa muito importante — nada havia ali, a não ser as habituais calúnias contra o chefe da seção — mas o fato me assustou: é que eu sentia o espectro da depressão a me rondar de novo. Preciso recorrer de novo ao meu engenho — pensei.

Maio, 16 — Percorrendo os banheiros dos edifícios tenho encontrado, vez por outra, uma moça fazendo a limpeza. Tem o tipo de colona do interior — uma mulher forte, não de todo feia. Me agrada ser ela sardenta, e ter o olhar esperto, e estar sempre sorrindo, mesmo quando lava a tábua do vaso.

Palestramos um pouco. O nome dela é Marta; veio da mesma cidade do interior que a minha tia. O que me deu ideias, claro.

Maio, 19 — Acompanhei-a ao quartinho da pensão onde vive. Não foi preciso tomar providência alguma: o colchão dela já tinha os competentes rasgões para coto & pinça.

É ardente. E não sua. Cheira esquisito — uma mistura de merda e detergente — mas não sua. E é jeitosa, para uma colona. Mãos um pouco ásperas... Mas que é que tem? Não vai trabalhar com aparelhos eletrônicos. Mesmo assim, não sei; ainda estou indeciso.

Maio, 31 — Descobri, encantado, que ela conhece mais *grafitti* do que eu. Não só os grosseiros; os espiritu-

183

osos também. Não os anotou; guarda-os na memória, que é fabulosa, e está disposta a recitá-los todos, para que eu os escreva.
 Estou decidido.
 Junho, 10 — Levei-a para morar comigo. Se tudo der certo — prometi — nos casaremos. Quando eu tiver completado minha obra sobre inscrições em banheiros.
 Começou limpando a casa, que estava um verdadeiro monturo. Fez comida quente (há quanto tempo eu não a provava!). Me deu a sopa na boca, o risoto na boca, o pudim na boca. E depois fomos para a cama. Me enlaçou com tanto jeito que nem preciso usar coto & pinça.
 — Não tens nojo da minha cara? — perguntei.
 Disse que não. Disse que as cicatrizes lhe lembravam as rugas de seu velho pai, já falecido. O que me comoveu até as lágrimas.
 Junho, 11 — Tinha de acontecer.
 Ela estava na cozinha, preparando o almoço (suflê de cenoura) e eu na frente da TV, quando se ouviu aquela tremenda explosão. *O bujão de gás!* — pensei, e corri para lá. Antes mesmo de acudi-la, antes de levá-la para o hospital, antes que o médico me anunciasse o resultado da operação, eu já sabia quantos dedos tinham lhe restado: dois na mão direita e nenhum na esquerda.
 Em julho, quando ela tiver alta, começaremos a percorrer os WCs da cidade. Pensando bem, eu sempre precisei de uma companheira que pudesse entrar nos banheiros das mulheres.

OS AMORES DE UM VENTRÍLOQUO

Uma mulher gorda me olha e sorri; um homem magro me olha e sorri; um pai me aponta ao filho, ambos me olham e sorriem. Me conhece, o povo. Sou famoso: Albano, o ventríloquo. Neste Estado todo o mundo sabe quem eu sou. Por aí andei de cima a baixo, me apresentando sozinho (sozinho não: com Tiquinho) em teatros e em cinemas do interior, em boates e em churrascarias; era eu quem fazia a picanha dizer boa-noite à linguiça, era eu quem fazia a garrafa de cerveja cantar parabéns a você. E naturalmente fazia falar o meu boneco, o Tiquinho. Tudo bom, Tiquinho? Tudo ruim, Albano. Que é que te falta, Tiquinho? Falta mulher, Albano! O público delirava. Éramos felizes, Tiquinho e eu. Nos faltava mulher — uma para os dois já serviria — mas éramos felizes. Nos quartos de paredes esburacadas dos humildes hotéis do interior conversávamos madrugada adentro. Só nós dois. Mulher não. Nunca tive coragem de convidar uma mulherzinha para a minha cama, tímido que sou. Falar com mulher? Só mesmo através da boca de Tiquinho:

— Olha que morena linda, ali na segunda fila! Não é linda, Albano? Vem cá, morena!

A morena subia ao palco, beijava o boneco. A mim

me ignorava. De vez em quando eu dava uma escapada, procurava um bordel e me aliviava. Ao voltar para o quarto me assaltava o remorso: jogado sobre a cama, Tiquinho me olhava, magoado. E se vingava: quando eu ficava doente não me acudia. Eu queimando de febre; ele, largado numa cadeira, o olhar insolente, a boca aberta — deboche, puro deboche. Ainda vou morrer por causa desse bandido, eu pensava.

Quando Ramão me convidou para trabalhar em seu circo, aceitei. Perdia a minha liberdade, já não era dono de meu nariz — mas pelo menos não ficava desamparado num quarto de hotel. Compartilhava um reboque com o feroz Anteu, o levantador de pesos. Me odiava, aquele Anteu. Me odiava por nada (ou talvez por ter de repartir o reboque comigo, não sei). Me olhava de um jeito que me deixava arrepiado. Durante o espetáculo ia tudo bem — Tiquinho falava com o público, com o camelo, o camelo respondia a Tiquinho, o público se finava de rir — mas quando eu voltava ao reboque minha alegria sumia: lá estava o sinistro, me olhando feio. E o pior: mais confusões ainda estavam por vir.

Me apaixonei.

Me apaixonei pela linda Malvina, a domadora. Como eu, ela era tímida; como eu, se transfigurava durante o espetáculo. Entrava na jaula, encarava as feras, aquietava-as com a voz firme e com o estalar do chicote. Aliás, foi graças a esse chicote que lhe manifestei o meu sentimento.

Eu a olhava há muito tempo e acho que ela me olhava também; mas cada vez que nos encontrávamos, corávamos e baixávamos a cabeça. Um dia, porém, criei coragem, e:

— Ai, que mãos delicadas são estas que me seguram! — suspirou o chicote.

Tão surpresa ficou, que o deixou cair.
Eu então saí de meu esconderijo — estava escondido atrás de um tamborete no picadeiro vazio, vendo-a ensaiar para o espetáculo da noite. Ficou vermelha, eu também fiquei vermelho, mas:
— Teus olhos domaram o meu coração — disse o tigre-de-bengala.
Olhou para a fera — que lambia pachorrentamente as patas — olhou para mim, riu e saiu correndo.
Aquilo foi tudo. Minha boca, minha própria boca não lhe confessou amor. Nunca.
Quem a conquistou foi o Anteu. Conquistou não é bem o termo — subjugou-a, arrastou-a para o reboque numa tarde de segunda-feira. Entrou com ela nos braços (a pobre meio desfalecida), expulsou-me: cai fora, idiota! Bateu-me com a porta na cara. Por uma janela entreaberta fiz o que pude: halteres, botas, cinzeiros — todos protestaram. Todos ameaçaram chamar a polícia. Todos, menos Tiquinho. O safado foi o único que ficou quieto.
De nada adiantaram os meus protestos, nem os da mulher barbuda, dos anões, de Ramão. Anteu não respeitava ninguém. Jogou minhas coisas para fora do reboque. Tive de procurar outro lugar para me alojar. Malvina ficou morando com ele.
Sofria, a pobre. Andava com o rosto cheio de equimoses, que a pintura mal disfarçava. Não falava com ninguém, chorava todo o dia. Mas à noite, ao entrar na jaula, voltava a ser a Malvina de antes, a bela domadora. Só então eu podia falar com ela, usando para isso os animais. Malvina, isso não pode continuar, tens de resistir! — dizia o leão. Não respondia, mas os olhos brilhavam, os dedos agarravam com força o chicote. Termina com isso hoje! — suplicava o tigre. — Hoje mesmo, Malvina! Para o teu lugar, animal! — gritava. Eu, oculto atrás do tamborete, os meus olhos se enchiam de lágrimas.

Chegava a minha vez, eu entrava correndo, eu saudava o público, eu me sentava com Tiquinho ao colo:

— Palhaço! — ele gritava. — Não arranjas nada com as mulheres, palhaço! És um covarde!

Riam, todos. O sangue me fervia. Decidi agir.

Naquela mesma noite me resolvi: tomei um copo inteiro de conhaque e corri para o reboque.

— Anteu! Agora chega, Anteu.

Lancei-me contra a porta do reboque, como se tivesse cem quilos e não cinquenta e dois; e, como se eu tivesse cem quilos, a porta cedeu e ali estava o Anteu sobre a Malvina, esmagando-a com seu corpo monstruoso.

— Basta, Anteu! — gritei, e para a Malvina: — Foge, Malvina! Foge agora!

Anteu levantou-se, nu — mas era enorme, ele! — e avançou para mim rosnando: — agora tu me pagas, rato!

Malvina fugiu por uma janela, eu me preparei para enfrentar Anteu. Aqui, covarde! Aqui! — gritaram os halteres, mas ele não se voltou, já conhecia os meus truques. Agarrou-me, levantou-me no ar e me atirou longe — como se eu pesasse três quilos e não cinquenta e dois. No mesmo instante, levou as mãos à cabeça, soltou um grito e tombou.

Nunca mais o vi. Sei que está recolhido a um asilo de indigentes, depois que o derrame o paralisou. De Malvina também não sei. Tiquinho, queimei-o; me deu muito prazer ver a sua cara debochada ser consumida pelas chamas.

Quanto a mim, ando por aí. Já não tenho emprego, desde que perdi a voz. Isto mesmo: naquela noite, depois que Anteu me jogou longe, não consegui mais falar. Fiquei mudo, mudinho. Gastei todo o meu dinheiro com médicos; não conseguiram descobrir o que tenho. As cordas vocais estão bem, dizem, as amígdalas também... Acabaram desistindo de me curar. Um deles recomendou que andasse sempre com lápis e papel. É o que eu faço: escrevo. Escrevo até bem, mas para que serve um ventríloquo que não fala? Vagueio pelas ruas, entro em bares, em lojas. As pessoas me reconhecem, me apontam. E quando numa alfaiataria um manequim diz:

— Boa tarde, cavalheiros, o que me falta é mulher — todos riem. Pensam que é uma brincadeira minha. Não sabem — e isso me aterroriza — que é o próprio manequim falando, dizendo o que lhe dá na telha. O manequim, a estátua de São Jorge, o vaso, o rádio — o mundo está cheio de vozes doidas, doidas.

O ANÃO NO TELEVISOR

Ser um anão e viver dentro de um televisor — ainda que seja um televisor gigante, a cores — é terrível; mas tem pelo menos uma vantagem: quando o aparelho está desligado a gente pode observar, através da tela, cenas muito interessantes. E sem que ninguém nos veja — quem é que vai reparar num televisor desligado? Se reparassem, veriam — lá no fundo, lá onde some o pontinho luminoso quando o aparelho é desligado — os meus olhos atentos. Olhar é o que faço durante o dia. À noite... Bom.
    Foi Gastão quem trouxe o televisor para o apartamento. O apartamento é enorme — um exagero pra um homem que vive só (aparentemente só) — e em cada aposento há um televisor. Gastão pode ter quantos televisores quiser; ele agora é o dono da loja. A morte do pai obrigou-o a abandonar o curso de arte dramática (onde, aliás, eu o conheci) para tomar conta dos negócios.
    É uma loja muito grande.
    Gastão assim a descreve: no subsolo, bicicletas, motos, barracas, artigos de caça e pesca. O primeiro piso é território dos televisores; há cerca de oitenta em exposição, em filas — um batalhão de televisores, de todos os tamanhos e formatos, coloridos ou P&B, todos ligados no mesmo

canal. Uma cara sorridente — oitenta caras sorridentes; uma arma disparando — oitenta armas disparando. Quando o vigia desliga a chave geral fogem as oitenta imagens, ficam escuras as oitenta telas. De nenhuma — e isso Gastão me repete constantemente — de nenhuma espreitam olhos. De nenhuma — diz, um tom de censura na voz. De nenhuma! — muito desgostoso.

Tomar conta da loja é uma coisa muito angustiante para Gastão. Quando volta para o apartamento tudo o que quer é tomar um banho, vestir o chambre de seda e bebericar um uísque. A tudo assisto daqui, de entre fios e transistores — louco para tomar um uísque, também, mas me contendo. Só posso sair de meu esconderijo depois que os empregados se despedem. E aqui fico, incômodo. Mesmo para um ano o espaço é pequeno.

(É curioso eu ter lembrado esta frase. Era a minha primeira fala na peça em que Gastão e eu trabalhávamos. Ele entrava, com aquele jeitinho dele, abria uma mala que estava a um canto — e eu aparecia, dizendo: puxa vida, mesmo para um ano isto aqui é pequeno! Ele sorria e me tomava nos braços. Isso, noite após noite.)

Agora, noite após noite, e dia após dia, tenho de ficar aqui, escondido no televisor. Dou graças a Deus que ele me traz comida — uns sanduíches muito mal preparados e leite frio. Leite frio! É pirraça, que eu sei.

Os empregados já apareceram na porta, já perguntaram se o patrão precisava de alguma coisa, ele já disse que não, que não precisava de nada, os empregados já se despediram, já se foram — e ele ainda não veio me tirar daqui. Eu poderia sair sozinho, se quisesse. Mas não quero. Ele sabe que tem de vir me buscar. Mas não, se faz de bobo. Desde que se tornou homem de negócios. Arrogante, examina o copo contra a luz. E é bonito, este diabo... Barba bem aparada, unhas manicuradas — é

bonito, reconheço, o coração confrangido. É bonito — mas não vem me buscar.
Soa a campainha.
Claro — ele demorou tanto que a campainha acabou tocando. No fundo, era o que ele queria. Levanta-se, com um suspiro — mas é fingido, este safado! — e vai abrir a porta.
Ouço algumas exclamações abafadas e logo ele volta, acompanhado de um casal. Não conheço... Mas é gente humilde, vê-se. O homem é jovem, vestido de uma maneira que provavelmente supõe elegante — paletó quadriculado, calças roxas, sapatos (e não é anão!) de salto alto, gravata vermelha. O vestido dela é mais simples. E é bonitinha, ela; tipinho de balconista, mas simpática.
Gastão convida-os a sentar. Sentam tesos na beira de poltronas. A conversa é difícil, espasmódica. Do que dizem deduzo que são, os dois, empregados da loja. Se casaram. Conheceram-se no serviço, trocaram olhares apaixonados entre as bicicletas e as motos (são do subsolo) e acabaram casando. Agora vêm visitar o patrão.
(É muito boa! Se eu não estivesse aqui, preso, daria boas gargalhadas. Visitar o patrão! É muito boa!)
Contam sobre a lua de mel; passaram-na em Nova Petrópolis. Descrevem com algum detalhe o galeto que comeram na casa de um tio.
Prolongado silêncio.
A moça se levanta. Corando, torcendo o lenço nas mãos, pergunta onde fica o banheiro. Gastão, gentil, levanta-se para mostrar o caminho.
Volta ao sofá, senta todo enroscado, como um gato. Como um gatinho manhoso. O empregado — até então quieto, imóvel — começa a falar. Seu Gastão, eu tenho um problema, ele diz. Seu Gastão, eu lhe conto porque o senhor foi um pai para mim, o senhor me deu uma televisão de presente de casamento. Seu Gastão...

Conta o problema, que consiste em a mulher ser frígida. Conta o problema e afunda a cabeça entre as mãos. Gastão, compreensivo, pede-lhe que venha sentar no sofá.

— Aqui, perto de mim. Vamos conversar.

Voz baixa, um pouco rouca, brilho de simpatia nos olhos — é um artista, este Gastão! Aprendeu muito no curso de arte dramática. Era o melhor aluno... Mas espera aí — o que é que ele está dizendo?

Está dizendo que isso de frigidez é um problema comum, que acontece com muitas mulheres. Que as moças nem sempre estão preparadas para o sexo.

— Mas não deves te preocupar — acrescenta, pegando a mão do rapaz. — És um homem bonito...

Mas que ordinário, este Gastão! Na minha cara! E a moça, que não vem nunca! Me ocorre: está no banheiro, dando tempo a que o marido peça conselho ao patrão. Combinaram antes, os idiotas!

É preciso fazer alguma coisa, e faço. Me mexo dentro do aparelho, produzo estalos e rangidos.

— Que foi isso? — o rapaz se põe de pé num pulo.

— Não te assusta — diz Gastão. — Esse televisor está com defeito.

Olha a tela — me olha — vejo o ódio em seus olhos. Tu me pagas, anão — ameaçam os olhos. Lindos, os olhos.

— Amanhã ele vai para o depósito. Vem, senta aqui.

Mas o empregado não senta. Ficou muito nervoso, não consegue encarar o patrão.

— Nunca pensei que o senhor, seu Gastão...

A mulher volta. O rapaz pega-a pelo braço, diz que está na hora, que precisam dormir cedo. Despedem-se, vão.

Gastão fica sentado no sofá, bufando de ódio. De repente, atira o copo longe, levanta-se, aproxima-se do televisor. Olha a tela — mas não me olha.

193

— Este aparelho já foi bom. Mas já deu o que tinha que dar. Acho que nem funciona mais.

— Não; Gastão!

Aperta o botão. Mil choques me fazem gritar. Fagulhas me ofuscam, me queimam. Gastão está deliciado. Nunca viu um programa tão bom na televisão.

CANIBAL

Em 1950, duas moças sobrevoaram os desolados altiplanos da Bolívia. O avião, um *Piper*, era pilotado por Bárbara; bela mulher, alta e loira, casada com um rico fazendeiro de Mato Grosso. Sua companheira, Angelina, apresentava-se como uma criatura esguia e escura, de grandes olhos assustados. As duas eram irmãs de criação. O sol declinava no horizonte, quando o avião teve uma pane. Manobrando desesperadamente, Bárbara conseguiu fazer uma aterrissagem forçada num platô. O avião, porém, ficou completamente destruído, e as duas mulheres encontraram-se, completamente sós, a milhares de quilômetros da vila mais próxima.

Felizmente (e talvez prevendo esta eventualidade), Bárbara trazia consigo um grande baú, contendo os mais diversos víveres: rum Bacardi, anchovas, castanhas-do-pará, caviar do Mar Negro, morangos, rins grelhados, compota de abacaxi, queijo de minas, vidros de vitaminas. Esta mala estava intacta.

Na manhã seguinte, Angelina teve fome. Pediu a Bárbara que lhe fornecesse um pouco de comida. Bárbara fez-lhe ver que não podia concordar; os víveres pertenciam a ela, Bárbara, e não a Angelina. Resignada, Angelina afastou-se, à procura de frutos ou raízes. Nada encontrou; a região era completamente árida. Assim, naquele dia ela nada comeu.

Nem nos três dias subsequentes. Bárbara, ao contrário, engordava a olhos vistos, talvez pela inatividade, uma vez que contentava-se em ficar deitada, comendo e esperando que o socorro aparecesse. Angelina, pelo contrário, caminhava de um lado para outro, chorando e lamentando-se, o que só contribuía para aumentar suas necessidades calóricas.

No quarto dia, enquanto Bárbara almoçava, Angelina aproximou-se dela, com uma faca na mão. Curiosa, Bárbara parou de mastigar a coxinha de galinha, e ficou observando a outra, que estava parada, completamente imóvel. De repente Angelina colocou a mão esquerda sobre uma pedra e de um golpe decepou o seu terceiro dedo. O sangue jorrou. Angelina levou a mão à boca e sugou o próprio sangue.

Como a hemorragia não cessasse, Bárbara fez um torniquete e aplicou-o à raiz do dedo. Em poucos minutos, o sangue parou de correr. Angelina apanhou o dedo do chão, limpou-o e devorou-o até os ossinhos. A unha, jogou-a fora, porque em criança tinham-lhe proibido roer unhas — feio vício.

Bárbara observou-a em silêncio. Quando Angelina terminou de comer, pediu-lhe uma falange; quebrou-a, e com uma lasca, palitou os dentes. Depois ficaram conversando, lembrando cenas da infância etc.

Nos dias seguintes, Angelina comeu os dedos das mãos, depois os dos pés. Seguiram-se as pernas e as coxas.

Bárbara ajudava-a a preparar as refeições, aplicando torniquetes, ensinando como aproveitar o tutano dos ossos etc.

No décimo quinto dia, Angelina viu-se obrigada a abrir o ventre. O primeiro órgão que extraiu foi o fígado.

Como estava com muita fome, devorou-o cru, apesar dos avisos de Bárbara, para que o fritasse primeiro. Como resultado, ao fim da refeição, continuava com fome. Pediu à Bárbara um pedaço de pão para passar no molhinho.

Bárbara negou-se a atender o pedido, relembrando as ponderações já feitas.

Depois do baço e dos ovários, Angelina passou ao intestino grosso, onde teve uma desagradável surpresa; além das fezes (achado habitual nesse órgão), encontrou, na porção terminal, um grande tumor. Bárbara observou que era por isso que a outra não vinha se sentindo bem há meses. Angelina concordou, acrescentando: "É pena que eu tenha descoberto isso só agora."

Depois, perguntou à Bárbara se faria mal comer o câncer. Bárbara aconselhou-a a jogar fora essa porção, que já estava até meio apodrecida; lembrou os preceitos higiênicos que devem ser mantidos sempre, em qualquer situação.

No vigésimo dia, Angelina expirou; e foi no dia seguinte que a equipe de salvamento chegou ao altiplano. Ao verem o cadáver semidestruído, perguntaram a Bárbara o que tinha acontecido; e a moça, visando preservar intacta a reputação da irmã, mentiu pela primeira vez em sua vida:

— Foram os índios.

Os jornais noticiaram a existência de índios antropófagos na Bolívia, o que não corresponde à realidade.

OS PROFETAS DE BENJAMIM BOK

Os profetas não encarnaram em Benjamim Bok todos de uma vez. De início, não foi nem mesmo um profeta inteiro que tomou conta dele. Partes de um profeta, talvez sim. Um olho, um dedo. Paulina, a esposa, recordaria depois o estranho dilatar de uma pupila, o tremor convulso do polegar da mão esquerda. Mas Benjamim Bok, um homem pequeno e magro, calvo e de nariz adunco, muito feio — e ainda por cima vivendo a crise da meia-idade — e também sofrendo de úlcera gástrica — Benjamim Bok, o pobre Benjamim Bok, era considerado um homem nervoso. Aliás, desde a infância. Os pais viviam ao redor dele, constantemente sobressaltados, não só porque Benjamim era filho único, mas principalmente por causa de seu nervosismo: comia mal, tinha um sono agitado, com pesadelos. Os pais corriam com ele de médico em médico. Deixem este menino em paz, diziam os doutores, que ele melhora. Mas os pais só deixaram Benjamim em paz quando ele casou. E mesmo assim, não deixavam nunca de lembrar à Paulina que Benjamim precisava ser cuidado.

Sabendo, portanto, do nervosismo do marido, Paulina não deu maior importância àquilo que — deu-se conta depois — poderia ser considerado um sinal premonitório; nem mesmo quando Benjamim Bok começou a intercalar na conversa (e isso numa voz rouca, esquisita, uma voz que não era a sua), palavras em hebraico. Paulina não perguntou, mas se tivesse perguntado, teria descoberto que Benjamim *jamais aprendera hebraico*. Os pais, judeus assimilados, não faziam questão disso, embora Benjamim, desde criança, apreciasse sobremodo a leitura da Bíblia.

Um dia Benjamim teve um ataque de fúria. Destruiu a pontapés uma mesinha de chá — diante das crianças, duas meninas de oito e dez anos. Paulina ficou furiosa. Mas ainda assim não percebeu o que estava ocorrendo. Quem acabou se dando conta da situação foi o próprio Benjamim, no churrasco de confraternização da firma.

Benjamim era contador (na realidade, uma espécie de gerente) na firma de investimentos de Gregório, seu amigo de infância. Gregório, um homem robusto e expansivo, gostava de oferecer festas; não deixava terminar o ano sem levar o pessoal do escritório a uma churrascaria. Enquanto Gregório discursava, Benjamim, sentado a seu lado, olhava os restos do churrasco espalhados pela mesa.

— Ossos secos — exclamou de repente.

Gregório parou de falar, todos se voltaram para Benjamim. Ossos secos, ele repetiu, como autômato. Que é isso, Benjamim? — perguntou Gregório. — Como é que tu me interrompes dessa maneira? E que história é essa de ossos secos?

Benjamim murmurou uma desculpa qualquer, o incidente foi esquecido. Mas não era ele quem falara, estava seguro; a voz não era a sua. Em casa, já deitado, ocorreu-lhe que: *Ossos secos, ouvi a palavra do Senhor...* — era a profecia de Ezequiel. O profeta falara por sua boca, em plena churrascaria.

Benjamim era um revoltado. Não se conformava em ser empregado, mas também não queria se tornar patrão. Falava mal do governo, mas não tinha consideração para com a iniciativa privada. Era considerado meio louco. No escritório, ninguém estranhou a sua esquisita intervenção na churrascaria. Todos comentavam aquela história dos ossos secos. A ninguém ocorreu ligar a expressão com a profecia de Ezequiel.

Dias depois, Benjamim Bok entrou na sala de Gregório. Sem uma palavra, tirou do bolso um pincel atômico e começou a traçar letras em hebraico na parede recém-pintada. Gregório olhava, estarrecido.

— Mas o que é isso agora? — berrou, por fim.

Benjamim voltou-se para ele, encarou-o.

— Foste pesado na balança — disse — e encontrado muito leve.

— Na balança? Muito leve? — Gregório não entendia. Não sabia que quem falava era o profeta Daniel; e que agora, sentado no chão entre os jarrões que decoravam a sala, Benjamim estava na cova dos leões.

Gregório mandou chamar Paulina para uma conversa particular. O Benjamim está louco, foi dizendo sem rodeios, o negócio é a gente interná-lo numa clínica. Paulina começou a chorar, disse que reconhecia que o marido não estava bem, mas que uma clínica seria o fim dele. E depois, talvez não passasse tudo de estafa. Benjamim trabalha demais, ela disse, num tom de voz em que Gregório notou uma clara acusação. Intimidado, um pouco tocado pelo remorso, ele concedeu que o caso talvez não fosse de hospício.

— Mas — acrescentou em seguida — alguma coisa a gente precisa fazer. Não posso mais tolerar esta situação, Paulina. Todo o mundo aqui na firma está comentando. Eu me desmoralizo, tu vês.

Paulina recomeçou a chorar: ai, Gregório, se soubesses como tenho sofrido, soluçava. Posso imaginar, ele disse, mas e daí, Paulina? Vamos ao que interessa — qual é o problema, qual é a solução. Não podemos ficar aqui o dia inteiro. O problema já sabemos, vamos às soluções. Examinaram as várias soluções, optaram pela que parecia ser mais prática no momento. Gregório daria férias a Benjamim. Paulina levaria o marido para uma praia em Santa Catarina. A princípio, Benjamim não quis saber de férias, e muito menos de praia. Ficar sem fazer nada me deixa nervoso, disse. Além disso, não gosto de praia, a areia me dá alergia. Gregório interveio, ameaçou criar um caso, talvez até despedi-lo. Benjamim cedeu, de má vontade. Deixaram as crianças com a mãe de Paulina e foram para a praia.

Hospedaram-se no hotel, quase vazio — a temporada ainda não tinha começado.

Durante alguns dias Benjamim pareceu bem melhor. Levantava-se cedo, fazia ginástica, tomava café, lia um pouco — a Bíblia, principalmente, que agora o interessava muito. Às dez iam para a praia, ficavam caminhando entre os raros veranistas. Ele falava muito, lembrava cenas de sua infância, passagens engraçadas do noivado. O que é o ar do mar! — sussurrou Paulina ao telefone, quando ligou a Gregório para dar notícias.

Nos dias que se seguiram, porém, Benjamim voltou a mostrar-se perturbado. Estava muito calado; o sono era agitado. Dormindo, murmurava coisas incompreensíveis. Uma noite, saltou da cama, gritando: vai-te, infeliz! Me deixa em paz! Paulina teve de sacudi-lo para que ele acordasse. Estava fora de si.

Paulina não sabia o que fazer. Temia um escândalo no hotel; pensou em voltar para Porto Alegre, mas agora não se atrevia a tomar nenhuma providência sem consultar Gregório. Ligou para ele.

— Não quero saber do Benjamim aqui, nesse estado! — gritou Gregório. — Ele que fique aí até melhorar. Não me traz este maluco para cá, já tenho preocupações suficientes.

Paulina voltou para o quarto. Na semiobscuridade, as venezianas fechadas por causa do calor, Benjamim jazia deitado na cama, imóvel. Paulina aproximou-se.

— Ele quer que eu volte para Porto Alegre — gemeu Benjamim. — Quer que eu anuncie que os dias da firma estão contados. Por causa da iniquidade de Gregório e dos outros.

— Ele quem? — perguntou Paulina.

— Tu sabes. — Apontou o teto. — Aquele. Não me deixa em paz.

Mas quem sabe voltamos mesmo, disse Paulina, contendo-se para não chorar. Benjamim deu um pulo:

— Não! — gritou. — Não volto! Não quero voltar! Não quero mais saber de profetizar! Quero ficar aqui, tomando banho de sol!

Agarrou a mão da mulher: por que não posso ser como os outros, Paulina? Por que não posso levar uma vida normal?

Abraçaram-se, chorando. Paulina deitou-o, deitou-se também. Adormeceu. Quando acordou, já era noite. Benjamim não estava na cama.

— Benjamim!

Correu ao banheiro: não estava lá. Tomada de um súbito pressentimento abriu a porta do terraço.

Um vulto corria pela praia iluminada pelo luar. Era Benjamim. Às vezes parava, observava o mar; logo tornava a correr, ora numa direção, ora noutra, como se não soubesse para onde ir.

Paulina sabia o que ele procurava. O peixe. O profeta Jonas procurava o peixe gigantesco que deveria engoli-lo e conduzi-lo ao seu destino. Benjamim agora tirava a roupa. Nu, começou a avançar mar adentro.

Paulina precipitou-se escadas abaixo, correu até a praia, que ficava a curta distância.

— Benjamim! Não faz isso, pelo amor de Deus!

Ele estava parado, com água pela cintura. Ela entrou no mar, tentou trazê-lo para fora, ele resistia, empurrou-a, ela caiu, uma onda a arrastou. Nesse momento chegava o pessoal do hotel. Com muito trabalho conseguiram levar Benjamim de volta para o quarto.

Veio um médico, aplicou-lhe uma injeção. Pouco tempo depois ele estava dormindo.

Na manhã seguinte não se lembrava de nada. E parecia estar bem, embora cansado e deprimido.

Passaram mais uns dias na praia, Benjamim melhorando sempre. Paulina estava convencida de que ele se curara. Talvez o banho, pensava. Ou a injeção.

Voltaram a Porto Alegre. Agora estou bem, repetia Benjamim. Mal sabia que os profetas se preparavam para atacar de novo.

Gregório tinha um sócio — Alberto, filho do fundador da firma, o velho Samuel, já falecido. Era um homem tímido, distraído. Formado em Economia, gostava mesmo era de jardinagem; seu sonho era criar uma variedade de begônia à qual pudesse dar seu nome. O velho Samuel, antes de morrer, pedira a Gregório, a quem elevara da posição de gerente para a de sócio, que cuidasse do filho. O que Gregório fizera durante uns anos, mas com crescente impaciência. Estimulado pela mulher, ela também ambiciosa, começou a traçar um plano para se livrar do sócio.

Benjamim, que desconfiava de alguma coisa, teve suas suspeitas confirmadas ao ouvir, por acaso, uma conversa telefônica de Gregório. Falava com São Paulo; tinha lá um misterioso informante, que o colocava a par de possibilidades de investimento, decretos ainda em elaboração, falências iminentes. Dias depois, Benjamim viu Gregório conversando com Alberto. Tentava convencer o sócio a trocar sua parte na firma por ações de empresas paulistas:

— Teus lucros serão muito maiores, Alberto. Não precisarás trabalhar, poderás viver de rendimentos. Ficarás o resto da vida cuidando da tua horta.

— Jardim — retificou Alberto.

— É isso, do teu jardim. Então? Que me dizes? Não é uma boa?

Benjamim ficou revoltado. Gregório sabia muito bem que a alta das ações era transitória: o mercado andava nervoso, instável. O pobre Alberto estava sendo empurrado para uma armadilha.

Mas — o que tinha ele a ver com o assunto? Tanto se lhe dava ter um ou dois patrões; trabalhar para Gregório ou para Alberto era indiferente.

Voltou para sua sala, fechou a porta. Antes de chegar à mesa, deteve-se: sentia-se tonto. Começava tudo de novo; aquilo, dos profetas. Olhos fechados, dentes cerrados, o rosto congesto, ficou imóvel uns minutos. Abriu os olhos, dirigiu-se para a porta, mas antes que a abrisse, parou: a sensação voltava agora, mais intensa.

Dois profetas. Dois profetas tentavam tomar posse dele ao mesmo tempo. Os ferozes Elias e Amós: lutavam, empurravam-se, amaldiçoavam-se, disputando o escasso espaço interior do pobre Benjamim Bok. Brigavam no peito, no ventre, pés calçados de sandálias pisavam-lhe as vísceras, gritos ressoavam-lhe no crânio. Finalmente,

204

eles parecendo ter chegado a um acordo, Benjamim foi literalmente empurrado para fora. Avançou cambaleante pelo corredor acarpetado, abriu a porta da sala de Gregório.
— Maldito! — gritou. — Queres te apossar da parte do teu sócio da mesma forma que o rei Acab se apossou da vinha de seu súdito Nabot!
(Isso era Elias falando.)
— Ai dos que pisoteiam a cabeça do pobre! — continuou. — Ai dos que fazem injustiça aos humildes! Ai dos que trapaceiam com balanças viciadas! Ai dos que dormem em camas de marfim!
(Isso era Amós.)
Gregório olhava-o, estarrecido. Benjamim agora engrolava umas confusas palavras: brigavam de novo, os profetas, dentro dele. Finalmente, Elias gritou:
— Não falo mais! Vou-me embora! Quero o meu carro de fogo para subir ao céu!
Gregório precipitou-se para o telefone, ligou para uma clínica psiquiátrica. Veio uma ambulância. Benjamim não queria entrar nela, lutava com os enfermeiros. De repente aquietou-se, deixou-se conduzir docilmente. Teria se convencido que a ambulância era o carro de fogo?
Na clínica psiquiátrica, Benjamim ficou conhecendo o homem que recebia o Espírito Santo:
— Não, não é uma pomba. É antes parecido com uma borboleta. Me entra pela narina direita e fica me voejando na cabeça, é horrível.
Conheceu também a mulher em que Buda se encarnara uma vez: o senhor pode imaginar meu sofrimento, eu magra desse jeito, com aquele gordo enorme dentro de mim.
E o mulato em quem baixavam santos, e o estudante que recebia Zeus. Todos sofriam. Só o homem de barba e longos cabelos parecia tranquilo — ele não esta-

205

va possesso, ele *era* Jesus Cristo. Invejo-o, suspirava o homem do Espírito Santo, minha impressão é que da Santíssima Trindade me tocou o pior. Não sei como é Deus Pai, mas não deve ser tão agitado quanto esta borboleta.

Benjamim também invejava Jesus Cristo — a limpidez daquele olhar, o esplendor daquela face. Pudesse eu ser assim, dizia. Faria qualquer coisa para se livrar dos profetas. Na realidade, o pior era a expectativa; porque, quando os profetas se apossavam dele, quando falavam por sua boca, ele não sofria; tornava-se então uma carcaça oca, uma espécie de armadura que os espíritos utilizavam.

Uma vez disse a Jesus Cristo que o invejava.

— Se é o meu lugar que pretendes — disse o doente, sempre sorrindo — desiste. O filho de Deus é um só. Eu.

— Não se trata disso — explicou Benjamim. — O que eu queria era me livrar destes profetas.

— O primeiro passo — disse o outro — é te tornares um cristão. Posso até fazer de ti um apóstolo, há vagas. Vende tudo o que tens, distribui o dinheiro entre os pobres, e me segue. Juntos, percorreremos os caminhos da Terra, conduzindo os homens à salvação.

Tirou do bolso um papel e um toco de lápis.

— Façamos um inventário. De que dispões? Carro? Casa? Roupas?

Não, não era daquilo que Benjamim estava falando. Ninguém o compreendia, nem o jovem psiquiatra que o tratava, um rapaz chamado Isaías. A coincidência desse nome não passava despercebida a Benjamim. Nem ao médico: no fundo, dizia, tu, Benjamim, temes o profeta que eu represento, Benjamim. Tens medo, Benjamim, que eu, o profeta Isaías, brigue com teus profetas.

Benjamim não acreditava em nada daquilo, mas não seria ele quem questionaria o parecer de um médico com curso de especialização nos Estados Unidos. Ouvia

206

em silêncio, na hora da praxiterapia confeccionava cavalinhos de madeira, na hora dos jogos participava nos torneios de pingue-pongue. E tomava conscienciosamente os remédios. O pior é que estes lhe deram uma doença de pele, uma alergia que rapidamente ulcerou. Estou, *como Jó, pensou alarmado*, mas aí lembrou-se de que Jó não era profeta, e suspirou aliviado. Teve alta, mudou de emprego. Durante anos, viveu tranquilo. Aquela coisa dos profetas parecia ter definitivamente acabado.

Um dia desapareceu.

Paulina, desesperada, avisou a polícia, percorreu os hospitais — os psiquiátricos também —, colocou avisos no rádio, no jornal; chegou mesmo a ir ao necrotério. Olhou com repulsa e horror os cadáveres que um sinistro servente tirava do refrigerador. Nenhum era de Benjamim, felizmente. Mas ele não aparecia.

Anos depois o carteiro entregou a Paulina um envelope amarelo — postado no Rio, mas evidentemente procedente do exterior. Continha apenas uma fotografia, um instantâneo mal focado: Benjamim Bok, sorridente e até mais gordo, num traje safári, com um chapéu de cortiça semelhante ao usado pelo explorador Livingstone. Estava sentado numa cadeira dobradiça, num descampado. A seu lado, deitado no chão, um enorme leão. Um pouco afastado, um negrinho, observando curioso a cena. E mais nada. Não havia carta, nem sequer uma dedicatória na foto.

Contudo, Paulina não tardou a deduzir o significado da mensagem. A princípio pensou em Daniel na cova dos leões, mas Daniel já tivera sua oportunidade. Não, o que estava ali representado era uma versão da profecia de Isaías: *o leão deitará com o cordeiro, e uma criança os conduzirá.*

Benjamim Bok tinha enfim encontrado sua paz.

207

O CLUBE DOS SUICIDAS

A senhora — o que foi que tomou, mesmo? Comprimidos. Não sabe que comprimidos? Gardenal. Tomou Gardenal. Muitos? Cuidado, não pise no fio do microfone. Dez comprimidos. E o que foi que sentiu? Uma tontura gostosa! Vejam só, uma tontura gostosa! Não é notável? Uma tontura gostosa. E foi por causa de quem? Olha o fio. Do marido. O marido bebia. Batia também? Batia. Voltava bêbado e batia. Quebrava toda a louça. Agora prometeu se regenerar. E ela não vai mais tomar Gardenal. Palmas. Olha o fio. Fica ali, à esquerda. Ali, junto com as outras. Depois recebe o brinde. Aproveito este breve intervalo para anunciar que a moça loira da semana passada — lembram, aquela que tomou ri-do-rato? Morreu. Morreu ontem. A família veio aqui me avisar. Foi uma dura lição, infelizmente ela não poderá aproveitar. Outros o farão. E a senhora? Ah, não foi a senhora, foi a menina. Que idade tem ela? Dez. Tomou querosene? Por que a senhora bateu nela? A senhora não bate mais, ouviu? E tu não toma mais querosene, menina. A propósito, que tal o gosto? Ruim. Não tomou com guaraná? Ontem esteve aqui uma que tomou com guaraná. Diz que melhorou o gosto. Não sei, nunca provei. De qualquer modo, bem--vinda ao nosso Clube. Fica ali, junto com as outras.

Cuidado com o fio. Olha um homem! Homem é raro aqui. O que foi que houve? A mulher lhe deixou? Miserável. Ah, não foi a mulher. Perdeu o emprego. Também não é isso. Fala mais alto! Está desenganado. É câncer? Não sabe o que é. Quem foi que desenganou? Os doutores às vezes se enganam. Fica ali à esquerda e aguarde o brinde. E esta moça? Foi Flit? Tu pensas que é barata, minha filha? Vai ali para a esquerda. Olha o fio, olha o fio. E esta senhora, tão velhinha — já me disseram que a senhora quis se enforcar. É verdade? Com o fio do ferro elétrico, quem diria! E dá? Dá? Mostra para nós como é que foi. Pode usar o fio do microfone.

OS TURISTAS SECRETOS

Havia um casal que tinha uma inveja terrível dos amigos turistas — especialmente dos que faziam turismo no exterior. Ele, pequeno funcionário de uma grande firma, ela, professora primária, jamais tinham conseguido juntar o suficiente para viajar. Quando dava para as prestações das passagens, não chegava para os dólares, e vice--versa; e assim, ano após ano, acabavam ficando em casa. Economizavam, compravam menos roupa, andavam só de ônibus, comiam menos — mas não conseguiam viajar para o exterior. Às vezes passavam uns dias na praia. E era tudo.

Contudo, tamanha era a vontade que tinham de contar para os amigos sobre as maravilhas da Europa, que acabaram bolando um plano. Todos os anos, no fim de janeiro, telefonavam aos amigos: estavam se despedindo, viajavam para o Velho Mundo. De fato, alguns dias depois começavam a chegar postais de cidades europeias, Roma, Veneza, Florença; e ao fim de um mês eles estavam de volta, convidando os amigos para verem os *slides* da viagem. E as coisas interessantes que contavam! Até dividiam os assuntos: a ele cabia comentar os hotéis, os serviços aéreos, a cotação das moedas, e também o lado pitoresco das viagens; a ela tocava o lado erudito: comentários sobre os museus e locais históricos, peças teatrais que tinham visto. O filho, de dez anos, não contava nada, mas confirmava tudo; e suspirava quando os pais diziam:

— Como fomos felizes em Florença!

O que os amigos não conseguiam descobrir era de onde saíra o dinheiro para a viagem; um, mais indiscreto, chegou a perguntar. Os dois sorriram, misteriosos, falaram numa herança e desconversaram.

Depois é que ficou se sabendo. Não viajavam coisa alguma. Nem saíam da cidade. Ficavam trancados em casa durante todo o mês de férias. Ela ficava estudando os folhetos das companhias de turismo, sobre — por exemplo — a cidade de Florença: a história de Florença, os museus de Florença, os monumentos de Florença. Ele, num pequeno laboratório fotográfico, montava *slides* em que as imagens deles estavam superpostas a imagens de Florença. Escrevia os cartões-postais, colava neles selos usados com carimbos falsificados. Quanto ao menino, decorava as histórias contadas pelos pais para confirmá-las se necessário.

Só saíam de casa tarde da noite. O menino, para fazer um pouco de exercício; ela, para fazer compras num supermercado distante; e ele, para depositar nas caixas de correspondência dos amigos os postais.

Poderia ter durado muitos e muitos anos esta história. Foi ela quem estragou tudo. Lá pelas tantas, cansou de ter um marido pobre, que só lhe proporcionava excursões fingidas. Apaixonou-se por um piloto, que lhe prometeu muitas viagens, para os lugares mais exóticos. E acabou pedindo o divórcio.

Beijaram-se pela última vez ao sair do escritório do advogado.

— A verdade — disse ele — é que me diverti muito com a história toda.
— Eu também me diverti muito — ela disse.
— Fomos muito felizes em Florença — suspirou ele.
— É verdade — ela disse, com lágrimas nos olhos.
E prometeu-se que nunca mais iria a Florença.

HISTÓRIAS DA TERRA TRÊMULA

A nova empregada, é o que eles dizem, tem dois defeitos: come demais e — gozado isto — se queixa dos bichinhos em sua cama. Não se queixa da cama, nem do quarto; se queixa dos bichinhos que não a deixam dormir. Mas a nova empregada, eles dizem, tem qualidades: é limpa, é trabalhadora, é honesta. Tudo computado, eles estão satisfeitos.

Eles: o Senhor Isidoro, Dona Débora, e seus dois filhos, o Alberto e o Júlio. Estavam de acordo: muito boa, a nova empregada. A Gertrudes. Uma colona de origem alemã, gigantesca. Trabalhadora, quieta. Do serviço para a cama, da cama para o serviço. (Nem podiam imaginar o que ia acontecer, eles.)

Uma manhã — dois meses depois da chegada de Gertrudes — marido e mulher acordaram com uma sensação de asfixia. As janelas estavam fechadas (era inverno), mas mesmo nos meses frios a porta ficava aberta, para o caso de as crianças chamarem à noite, e também para garantir um mínimo de ventilação. Dona Débora sofria de bronquite asmática.

Aquela manhã, porém, notaram que a porta estava obstruída por uma grande massa de contornos indistintos. Dona Débora acendeu a luz, saltou da cama, e foi ver o que havia.

A porta estava bloqueada por um pé. O que ela via era a sola calosa de um grande pé. Alarmada, chamou o marido: — Isidoro! Isidoro! Olha ali, na porta do quarto! É um pé, Isidoro! Eu acho que é o pé da Gertrudes!

O marido sentou na cama, tonto de sono. — Não quero essa mulher no meu quarto — resmungou, enquanto procurava os óculos. — Manda ela já de volta para a cozinha.

— Não, Isidoro! — a mulher arfava, o peito começando a chiar. — Eu acho que ela não pode, Isidoro! Ela ficou enorme, Isidoro!

Ele colocou os óculos, saiu da cama e foi até a porta. Examinou cuidadosamente o estranho objeto. É um pé enorme — disse — de uma pessoa branca. Só pode ser o pé da Gertrudes, mesmo.

— E agora? — perguntou a mulher apavorada.

— A primeira coisa — disse o marido — é nós sairmos daqui.

Espiou por uma fresta entre o pé e o marco da porta.

— Não vejo nada... Gertrudes! Tira o pé daí, faz favor!

Um gemido abafado veio de longe. O Senhor Isidoro escutou com atenção. Creio que a cabeça está na cozinha, disse. Chega aqui mulher, vê se consegue entender o que ela diz.

A esposa aproximou-se da porta, a mão em concha na orelha.

— Ela diz que não tira o pé. Ela disse que não sai daqui. Ela disse que não volta para o quarto dela, que lá os bichinhos incomodam demais.

— Desaforo! — gritou o Senhor Isidoro, irritado. — Tira este pé daí, ouviste? Tira!

Um grito veio do quarto ao lado:
— Mãe!
— É o Júlio — disse Dona Débora, apavorada. — É o meu filhinho, o meu Júlio.
— Mãe — dizia Júlio — tem um pé enorme aqui na porta, mãe!
— A gente não pode sair!
— Não te assusta, filhinho — disse o pai.
— Não estou assustado — disse Júlio. Não estava mesmo; tinha só dez anos, mas era muito vivo e esperto. O outro, de doze, era mais quieto.
— É o pé da Gertrudes — disse o Senhor Isidoro. — Mas não te assusta, filho, o papai já dá um jeito.
Voltou-se para a mulher:
— Um pé na nossa porta, um pé na porta das crianças, a cabeça na cozinha. Ela está ocupando toda a casa. A perna e a coxa devem estar bloqueando o corredor.
— E agora? — perguntou a esposa, cada vez mais assustada.
O dono da casa apertou os lábios e fitou a mulher. Não há jeito, disse, temos de amputar.
— Um dedo? — disse a mulher, recuando.
— No mínimo.
Ela estava horrorizada.
— Mas assim, a frio? E a dor?
— O que é que se vai fazer? Ou ela, ou nós.
— Pelo menos — suspirou a esposa — avisa a coitada.
Ele se aproximou da fresta da porta.
— Gertrudes! — gritou, na direção da cozinha. — Gertrudes! Vamos tomar uma pequena providência. Vamos te dar um cortezinho no pé, ouviste? É para a gente poder passar. Depois traremos socorro, e tudo vai terminar bem. Ouviste?
Um gemido foi a resposta.

— Será que ela ouviu? — perguntou a Dona Débora.

O Senhor Isidoro consultou o relógio. — Não sei. Mas não posso perder mais tempo. Vamos começar. Foi até a janela, quebrou uma vidraça e voltou com um grande caco de vidro.

Tens álcool aí, perguntou à mulher. Muito pouco, ela disse, e ele, que droga! Logo agora que a gente precisava, pediu que ela lhe despejasse o líquido nas mãos. Depois, pediu que ela colocasse uma cadeira ao lado da porta, subiu e ficou à altura do grande artelho. É como casca de árvore — disse, tocando a sola do pé. — Tem um calo enorme aqui, um calo do tamanho da tampa de um bueiro, bem onde eu queria cortar.

Da cozinha veio uma risadinha abafada. Sente cócegas, a coitada — murmurou a Dona Débora.

— Vou começar! — gritou o marido.

Tomando impulso, cravou a lâmina de vidro na base do dedo. Um urro fez estremecer a casa! Uma cascata de sangue jorrou sobre o homem! O pé se agitava como um monstro ferido!

— Para, Isidoro! — gritava Dona Débora, horrorizada.

— Agora não posso parar! Agora que comecei não posso parar! Tenho de ir até o fim!

Os gritos de Gertrudes se transformaram num uivo medonho, contínuo. No quarto ao lado Júlio chorava alto.

— Para, Isidoro?

— Cala a boca, mulher!

Cortando sempre, Isidoro chegou ao osso. Para desarticular a falange usou a coluna do quebra-luz como alavanca. Finalmente o grande dedo tombou como um galho quebrado. Uma lufada de ar entrou no quarto.

O Senhor Isidoro espiava pela abertura.

— O que estás vendo? — perguntou a esposa.

— É bem como eu imaginava — ele disse. — O corpo é enorme, ocupa todo o *living*. A barriga parece uma montanha. As tetas parecem duas montanhas. Enche a casa, esta mulher.
— Coitada — disse a esposa. — Não fala assim, Isidoro.
Ele examinava a ferida da amputação.
— Continua sangrando. Tenho de dar um jeito nisto. Não posso subir por aqui, está muito escorregadio.
Passou os olhos pelo quarto.
— Aquilo ali não é o ferro elétrico?
— É.
— Bota na tomada. Quando estiver bem quente me dá. Enquanto o ferro esquentava, ele acalmava os filhos:
— Se acalmem. O papai já vai aí.
De repente se lembrou da empregada.
— Gertrudes!
Nenhuma resposta. Deve ter desmaiado, concluiu. A esposa lhe alcançou o ferro — quentíssimo — e ele o aplicou à superfície sangrenta. Um cheiro de carne assada encheu o quarto. Tu estás fazendo comida, mãe? Estás fazendo comida para nós? perguntou Júlio. Pobre criança, disse ela, ainda não, filhinho, ainda não estou fazendo comida — daqui a pouco, Julinho, espera só um pouquinho.
— Deu resultado — gritou o Senhor Isidoro. — Cauterizei a ferida. Agora não sangra mais.
Desceu.
— Vamos, Débora. Sobe ali, passa pela abertura, e sai.
— Eu? Mas eu não passo por aí! — protestou Débora.
— Sobe!
Mas a mulher tinha razão. Não passou mesmo, depois de várias tentativas.
— Tu és uma baleia, mesmo! — resmungou o Senhor Isidoro.

217

— Não tenho culpa, Isidoro.
Isidoro avaliava a situação.
— Bom. Vamos fazer o seguinte: eu passo e tiro as crianças, que é o mais importante agora. Depois venho te buscar.
Dona Débora concordou. O Senhor Isidoro beijou-a, içou-se pelo pé acima e com algum esforço transpôs o coto do dedo. A primeira coisa que viu foi suas ferramentas espalhadas pelo chão do *living*. Estivera consertando uma cadeira na noite anterior; ficara com sono e fora dormir, sem guardar o material — apesar das reclamações da mulher. Agora, com as ferramentas, sentia-se armado. Pegou o serrote e brandiu-o no ar gritando para Débora:
— Viste, Débora? Viste como às vezes é bom ser desorganizado?
Isidoro escalou uma coxa de Gertrudes, e olhou ao redor. Como tinha imaginado, o corpo da empregada ocupava praticamente toda a casa. Caminhou sobre o ventre montanhoso, cuja gordura caía em pregas nos flancos. O Senhor Isidoro teve vontade de levantar a camisola, para ver como estavam as partes, mas desistiu — a hora não era para sacanagens.
A porta do quarto de Júlio estava bloqueada pelo outro pé. O homem galgou-o com certa facilidade; já tinha adquirido prática e além disso agarrava-se nos pelinhos loiros. Examinou o sulco entre o primeiro e o segundo artelhos, cheio de um sujeira de meses (limpa, ela? Pois sim). Por ali não poderia tirar as crianças. Este pé, contudo, parecia menor, e não fechava totalmente a abertura. Concluiu que se cortasse a unha do dedão conseguiria uma fresta bastante ampla. Para esse trabalho usou o serrote e se saiu bem. Logo as crianças estavam fora; passado o susto, Júlio divertia-se, brincando de escorregador nas coxas da empregada.

218

Mas o Senhor Isidoro estava preocupado. Não tinha meios de sair do *living*; todas as aberturas estavam bloqueadas. Terei de cavar um túnel no braço, raciocinou, e atingir a porta da rua pelo corredor.

Nesse trabalho foi ajudado pelas crianças. Usaram formão, talhadeira e a lâmina da plaina — e naturalmente o ferro elétrico como cautério. Gertrudes não reagia aos golpes, embora estivesse quente. O Senhor Isidoro imaginava que ela estivesse desmaiada (de fome. Alimentar um corpo destes agora não vai ser fácil), mas não se preocupava. Queria sair dali o mais depressa possível para trazer socorro. De repente Júlio começou a chorar:

— Coitada da Gertrudes! Tão boa, e nós aqui machucando ela! Trouxemos a pobrezinha para Porto Alegre só para fazer mal para ela!

O Senhor Isidoro parou o trabalho, tomou-o nos braços sujos de sangue.

— Não, filhinho, não é nada disso. O que estamos fazendo é para o nosso bem e para o bem de Gertrudes. Temos de buscar ajuda, não vês? E depois — a gente não tirou Gertrudes de casa. Ela é que quis vir para a cidade para melhorar de vida, ganhar dinheiro, arranjar um namorado... comer mais. Se não fosse a gente ela teria ficado lá no interior, nunca teria progredido. Agora — quem mandou ela ser gulosa e comer tanto, não é verdade? Isso foi um castigo. Mas eu não estou brabo, não; logo a gente vai sair daqui e buscar um médico para ela.

Júlio mais calmo, voltaram ao trabalho, que ia se tornando cada vez mais difícil. O Senhor Isidoro teve de construir um sistema de sustentação, à semelhança do usado em minas. Usou para isso a madeira dos móveis. O túnel era tão comprido que ele teve de instalar também uma rede elétrica. Isidoro cavava, os meninos transportavam a carne cortada.

O trabalho levou cerca de doze horas. À noite atingiram o antebraço, furaram a pele e saltaram para a palma da mão. Afastaram os dedos — e viram-se diante da porta! A saída!

Depois libertaram a Dona Débora, depois se abraçaram, riram, contavam-se a história uns para os outros, mil vezes.

A história que eles contam é esta.

Eu conto outra história. Sou empregada, sou uma colona do interior, mas sei ler e escrever, sei contar histórias. A história que eu conto é de quatro bichinhos que passeavam pelo meu corpo, me picando, me mordendo, me tirando sangue. Quatro bichinhos que estavam à vontade, como habitantes de uma terra amável. Vão ver, os quatro bichinhos, quando a terra tremer. Vão ver que histórias lhes conta esta terra trêmula.

OS CONTISTAS

Todo o mundo foi à tarde de autógrafos do contista Ramiro. Todos os quarenta ou cinquenta contistas. Fui dos primeiros a chegar: não queria perder os cachorros--quentes. Tive azar: sendo apenas o décimo, encontrei só metade de uma salsicha e uísque falsificado. Isso não me impediu de abraçar Ramiro com efusão. Que é que há rapaz, ele me perguntou, e eu disse, não há nada, Ramiro, nada mesmo. E acrescentei: Meus parabéns pelo teu livro, Ramiro, ainda não li, mas já me disseram que está muito bom; aliás eu sempre achei que cara que deu bom foi tu. Tu és um dos poucos, Ramiro, dos poucos. (Eu já começava a me comover, em tardes de autógrafo sou assim mesmo.) Obrigado, disse Ramiro, a gente faz o que pode. E tu, perguntou, o que é que estás fazendo? Nada, eu disse, dando duro no jornal, só isso.
— Estás escrevendo alguma coisa?
Eu estava; estava sim. Estava escrevendo um conto chamado *Os Contistas*.
Ramiro riu e me pediu desculpas; tinha de dar um autógrafo para uma velha tia que viera do asilo especialmente para a ocasião.
Os cachorros-quentes não apareciam, mas ia chegando mais gente. Orlando se aproximou; ia me pedir

dinheiro emprestado; viu pela minha cara que não ia adiantar nada. Então me perguntou o que eu estava escrevendo. Um conto chamado *Os Contistas*, respondi. É isso aí, disse ele, manda brasa, rapaz, o conto catarinense está à espera do seu renovador. Não sou catarinense, respondi, mas ele já ia longe. Pobre Orlando, sempre atrapalhado.

Dizem que ele está com câncer, cochichou-me Marisa. E o pior, acrescentou, é que não se trata, não tem dinheiro para o hospital, não desconta INPS. Além disso, finalizou, é um safado. Concordei, olhando para uma porta dos fundos, de onde, por alguma razão, eu esperava que saísse um homem com cachorros-quentes.

E tu, perguntou Marisa, o que é que estás escrevendo? Um conto chamado *Os Contistas*, eu disse. Tu também és um safado — Marisa ria. Ela ia a todas as tardes de autógrafos, a Marisa, e ria sempre. Também ri: É isso mesmo, Marisa, sou um safado. Ela ria, ria; me olhava, e eu olhava para ela, pensando que ela não era de jogar fora. Qualquer dia, pensei, preciso falar com ela; agora não, agora preciso de um cachorro-quente. E uísque.

Ao meu lado, o contista Nathan estava dizendo que nós, os contistas, gememos e rangemos os dentes produzindo nossos contos. Enquanto isso, prosseguia o contista, vamos desprezando os programas de rádio, as novelas de televisão, as colunas sociais, os filmes coloridos, as revistas semanais, os políticos, os funcionários públicos, os colunistas sociais, os novos ricos, os burgueses, os demagogos, os escritores engajados, os lugares-comuns, os sonetos, palavras como *desespero, ternura, destino, crepúsculo, coração, alma...* E penosamente, continuava Nathan, vamos escrevendo nossos contos. Nossos personagens não têm nome; são apenas *ele*. "*Ele* acendeu um cigarro e ficou olhando o teto." Os leitores mais atilados, observava Nathan, sabem que estamos nos referindo a nós mesmos; que estamos dialogando com nossos demônios particulares; que estamos vertendo, de dentro mesmo da alma, um líquido claro e tépido que, exposto à luz crua do mundo, esfria e se turva, e mais: solidifica-se, transforma-se em dura gema, de natureza desconhecida, mas de valor só apreciado por raros conhecedores, criaturas admiráveis. É semelhante à opala. Enquanto esperamos pelo reconhecimento, prosseguia Nathan cada vez mais entusiasmado, nos deitamos em camas sujas, acendemos cigarros e ficamos olhando os tetos. Sofremos as dores de um mundo informe e monótono. Poderíamos engolir, pensamos, este mundo, como se fosse uma pílula minúscula. Por que não o fazemos? Por piedade — ou por medo de constatar que esta partícula é maior que nossas goelas? Cretinos, bradava Nathan, cretinos é o que somos! Admitamos! Estamos comendo, estamos tendo relações sexuais, estamos respirando como qualquer pessoa — mas estamos semimortos, zumbis que somos. Só começamos a viver — aí Nathan estava gritando mesmo — ao partejar dolorosamente nossas tristes frases que aí ficam, nas prateleiras, folha de papel após folha de papel, letra ao lado de letra — mas sem se tocarem, essas letras, à espera que estão do aventureiro intelectual, do comprador, entidade que depende diretamente das leis de mercado. Oferta e procura! — terminou o contista Nathan.

    Ouvi aquele negócio e fui saindo devagarinho. Juntei-me a um grupo: Milton, Capaverde e Afonso. Veio um fotógrafo e tirou uma foto. Depois quis cobrar. Fiquei possesso; eu pensava que ele era do meu jornal. Não pago nada, gritei, eu devia é cobrar por ter posado. O fotógrafo nos xingou e deixou a livraria. Um a menos, ainda berrei.

Ramiro dava autógrafos para um, para outro, Poy olhava e me dizia: Este livro não vai vender nada, é muito confuso, muito hermético. O pessoal quer coisa simples, pão, pão, queijo, queijo. Lembrei-me dos cachorros-quentes e olhei ao redor: muitos contistas, mas nenhum alimento.

— E tu — perguntou Poy — o que estás escrevendo? Um conto chamado *Os Contistas*, respondi. Não adianta nada, me assegurou Poy, a gente devia escrever para o rádio, para a televisão. Livro é caro, livro é difícil, o que se pode esperar do livro, ainda mais do livro de ficção? Eu não espero mais nada, me dizia Poy; já estou me virando em outro negócio, tenho um cunhado que trabalha na TV, ele vai ver se me arranja alguma coisa. Eu procurava Marisa, ou os cachorros-quentes; mas só via contistas.

— Alguns contistas — era Nathan de novo — recusam-se a qualquer atividade. Não comem, não bebem, quase nem escrevem. Ficam numa espécie de marasmo, à espera de alguém que lhes diga: Despertai, lúcidos profetas!

Vi o contista Lúcio, que só escrevia depois de um meticuloso cerimonial: fechava as janelas, acendia velas, vestia um *smoking* e sentava-se a uma mesa de jacarandá da Bahia. Vi o contista Armando, que só escrevia com caneta-tinteiro. Vi o contista Celomar, que, para escrever, ia ao mar; e o contista Guerra, que procurava a serra. Vi o contista Jerônimo, que escrevia primeiro o fim, depois o começo, depois o meio.

Vi o contista Volmir. O contista Volmir quando queria escrever, trancava-se no gabinete durante dois dias, ou mais. Saía dali transtornado, mas feliz. Convidava a mulher e as filhas, reuniam-se em torno da escrivaninha, onde estavam as folhas datilografadas presas com um *clips* novo. Durante alguns minutos olhavam o conto, cheios de jubiloso respeito. "Como é o nome dele?" — perguntava a esposa, e quando o contista o revelava, abraçavam-se, cheios de alegria.

O contista Murtinho organizou a produção de seus contos de acordo com o princípio da linha de montagem: na primeira gaveta os esboços, na segunda os contos semiterminados, na terceira os contos prontos.

O contista Manduca, bêbado, me abraça choramingando:

— Só consigo escrever sob ação de boletas, e ultimamente elas não fazem mais efeito... Tenho tomado as coisas mais esquisitas, até desodorante experimentei...

— Estou escrevendo um conto chamado *Os Contistas*. Não esquecerei o que tu disseste.

Não me recordo exatamente de quando comecei a escrever. Deve ter sido uma coisa muito insidiosa. Quando vi, estava trabalhando com lápis e papel. Estava olhando para as pessoas, para os animais e as coisas, e pensando como ficariam sob a forma de palavras. E assim fui modelando minhas frases, a princípio com muita dificuldade; depois de algum tempo era só deixar a mão correr e observar que jeito tinham as palavras no papel, eu me avaliava, na aurora de minha vida, pelo comprimento das frases, pela inclinação das letras, pelo número de borrões: quando um conto era *bom*, ele era também *bonito*. Colocava-o a distância, admirava-o um pouco — e toca a escrever outro conto. Chuva ou sol, granizo ou cerração — lá estava eu a escrever!

O contista Katz escolheu dez contistas famosos. Tomou ao acaso cinco contos de cada. Verificou o número médio de palavras por frase, as palavras mais usadas e outros parâmetros. Usou todos esses dados para fazer um conto — perfeito, segundo ele. Outros não concordaram.

O contista Almerindo exigiu que seu livro fosse impresso em letras minúsculas e tão diminutas quanto possível. Vai ficar meio difícil para ler, avisou o dono da gráfica. Não importa, disse o contista Almerindo, eu estou pagando, faço o livro como quero. Em contraste o contista Cabrão tinha um capítulo inteiro onde cada palavra ocupava uma página. O contista Almir perdeu a última página de seu conto *A Glória*. Durante dois dias revirou a casa. De repente notou que o conto ficava melhor daquela maneira e cessou a busca.

Já escrevi um conto em dois minutos, mas uma vez levei seis meses para escrever um conto. Numa noite escrevi oito contos. Numa só gaveta contei vinte e sete contos, debaixo de minha cama encontrei, numa pasta, dezesseis contos cuja existência eu esquecera. No momento estava escrevendo um conto chamado *Os Contistas* e procurando uma moça chamada Marisa, ou uísque. O uísque apareceu primeiro, trazido por um garçom mal-encarado.

O sonho do contista Reinaldo era um conto que se escrevesse a si mesmo: dado o tema, ou, no máximo, a primeira palavra, as que se seguissem seriam inevitáveis. O contista imaginava uma caneta sobre um papel, fios conectados a uma máquina, um dispositivo de *feedback* para corrigir os eventuais desvios, de estilo ou outros. O contista Damasceno propunha um conto de múltipla escolha, escrito na segunda pessoa do singular: "Era uma tarde de verão. Tu estavas: a) em tua casa; b) no cinema; c) numa livraria. Se (a) é verdadeiro...". O contista Auro pensava em impregnar as páginas de seu livro com substâncias alucinógenas. Lambendo o papel, o leitor teria visões erráticas.

Vi a Marisa. Estava sentada num carro, diante da livraria. A porta do veículo aberta, eu podia ver as per-

nas dela. Vai ser boa assim no inferno, gemi. Estava me faltando um carro. Tivesse eu um automóvel, Marisa estaria sentada a meu lado, minha mão deslizando constantemente da alavanca de câmbio para a coxa dela. Mas não tinha carro; movia-me a pé entre os contistas.
 Contistas. A origem deles se perde na noite dos tempos.
 — Garçom! — chamo, um pouco alto — contistas se viram para me olhar. — Garçom! — repito, mais baixo. — Uísque, garçom!
 Há referências a uma misteriosa tribo de contistas, da Ásia Central, que ia de região em região narrando suas histórias. Nada de concreto se sabe acerca destes contistas misteriosos, que teriam sido dizimados por povos hostis... Na *Bíblia* encontramos obras-primas do conto... Os contistas persas acreditavam que certas sementes plantadas em noites de luar geravam árvores cujos frutos, ocos, continham pequenos contos de um, no máximo dois personagens... A contista Scherezade contou ao sultão mais de mil histórias, assegurando assim sua sobrevivência. Em seu primeiro livro, o contista Hebel retratava com perfeição a Alemanha nazista; assim também no segundo e terceiro livros. As pessoas se indagavam, inquietas: Até quando ele continuará retratando com perfeição a Alemanha nazista?
 Contistas são ubíquos. No livro *The Family of Man*, há uma fotografia obtida por Nat Farbman (*Life*) na antiga Bechuanaland; mostra um africano narrando algo para outros africanos. Não há legenda explicativa, mas pode-se garantir que esse homem está narrando um *conto*; e seu público, embora reduzido, é atento.
 Na Idade Média alguns contistas foram acusados de bruxaria e queimados vivos. Em certas regiões da Itália, cinzas desses contistas são conservados em garrafinhas;

às vésperas dos exames os estudantes vão, em romaria, reverenciar esses despojos.

O que é um conto? Discute-se. Formulemos a pergunta melhor: o que caracteriza um conto? Para o contista Poe — Poe, hein! — a brevidade, exigência da vida moderna. De acordo, diz o contista Jones, e acrescenta: lembremos o papel do trem subterrâneo, exigindo histórias suficientemente curtas para serem lidas durante uma viagem. Para Jones, ainda, a noção do trabalho de equipe — uma decorrência da Revolução Industrial — propiciou o aparecimento de antologias de contos.

O conto alcançou seu apogeu a partir do século XIX (Poe, Tchekov, Maupassant). Em nossos dias o conto tem perdido o prestígio, segundo o contista Eulálio. O contista Poy culpa a televisão, enquanto o contista Tomás vê a causa desta *débacle* no desaparecimento do fogão à lenha, em torno ao qual a família se reunia para ouvir a leitura de contos.

Eu acho que comecei gostando de ouvir histórias. Sentado no cordão da calçada, ouvia os guris da minha rua contar sobre a mulher que degolara o marido, sobre o piloto que derrubara doze aviões inimigos, sobre o filme que tinham visto no domingo. Aliás, ao filme eu também assistira. Isto é, tinha ido ao cinema, e lá, em meio a uma gritaria infernal, tinha olhado figuras movendo-se na tela... Mas quando meus amigos contavam o filme, tudo clareava; a trama tinha um sentido, o ponto culminante se revelava mediante a conveniente entonação; e eu então sentia a verdadeira emoção que, inobstante a entrada paga, me faltara no cinema.

Sabiam contar uma história, os meus amigos. Hoje são comerciantes, profissionais liberais... Nenhum é escritor. Acho que simplesmente não lhes ocorreu escrever. Se tivessem tentado, se tivessem rabiscado algumas

palavras apenas... Enfim, quem resolveu transar com palavras & mentiras fui eu.
Aproxima-se o jovem contista Afonso. Gordinho, vem saltitando e me dá um conto para ler. Chama-se *Olho Dentro de Olho*. Interessante. Afonso descreve com maestria a vida do solitário Hermes, empregado de uma grande firma. Acompanhamos Hermes desde o seu despertar, numa modesta casa de subúrbio; vemo-lo preparar o café, de acordo com uma rotina que já dura anos (Hermes é quarentão, diz Afonso); vemo-lo no ônibus, a caminho do trabalho; depois, ei-lo sentado, a datilografar a correspondência da firma. Almoça — sozinho — numa lanchonete e volta, palitando os dentes, ao escritório.
Afonso escreve bem, e começou há pouco.
Mas, continuando: à saída da firma, Hermes passeia pelo centro, olhando as vitrinas, e as mulheres. Às vezes, bem acompanhado, Hermes volta para casa, diz Afonso; as mais das vezes, porém, deve meter-se no cinema. Prefere comédias.
Sentado no cinema quase vazio, indiferente às pulgas, Hermes entusiasma-se com a fita, ri, fala sozinho:
— Olha só o gordo! Que paca, este gordinho! Gordo!
Afonso faz com que a luz se acenda. Vemos Hermes corar, olhando para os lados. Vemo-lo sair devagar, cabeça baixa. Que será que ele vai fazer? Será alguma bobagem?
Não: Afonso enfia-o no banheiro do cinema. Ali ele fica, enquanto os minutos se escoam. Inicia-se nova sessão e — Olá! É Hermes que sai do banheiro. Procura um bom lugar, senta-se e:
— Olha só o gordo!
O contista Levino volta do cinema muito impressionado. Viu um filme sobre um contista e vai proceder exatamente como o personagem. Caminha pelo quarto a

largas passadas, lábios apertados, olhar fixo no chão; de repente, senta-se à máquina; enfia um papel no rolo e, como o contista do filme, respira fundo, começa a escrever rapidamente, escreve durante cinco minutos sem se deter; acende um cigarro, dá uma longa tragada, pega a folha de papel pelo canto superior esquerdo, lê o que escreveu; datilografa mais cinco minutos, lê novamente. Tal como o contista do filme, arranca o papel da máquina, amassa-o e joga-o ao cesto, irado. Como no filme, o conto não prestava.

Chega o contista Guilherme, ex-seminarista:
— Estou atrasado?
— Acho que sim — respondo, a voz já pastosa.
— Que pena. Estou terminando de escrever meu livro de contos, não tenho tempo para nada. Que é que andas fazendo?
— Estou escrevendo um conto chamado *Os Contistas*.
— Vais nos retratar? — indaga, suspeitoso.

Marisa do outro lado da rua! Eu queria ir lá. Guilherme me segurava:
— Vais nos retratar?
Escrevo. O escritor escreve. Tem de ir cobrindo páginas e páginas.

No começo eu pretendia apenas aquilo que meus amigos faziam com tanta desenvoltura, sentados no cordão da calçada: contar uma história. Mas, na verdade, me fascinava a possibilidade de reduzir meu amigo Lelo, hoje engenheiro, a "um sujeitinho minúsculo". Pobre Lelo: de repente ali estava ele, imóvel, congelado, miniaturizado. Sensação semelhante devem ter os caçadores de cabeça. Não contente, eu comparava o nariz dele a um bico de papagaio. Aliás, anos depois ele teve uma doença chamada psitacose, transmitida parece que por um papagaio. A maldição do contista?

Pode ser. O ódio inspirou o contista José Homero; despejado do apartamento, escreveu um conto amargo sobre inquilinato. O proprietário oprime o locatário, toma-lhe o dinheiro, os móveis, a mulher. O oprimido acaba matando o opressor a tiros de metralhadora. Uma frase pungente descreve o contrato no chão, sujo de sangue. No final, o inquilino abre a janela e vê surgir o sol de um novo dia. O contista Catarino satirizava seus inimigos descrevendo-os sob a forma de bichos. Esgotada a lista de animais conhecidos recorreu à fauna exótica — o ornitorrinco, o coala — a seres pré-históricos (brontossauro, dinossauro) e animais mitológicos (unicórnio). Num índice, grosso como a lista telefônica, registrava os nomes dos inimigos e dos animais correspondentes.

Lá na minha cidade publiquei, no suplemento dominical do jornal, um conto chamado *Família do Interior*. Muito bem. Na segunda-feira à noite, eu sozinho em casa, lendo calmamente um conto, bateram à porta. Mal abri fui violentamente empurrado; rolei pelo chão. Quando me levantei dei de cara com meu vizinho, o Senhor Antônio. Um homem grande e de bigodes, até aí nada de mais, mas segurando um revólver, e estava carregado.

— Muito bem, seu sacaninha — ele disse — sei que teus pais saíram, assim que podemos conversar sossegados. Presta bem atenção no que vais me dizer, porque desta conversa depende tua vida.

— O que foi que eu fiz, Seu Antônio? — balbuciei.

— O que foi que tu fizeste? — gritou — mas estava transtornado, aquele homem! — O que foi que tu fizeste? Não sabes? E isto aqui?

Tirou do bolso um recorte de jornal. Era o meu conto.

— Pensas que sou idiota, que não sei de quem estás falando? "Um homem gordo", dizes aqui. Quem é o gordo?

231

Quem é que nestas redondezas pesa mais de cem quilos? O homem gordo era dono de um bar, é o que contas. Eu sou gordo, e dono de armazém. Bar, armazém — parecido, não achas? Encostou-me o revólver no peito. Mesmo naquela situação de aprêmio eu continuava escritor! "Os olhinhos injetados estavam cheios de fúria" — notei.

— És muito espertinho, guri. Mas não és tão esperto quanto pensas. Queres descrever minha vida como uma rotina chata: "Todos os dias, depois do jantar, sentavam para ouvir rádio..." Para ti deve ser chato, ouvir rádio. Mas será que para todo o mundo é? Já imaginaste a alegria que a gente tem quando pega uma estação do estrangeiro? "Aos domingos comiam galinha." E daí? Será que todas as galinhas são iguais? Será que todos os domingos são iguais?

Deteve-se, respirou fundo.

— Mas o pior — continuou, com voz estrangulada — é que terminas o conto dizendo que mato minha mulher, que dissolvo o cadáver com ácido para não deixar vestígio... Que história é essa? Ácido não deixa vestígio?

Justamente nesse momento ouvimos barulho na entrada. O Senhor Antônio, gordo mas ágil, escapou pela porta dos fundos e eu corri para o quarto. Anotei rapidamente o que vira no olhar do homem: "Genuíno interesse, angustiosa expectativa..."

Antônio morreu antes da mulher: teve um enfarte quando a surpreendeu na cama com um vizinho (outro vizinho, não eu). "Eu estava farta daquela rotina" — disse ela, no enterro.

Nem sempre, porém, meus contos faziam tanto efeito. Não consegui, por exemplo, sequer perturbar o vereador Ximenes, um venal a quem eu particularmente odiava. Satirizei-o; como a maçã podre que continua no galho após a morte da macieira (*O Outono Passou*); como o carrapato que envenena os companheiros com DDT para ficar com o boi só para si (*Um por Todos*); como o rei que rouba a própria coroa e acusa os inimigos (*Às Armas, Cidadãos*). Os amigos elogiavam essas histórias, mas confessavam que não as entendiam. Quanto ao vereador, era meu maior fã. Chegou a propor na Câmara a instituição de um prêmio literário para estímulo dos contistas da cidade; confidenciou-me que pensara em mim ao redigir o projeto de lei: "Tenho certeza de que vais ganhar. E se eu puder influir na comissão julgadora, o prêmio está no teu papo. Não precisas me agradecer, gosto de gente que sabe manejar bem a pena, que se dá com as letras." Era contista, também, bissexto.

Para castigar gente assim eu precisava do poder. Tinha-o, e usava-o, posso garantir. Passou-se o outono, eu escrevia, e pronto, subtraía três meses da vida de um personagem. Nos meus contos o personagem ia do berço ao túmulo pulando como gafanhoto sobre a areia e deixando, nesta, tênues marcas.

Aos poucos, fui deixando de me interessar pelos pulos e me concentrando nas marcas; para descrevê-las, usava o melhor de minhas habilidades. Por fim, deixei as marcas de lado também e fiquei só com as palavras: deixei de me importar com os personagens e suas histórias. Naturalmente, meus contos ficaram obscuros. Que me importava? Os leitores que se munissem de coragem e atravessassem esta zona de matos espessos e areias movediças. Aos que ousassem empreender a aventura intelectual, grandes descobertas estariam reservadas. Não me surpreendia o pequeno número de meus leitores: muitos são os chamados, poucos os escolhidos, eu achava.

De repente comecei a duvidar. Desconfiava dos demônios que, dentro de mim, fabricavam e mandavam

233

para a superfície as frases que eu deveria estampar no papel. Será que sabiam do que estavam falando? E se não, que fazer do monte de contos? Dei de beber.
Foi pior, porque nos intervalos de lucidez eu via com perfeita clareza o meu destino. Ninguém jamais me leria. As milhares de almas irmãs, que deveriam, supostamente, invadir o meu quarto clamando por contos, nunca apareceriam. E eu estava mais sozinho do que nunca. Nem os olhares apaixonados da viúva do Senhor Antônio me consolavam. Assim é a crise do contista, episódio terrível.
O contista César, revendo seus contos mais antigos, exclamou:
— Mas eu escrevia muito melhor do que agora!
Depois disto passou anos sem escrever nada.
O que eu não daria para sentir a antigravidade, suspirava o contista W., da área de ficção científica. "Eu? Eu não falo com ninguém. Leia meus contos quem quiser saber de mim" — dizia o contista Ordovaz, morando num chalé suburbano, se alimentando de alface e enlatados.
Nasci numa pequena cidade do interior. Escrevo desde pequeno. Meu primeiro conto se chamou *A Mulher do Tabelião*. Aos dezenove anos vim para a grande cidade, trazendo um terno, duas camisas e muitos contos numa pasta azul. Não publiquei nenhum, mas consegui emprego num jornal. E conheci muitos contistas: encontrei-os em festas, em aniversários, nos cinemas, em centros acadêmicos. Brotamos como cogumelos! — dizia o contista Michel.
"Mato-me se o meu livro não esgotar" — dizia o contista Osmar — "Fica o público avisado". O livro não se esgotou, o contista Osmar disparou um tiro no peito. O ferimento foi grave, mas não mortal; deixou uma feia cicatriz. Na praia, o contista Osmar tinha de usar camiseta de física.

O contista Odair escreveu silenciosamente durante doze anos. Nunca publicou nada. Guardava seus trabalhos em grandes envelopes amarelos e não falava sobre eles. Um dia olhou para a pilha de envelopes — oitenta centímetros de altura — e gritou, desesperado:
— Para que tudo isto?
Jogou os contos ao fogo. Arrependeu-se a tempo e removeu-os das chamas, queimando-se um pouco. Contudo, algumas de suas melhores histórias — como *Desespero* — ficaram perdidas para sempre. Outras ficaram muito danificadas.

Voltando bêbado de uma noite de autógrafos, joguei para o ar setenta e três contos; as folhas se espalharam por todo o quarto. No dia seguinte a dona da pensão jogou fora a papelada suja de vômito. Quando acordei corri à lata do lixo, mas já era tarde; o caminhão tinha passado. Na sarjeta ainda encontrei o começo de uma história. Descrevia dores muito íntimas. Deixei ali mesmo, com a esperança de que algum curioso a lesse.

O contista Otaviano escrevia seus contos em privadas, sob a forma de *graffitti* na parede. Quando o conto estava no meio, sempre batiam à porta, mandando que ele se apressasse; o contista Otaviano era obrigado a concluir em outro W.C. Tem fragmentos de contos espalhados em todas as privadas da cidade.

O contista Pascoal deu uma festa em sua casa, convidou os amigos, gravou secretamente a conversa e, com frases textuais, fez um conto. Mostrou aos mesmos amigos e eles não gostaram.

— Que se pode esperar do mundo — perguntava-se Pascoal, angustiado — se as pessoas já não gostam do que dizem?

Depois de algum tempo, voltou-me a vontade de escrever. O emprego no jornal era puxado, mas mesmo

235

assim me sobrava tempo para a literatura. O que me faltava eram certas condições, o suporte logístico. Eu não tinha, por exemplo, uma boa máquina de escrever. Comprei logo uma elétrica, que era perfeita, mas que não funcionava quando faltava luz — momentos em que justamente a inspiração me assaltava. Comprei ainda mesa, poltrona giratória, chinelos forrados. E, por outro lado, comecei a organizar a minha atividade de relações públicas, visando à promoção de meus contos; fiz uma boa coleção de bebidas espirituosas, roubei o caderno de endereços de um crítico literário, tornei-me amigo de uma cronista social etc.

Todas essas coisas me exigiam tempo e, o que é pior, dinheiro. O ordenado do jornal já não chegava. Tive de arranjar um emprego de professor num curso de datilografia (emprestando minha máquina); aí trabalhava dia e noite. Não faz mal, eu pensava, isto é só até eu montar a infraestrutura de minha produção literária; depois terei tempo para escrever. Mas cansei de esperar. Numa só noite deixei o emprego noturno, joguei fora o caderno de endereços e briguei com a colunista social.

Problemas. O contista Caio pode produzir um conto a cada duas horas. Sabendo-se que dessas histórias cinquenta por cento são ruins, vinte e cinco por cento regulares e vinte e cinco por cento são boas, quantos contos pode produzir o contista Caio num dia, e quantos destes serão, respectivamente, bons, regulares e ruins? Resposta: O contista Caio pode produzir doze contos ao dia, sendo seis ruins, três regulares e três (viva!) bons.

Mas as coisas não são tão matemáticas, para o contista Caio... Ele precisa dormir oito horas por dia. Já tentou dormir menos, mas não consegue: fica irritado e com dor de cabeça. Sobram-lhe portanto dezesseis horas, nas quais o contista poderia escrever oito contos, sendo quatro ruins, dois regulares e dois bons.

No entanto, o contista Caio tem de *comer* também. Já tentou passar só a sanduíche, para não gastar tempo com refeições, mas emagreceu, se desnutriu e até perdeu a vontade de escrever. Hoje em dia ele é mais prudente e gasta duas horas em refeições, sabendo que ainda lhe sobram quatorze horas, nas quais ele poderia escrever sete contos, sendo três e meio ruins, um e três quartos bons, um e três quartos regulares (felizmente o contista Caio conhece bem frações, as ordinárias e as outras).

Mas... O contista Caio tem de trabalhar. Já tentou viver de sua literatura, mas não conseguiu. O máximo que pôde fazer foi arranjar um emprego de seis horas. Sobram oito horas, nas quais ele poderia escrever quatro contos: dois ruins, um regular, um bom.

Ele precisa, ainda, ler: livros, jornais, revistas. Caso contrário se desatualizaria, perdendo contato com o mundo e deixando de receber influências de vários escritores (uns bons, outros regulares, outros ruins — deve-se provar de tudo, de qualquer maneira). Há também a TV — nem todos os programas são bons, mas pelo menos o *medium* merece ser estudado; e há cinema, teatro e concertos; e discos de *jazz*, uma pequena fraqueza do contista, que ele tem de se permitir sob risco de se tornar intolerante. Todas essas atividades consomem em média duas horas por dia; sobram seis horas, que poderiam corresponder a três contos ruins, um conto e meio regular e um conto e meio bom.

O contista Caio tem família. Mulher e dois filhos, uma família normal. O contista brinca, naturalmente, com os filhos — e conta-lhes histórias (poderia incluí-las em sua produção, mas não o faz, já que elas não ficam propriamente registradas — a não ser que se considere o inconsciente das crianças como um livro, como pretendem alguns. O contista prefere não contar com isso).

237

Quanto à esposa, é linda... Sabe atrair o contista com sorrisos tentadores. Ele vai e tem imenso prazer. Às vezes fica com sentimento de culpa e pensa que os padres, sim, eles é que têm as condições ideais para se tornarem contistas. Mas não pode deixar de atender às solicitações da sua própria natureza; além disso, como descreveria cenas de amor, se não faz amor?

Meia hora por dia o contista dedica, pois, à esposa. Uma coisa e outra, um carinho e outro... O contista é um homem fino e sensível. E poderia um contista ser outra coisa?

Bom. Essas atividades com a família importam em duas horas por dia; sobram quatro horas, ou seja, dois contos ruins, um regular, um bom.

Há ainda outras coisas que lhe expoliam o tempo. O contista sofre de prisão de ventre, e passa meia hora por dia no banheiro. Já tentou escrever ali, mas não consegue; são atividades excludentes, parece. A propósito, o contista gosta ainda de um joguinho de cartas com os amigos (amigos: fonte de inspiração, leitores em potencial, socorro nas horas de necessidade etc. Muito necessários. Assim também os divertimentos; aliás o contista trabalha diariamente no jardim, para fins de higiene mental. Não tivesse esse derivativo — que tensão emocional teria de suportar!).

As contas todas feitas, sobram ao contista Caio duas horas ao dia. Poderia, pois, produzir um conto por dia. E aí está o *problema*: Esse conto será metade bom, um quarto regular e um quarto ruim? Ou será que a cada quatro dias ele produzirá um conto bom? Neste caso, poderia aproveitar os dias de conto ruim para outra coisa — meditação, por exemplo?

Está aí o problema. O contista pensa nele pelo menos duas horas ao dia.

O contista Valfredo, motorista de táxi, instalou um gravador no carro. Enquanto dirigia, ia ditando contos. Alguns passageiros se assustavam e pediam para descer; outros ouviam interessados, outros ainda davam sugestões: "Faz a mulher matar o filho!". O contista Valfredo tinha problemas. Um contista rival, guarda de trânsito, multou-o várias vezes por dirigir de forma imprudente. De fato, o contista Valfredo tinha acidentes, mas, segundo ele, por causa do carro (freios em mau estado), não por causa da literatura. De qualquer forma os agentes de seguros evitavam-no, e só com muita persistência o contista Valfredo continuava escrevendo.

— Contista frustrado! — me gritava Guilherme. — Não tens forma, não tens conteúdo, não tens nada!

Eu? E o contista Sílvio, que quando chegava à metade de um conto rasgava-o e começava outro? Uns diziam que ele não sabia nem terminar um conto; mas eu, muito menos venenoso que Guilherme, eu espalhava entre os contistas que Sílvio sabia, sim, terminar um conto, mas que ele era muito vivo — não terminando, tinha sempre a alegria das coisas novas. O contista Matias, não sabendo o que escrever, fez um conto composto de frases incoerentes. Ninguém aceitou para publicação. É *stream of consciousness* — dizia Matias, indignado, por que acham bom o *stream of consciousness* de Joyce e o meu não? Qual é a diferença? É por que sou brasileiro? Não respondiam a essas perguntas, os contistas; desviavam o olhar, constrangidos.

Aos oito anos o contista Miguel escreveu sobre ninfomaníacas. O contista Rosemberg dava cadência especial às frases, lembrando valsas ou tangos, conforme o caso. O contista Augusto, muito engajado, assistiu a uma assembleia estudantil, observando os jovens e tomando notas. Desconfiaram dele e espancaram-no.

O contista Vasco tomava as palavras de Guimarães Rosa e recriava-as. Em relação ao contista Marco, o crítico Valdo descobriu o seguinte: seus personagens sempre tinham nomes de cinco letras, das quais a segunda era A, a última O, sendo a primeira sílaba tônica: Marco, Tarso, Lauro. O contista Paulo só escrevia pela manhã, limitando-se a transcrever os sonhos da noite.

O contista Norberto e o contista Geraldo estavam na rua conversando quando viram a seguinte cena. Uma senhora atravessava a rua com uma criança ao colo. Veio um automóvel a alta velocidade. O motorista quis frear, mas não conseguiu. A senhora ainda atirou a criança para a calçada, mas foi colhida em cheio pelo veículo e esmagada.

— Escreve um conto a respeito — disse o contista Geraldo.

O contista Geraldo escreveu o seguinte:

"O contista Norberto e o contista Geraldo estavam na rua conversando quando viram a seguinte cena. Uma senhora atravessava a rua com uma criança ao colo. Veio um automóvel a alta velocidade. O motorista quis frear, mas não conseguiu. A senhora ainda atirou a criança para a calçada, mas foi colhida pelo veículo e esmagada."

— Estás brincando? — perguntou o contista Norberto ao terminar a leitura.

— Estou — disse o contista Geraldo.

Riram, mas depois, silenciosos, se separaram sem proferir palavra.

Notícias imaginárias. "A vida dos contistas pode ser divertida. Aqui, alguns contistas mostram o que é a amável convivência de uma tarde de autógrafos..."

Descrições. O contista Vasco, alto e magro. O contista Simão, baixo e gordo. O contista Jan, alto e gordo. O contista Aurélio, magro (aos dezoito) e gordo (aos vinte e nove). Detalhes: o nariz de papagaio do contista Lelo. O meu bigode. Os meus óculos. O andar de alguns, a roupa de outros, o riso deste, o cabelo daquele.

O contista Antônio tinha sangue índio. Escrevia sobre os silvícolas contos tragicômicos. O cacique veio procurá-lo: "Por que debochas de nós? Já não chega o que sofremos? A perda de nossas terras? A tuberculose? É preciso que faças todo o mundo rir de nós?". O cacique não entendeu, dizia magoado o contista Antônio. Os índios de que falo não são reais, são os índios que temos dentro de nós. No íntimo, todos usamos cocares e tangas.

O contista Ramón escreveu uma série de histórias sobre um imaginário país da América Central, chamado Cuenca. Havia um ditador, latifundiários, uma burguesia em ascensão, uma frente de libertação nacional cujos membros eram presos e torturados. O contista Ramón, que morava nos Estados Unidos, conseguiu editar seu livro. A obra vendeu bem. Um esperto fez bom dinheiro coletando fundos para os refugiados de Cuenca.

O contista Rômulo escrevia satiricamente sobre sua pequena cidade. Um prefeito expulsou-o de lá, o sucessor pediu que ele voltasse, concedeu-lhe a Medalha do Mérito Turístico.

O contista Sidney não colocava palavrões em seus contos. Temia ofender a tia, uma velha freira.

O contista Humberto, professor de álgebra, concebia o conto como um modelo matemático. O contista Remião transcrevia suas experiências extrassensoriais.

O contista John Sullivan escreveu uma série de histórias publicadas sob o título de *1987, Depois da Guerra Atômica*. Cem exemplares foram guardados num abrigo à prova de radiações.

O contista Ramsés dizia que o conto não se resumia às palavras; deveria também incluir testemunhas das circunstâncias nas quais tinha sido gerado. Anexou a seu livro passagens de ônibus nos quais viajara enquanto elaborava os contos; entradas de cinema, fragmentos de roupas e até restos de comida. "Sou um mísero alfaiate" — dizia o contista Newton — "mas em meus contos destruo vilas e cidades".

"Ocorreu-me que aquela árvore em meu conto sou eu mesmo" — disse o contista Macário à sua amante, às duas da manhã. "Que árvore? Que conto?" — resmungou ela. Também era contista, mas sofria de insônia, custava a adormecer e não gostava de ser acordada.

"Tenho pensado muito sobre o significado de meus contos" — escreveu o velho contista Douglas em seu diário. Era um caderno com capa de couro; deixava-o sempre sob o travesseiro; se morresse durante o sono não teriam de procurar muito para publicá-lo.

Guilherme me segurava, eu queria brigar com ele. Ramiro veio me conter. Aproveitou para informar que trinta e oito livros já tinham sido vendidos, e que nem sequer os parentes da mulher dele tinham chegado: "Vou a oitenta, vais ver! Oitenta!"

Um dia meti na cabeça que os contistas não são escritores: são personagens. Comecei a pensar num conto chamado *Os Contistas*. Ia ser o último, prometi a mim mesmo. Mas não ficaria inédito, isso não; eu daria um jeito de publicá-lo.

Todo conto é um pedido de socorro, dizia o contista Nicolau. Morador da Ilha Verde, costumava colocar seus contos mais angustiados em garrafas, atirando-os ao rio. "Talvez os pescadores me entendam" — dizia à mulher.

O contista Wenceslau disse à esposa, uma linda morena: "Tenho certeza de que, se tu falares com o editor, Morena, ele publica meu livro. Tenho certeza, Morena."

O contista Olívio, meu companheiro de jornal, era responsável pela coluna de curiosidades. Sub-repticiamente introduzia nela seus contos: "Você sabia que... Adelaide, casada com um professor de francês e amante do contista Milton, tem um sonho no qual vê uma lua partida em dois tombar do céu?". Pensava também em fazer contos sob a forma de palavras cruzadas.

O contista Benjamim, funcionário público, informava os processos escrevendo contos: "João M. Guimarães solicita os atrasados correspondentes ao ano de 1965. Posso imaginar João M. Guimarães em sua casinha de madeira...". Foi severamente advertido pelo chefe, contista também, mas que não brincava em serviço.

A engenhosa contista Joyce cogitava de transmitir seus contos pelo telefone: "Alô! Aqui a contista Joyce. Vou ler a seguir um conto de minha autoria."

O contista Misael pretendia escrever no céu contos curtos, utilizando para isso a esquadrilha da fumaça.

O contista Reginaldo teve uma súbita inspiração: escreveria um conto em forma de epitáfio. Olhava com muita atenção para os amigos, procurando descobrir neles sinais de doença grave.

Vendo que seu livro *Florescências* não vendia, a contista Bárbara pagou um menino para roubá-lo das livrarias. Num mês foram roubados mais de quarenta livros e *Florescências* ficou em terceiro lugar na lista dos mais vendidos.

O contista Pedroso introduziu na sua literatura a noção de eficiência. Seus contos eram sistematicamente recusados por jornais e revistas; ele então publicou *Leviatã* como matéria paga e contratou os serviços de uma firma especializada, à qual encomendou um levantamento de opinião. "Até que ponto *Leviatã* mudou sua vida?" — era uma das perguntas, dirigidas à classe A, B e C, a homens e mulheres, a pretos e brancos. Pretendia demonstrar que seus contos eram eficientes e que os editores tinham má vontade. Infelizmente os dados do inquérito não foram conclusivos.

O contista Luís Ernesto mimeografava seus contos e os distribuía nas entradas dos estádios de futebol; o contista Múcio pintava contos em vasos chineses.

O contista Teodoro pediu a seu filho caçula que escrevesse ao programa "Caixinha do Saber", perguntando quem era o contista Teodoro e que contos tinha escrito. Não responderam, porque ele não juntou à carta um rótulo de Moko.

O contista Sezefredo roubou o receituário de seu amigo, o Doutor Raul; forjou um atestado dizendo que sofria de uma doença incurável. Com esse papel percorria as editoras, tentando conseguir publicação para seu livro: É a minha última vontade, dizia.

O contista Rafael (Rafa). Durante o dia trabalhava como representante de uma firma de eletrodomésticos; à noite, escrevia. Não conseguindo encontrar editor para o seu livro voltava-se, furioso, para o trabalho. Acabou por enriquecer. Comprou uma editora, uma gráfica, e mandou imprimir o livro. Comprou também várias livrarias, que exibiam nas vitrinas dezenas de exemplares da obra. Mesmo assim, esta não vendia... O contista Rafa então começou a distribuir o livro de graça em escolas; e dava bolsas de estudos aos alunos que o soubessem de cor.

Houve grande agitação na livraria. O caixeiro acusava o contista Rodolfo de ter roubado um livro.

— Vê lá se eu ia roubar um livro! — gritava Rodolfo. — E logo do contista Afrânio! Todo o mundo sabe que eu e Afrânio somos inimigos mortais. Ramiro! Ô Ramiro! Vem cá, rapaz! Diz aqui para esta besta do caixeiro o que eu penso dos contos do Afrânio! Diz,

Ramiro! Pode dizer que eu... Pode dizer, rapaz! Eu garanto a mão! Garanto a mão, Ramiro! Tu me conheces! Levaram Rodolfo. Arrastado, ele gritava:
— Me rasgaram o casaco de couro! Sacanas! Me acusam de ladrão e ainda me rasgam o casaco! Era verdade, tinham rasgado o casaco dele. E Rodolfo se orgulhava daquele casaco, com o qual, dizia--se, se sentia como Hemingway, como García Márquez.
Os contistas ficaram nervosos com o ocorrido. Grupos de contistas formavam-se nos cantos da livraria, trocando palavras em voz baixa. De vez em quando um contista destacava-se de um grupo e dirigia-se a outro, fumando e gesticulando. Eram, em geral, jovens, os contistas ali presentes. Muitos tinham grandes olhos castanhos. Notava-se em seus rostos: angústia, desesperança, necessidade de maior participação, preocupação com tensões sociais, aguda consciência de problemas existenciais. Falava-se em dinheiro, e o que é dinheiro? — perguntava-se um, e outro sorria. Eu procurava Marisa, procurava mesmo, mas só via livros, contistas e problemas.
Problemas. O contista Arnulfo, casado e pai de cinco filhos, não tinha silêncio em casa. Ocorreu-lhe construir uma espécie de estúdio no fundo do quintal. Trabalhando aos sábados e domingos, o contista Arnulfo levou três anos para terminar a obra. O filho mais velho pediu licença para instalar ali uma oficina de eletrodomésticos. O contista Arnulfo pensou muito, e acabou concordando. Meu filho é jovem e eu sou velho, explicou a outros contistas. Além disso, a eletrônica tem futuro... O conto, quem sabe?
Problemas. O contista Fischer escrevia numa espécie de transe, traçando largos garranchos. Sua secretária (Fischer era diretor de uma firma de publicidade) datilo-

grafava os originais. Fischer desconfiava que ela acrescentava trechos por sua própria conta, mas não podia provar nada.

Já problema diferente teve o contista Nepomuceno, que, não sabendo escrever à máquina, contratou, por um alto salário mensal, uma excelente datilógrafa. Ela datilografava os textos rapidamente; a produção literária do contista não era suficiente para abastecê-la; a moça ficava muito tempo sem fazer nada. O contista Nepomuceno, vendo seu dinheiro esvair-se, despediu-a. Ela ingressou com uma ação na Justiça do Trabalho e obteve ganho de causa.

Outro problema interessante foi o do contista Plínio. Ele estava sozinho em casa. Ocorreu-lhe uma excelente ideia para um conto. Justamente nesse instante faltou luz. Não havia lanterna, nem vela, nem fósforos, nem nada. Às apalpadelas, o contista Plínio achou uma caneta e uma folha de papel e escreveu o conto no escuro. Nunca conseguiu (como o contista Fischer) entender o que tinha escrito, mas até hoje guarda com carinho o papel. O que se pode garantir é que *não* se trata de um conto chamado *Os Contistas*.

Problemas. O contista Amílcar foi raptado por cinco indivíduos que saíram de um automóvel preto. Conduziram-no a uma casa deserta, obrigaram-no a escrever dois contos por dia, durante uma semana. Posteriormente Amílcar viu essas histórias publicadas, com nomes diferentes, em revistas e suplementos literários.

Dentro do plano de desenvolvimento da cidade de Ibirituiçá, o prefeito Macário convidou vários contistas para lá residirem. Pensava com isso em promover a cidade. Mas os poucos visitantes que lá arribavam encontravam contistas passeando na praça ou sentados nas varandas de casas antigas, batendo à máquina ou escrevendo à mão. Desapontavam-se. Desapontou-se também o prefeito, que moveu ações de despejo contra os contistas e recuperou as casas que havia cedido. Problema. O contista David escreveu uma série de contos históricos sobre colonização italiana. Durante meses fez pesquisas em bibliotecas do interior, colheu depoimentos, tirou fotografias. O que é realidade em seus contos — perguntaram-lhe —, o que é fantasia? Ele não sabia, tinha perdido a pasta com os documentos coletados. A contista Ofélia, depois de escrever um conto, tinha de ter relações com o marido. Quando ele estava viajando, não conseguia escrever e pensava em traí-lo. O contista Gervásio escrevia contos obscuros e mostrava-os às namoradas, jurando casar-se com a que os entendesse. Não entendiam. Contos e mulheres acumulavam-se na vida de Gervásio.

O contista Pereira... Esta foi boa! O contista Pereira uma vez parou um conto no meio. Não conseguia achar a palavra adequada. A esposa aconselhou-o a percorrer o dicionário; garanto, disse ela, que quando chegares à palavra que procuras vai te dar um troço, um arrepio, uma alegria. O contista recusou a sugestão. Não achava justo. É a mesma coisa, explicou, que um cirurgião fazer uma operação consultando um livro.

Ela comprou um dicionário e começou a pesquisa por conta própria. Escrevia as palavras mais sugestivas em pedacinhos de papel que deixava no banheiro, na mesa do café. Pereira rasgava-os sem ler. Quando terminou o dicionário ela o abandonou.

Passa o garçom, levando uma bandeja com copos vazios.

— Garçom — digo — estou cheio de problemas.
Ele me sorri, compreensivo. Me animo.

— Garçom, se és inteligente me responde: Se um contista consome oitocentos e vinte centímetros cúbicos

247

de uísque, quantos centímetros cúbicos consomem vinte e oito contistas?
O homem me olha com desconfiança e quer se afastar. Pego-o pelo braço:
— Se oito contistas pesam quinhentos e setenta quilos, quantos quilos pesa um contista? E quanto dá duzentos e doze contistas, mais quatrocentos e vinte e nove contistas?
O garçom está magoado comigo. Percebo. Vou indenizá-lo com minha amizade.
— Garçom... — murmuro-lhe ao ouvido. — Esta guria... Esta Marisa... Tem um corpaço que só tu vendo...
Uma súbita suspeita:
— Será que ela escreve contos?
Num conto, o contista Leandro compara o rosto de uma moça a uma nuvem; noutro, uma nuvem ao rosto de uma moça.
O contista Frederico, achando que seus contos deveriam ter algo de prático, recusava metáforas; ao contrário, inseria neles os provérbios de La Rochefoucauld. Costumava dizer que qualquer idiota escreve um conto na primeira pessoa do singular.
— Em *Os Contistas* — murmuro — preciso evitar esse erro.
Dá-me um súbito entusiasmo. *Os Contistas!* Que conto! Vai ser um desfile de pequenas histórias, uma multidão de personagens vistos através de rápidos *flashes* — um Woodstock do conto! Um conto-livro! Terá repercussão, sem dúvida. Terá?
Quando o livro da contista Malvina foi publicado, ela enviou cartas anônimas a todos os jornais. "Malvina dinamizou a literatura" — afirmava numa. "É enérgica" — dizia noutra, "meiga", noutra.
O contista Vítor organizou uma antologia de contistas desconhecidos. Os críticos receberam bem a obra.

Muitos anos depois o contista Vítor revelou que todos os contos eram de sua autoria.

E já estamos chegando aos truques! O contista Manoel escrevia a escritores americanos cartas como esta:

"Prezado Senhor Malamud. Abaixo envio a relação dos últimos contos por mim confeccionados e que, aos preços mencionados, estão à disposição de V.Sa. para pronta entrega.

Descoberta (US$ 15.00). Gilberto e Pedro, antigos amigos, descobrem-se homossexuais. Grande choque para ambos. Três situações dramáticas, porém excitantes, de um parágrafo cada.

Poros (US$ 13.80). Alberto sabe que sua vocação é a pintura, mas deve tomar conta da fazenda do pai. Conflito violento: progenitor hemiplégico, mas dominador. Minuciosa descrição do problema da arte num país em desenvolvimento. A figura sinistra de um *marchand de tableaux*.

(Sem título — US$ 9.90). História longa, mas com impressionante unidade de tempo: uma noite apenas. Grupo de intelectuais discute problemática nacional, mundial. Tóxicos presentes. Fundas introspecções.

Além dos contos mencionados, há quatro outros, em várias fases de elaboração. Somos, de V.Sa. etc. etc.".

O contista Zeferino tinha muito medo de se revelar em seus contos. Mas era terrivelmente autobiográfico. Resolveu parcialmente o problema com um truque simples: narrava os acontecimentos da vida de sua mãe, como se tivessem sido vividos pelo pai; e o que se passava com ele próprio, atribuía à irmã.

Passa o garçom, desta vez com os copos cheios. Corro atrás dele. Ataca-me o contista Mateus:

— Conheces minha filha?

Linda garotinha, loira, de olhos verdes.

249

— Vai ser contista, minha filha? — pergunto.
— Já está escrevendo — informa a mãe, orgulhosa.
— Isso é hereditário — comento.
— E tu, o que estás escrevendo? — pergunta Mateus.
— Um conto chamado *Os Contistas*.
— Ah — faz Mateus. Recolhe a família e se afasta apressadamente.

Nesse meio tempo, o garçom sumiu. Fico zanzando, olhando os contistas. Estão conversando, narrando histórias, as aventuras extraordinárias que viveram.

O contista Ronny arranca a capa de todos os livros de contos que lê; forra com elas as paredes do quarto; não estão bem coladas, entretanto, e adejam quando a brisa da noite entra pela janela, produzindo um leve farfalhar. Diz o contista Ronny que ouve nesse tênue ruído as vozes dos contistas murmurando suas histórias, mas ninguém acredita nele, riem dessa bobagem.

O contista Aderbal, quando chegava em casa, telefonava ao editor perguntando quantos livros haviam sido vendidos naquele dia. Nenhum, era a resposta, sempre. O contista dizia um palavrão e desligava. Perguntava então à empregada se havia algum recado. Havia — que comparecesse a um determinado endereço, para um trabalho. O contista suspirava, apanhava uma maleta preta; tomava um táxi e dirigia-se ao endereço indicado. Uma bela casa. Tocava a campainha e era recebido por um homem gordo e inseguro.

— Pode me chamar de Alberto — dizia o homem. — E me acompanhe, faça o favor.

Guiava o contista até o quarto de dormir, onde uma mulher loira, de meia-idade, pouco atraente, estava deitada. Vestia uma camisola rosa e sorria timidamente. O contista examinava-a atentamente, abria a maleta e tirava transmissor, fones e microfones.

— Onde é que eu fico? — perguntava o homem.

— Longe, Alberto. No salão, por exemplo. Alberto colocava um par de fones, empunhava um microfone e desaparecia. O contista Aderbal esperava um pouco e depois testava o aparelho:
— Testando, testando. Alô, Alberto.
— Alô — respondia a voz, do outro lado do fio. Voz um pouco embargada.
— Ok, Alberto.
O contista deitava-se então ao lado da mulher, olhava-a fixamente, e dizia ao microfone:
— Os olhos são azuis como lagos dos Alpes.
A mulher aproximava-se dele.
— Os cabelos são fios de seda.
— E os braços? — A voz do homem ressoava ansiosa nos fones.
— Calma, Alberto. Os braços... Os braços. Os braços são bem torneados, perfeitos. De alabastro.
— De quê?
— Alabastro, Alberto. Alabastro. Aquilo dos lustres.
— Ah.
— De alabastro, com delicadas veias azuis.
— Oh, meu Deus — gemia Alberto. — Eu nunca... E as pernas?
— Como dois peixes movendo-se em águas tépidas, dois peixes longos.
— Ai, que coisa! E, me diz: os peitinhos?
— Um momento.
Depois de uma pausa.
— São como dois cabritinhos.
— Mas isto não é do *Cântico dos Cânticos*? — indagava Alberto, suspeitoso.
— E daí? Só porque já foi dito, não invalida.
Outra pausa.
— E a barriga? — indagou Alberto.
Nenhuma resposta.

251

— E a barriga? Alô! Alô! E a barriga?
— Um momento... Um momentinho, só um pouquinho...
— E a barriga? A barriga?
— Ah...
— Alô?
— Sim. A barriga. Agora sim. A barriga é como um mar de águas mansas.
— Oh...
Nova pausa.
— Marque três minutos, depois pode entrar — anunciava Aderbal, em voz neutra.
O homem entrava, olhava para a mulher, virada para a parede, depois para o contista, que guardava o equipamento na maleta.
— Puxa, seu... Puxa. Que coisa... Eu nunca... Quanto é que lhe devo?
— Trezentos.
— Está bem cobrado — dizia o homem, preenchendo o cheque. — Sabe que eu também escrevo os meus continhos? O senhor não gostaria...?
— Lamento — dizia Aderbal. — Não é minha especialidade. Procure um crítico. Até a vista.
Na rua, corria ao primeiro telefone público. Ligava para o editor: tinham vendido algum livro? Não tinham. Aderbal voltava para casa.
Os contistas podem ser agressivos, mas são inofensivos. Na Primeira Guerra Mundial um batalhão de contistas foi completamente aniquilado; o exame de seus fuzis mostrou que não tinham disparado um único tiro. Contistas são indigestos. Uma tribo de canibais devorou uma expedição de contistas; passaram mal, tinham delírios nos quais contavam histórias sem fim.
Um amigo do contista Emílio enviou-lhe de Estocolmo o seguinte telegrama, em sueco: "Comunicamos escolha

sua pessoa Prêmio Nobel Literatura. Esteja Estocolmo dia dez". Quando lhe traduziram o telegrama, o contista Emílio riu muito, depois passou por momentos de dúvida cruel. Na noite de nove para dez não dormiu. No dia seguinte anunciaram o vencedor do Nobel, e não era o contista Emílio. É tudo uma panelinha, disse ele, despeitado.

Náufrago numa ilha deserta, o contista Carmosino dispunha somente de seus originais, mas graças a eles conseguiu sobreviver.

Atraía os peixes à praia jogando na água pedacinhos de papel; pescava-os com anzóis feitos dos *clips* que prendiam os contos. A isca? Bolinhas de papel. Por alguma razão, os peixes gostavam.

O contista utilizava algumas páginas para, com o auxílio do sol e das lentes de seus óculos, fazer fogo. Comia os peixes assados.

Fez também uma barraca de papel e, com a única folha em branco, a bandeirinha que, hasteada num alto mastro, foi sua salvação: avistaram-no e recolheram-no. Ainda no navio pediu lápis e papel e lançou-se imediatamente à tarefa de refazer os contos.

O contista Morton, um missionário, viveu vários anos na África, entre pigmeus. Escrevia muito, mas não tinha a quem mostrar seus contos: os selvagens não gostavam dele. Narrou Morton em suas memórias: "Eu pedia a Deus que me mandasse alguém para ler um conto meu, um apenas. E não precisava opinar; bastava ler. Um único leitor é suficiente para salvar um contista". O contista Efraim tornou-se *hippie*, construiu uma casa em cima de uma figueira e passava os dias lá, escrevendo contos. Para impedir que ele morresse de fome foi necessário derrubar a árvore.

O contista Franz considerava-se homem de poucas vivências (seus contos eram pura introversão). Embarcou num cargueiro norueguês, disposto a correr o mundo. Ao cabo de oito anos tornou-se um dos melhores foguistas do Atlântico. Escreve, ainda, mas só cartas para a família. Os personagens da contista Helena, manicura, eram unhas: "Falo do que sei" — dizia.

E os contistas insuspeitados? Conheço um rapazinho que é aprendiz de tipógrafo. Inteligente, muito dedicado, não tem, contudo, tido sucesso em seus esforços para dominar a profissão. Durante o dia faz mil caiporices: esbarra nas máquinas, derrama tinta, vira caixas de tipos. Os colegas riem dele. O dono do estabelecimento, homem ranzinza, não lhe poupa críticas.

Conheço a tipografia, que fica num bairro distante. É uma casa velha, de aspecto tétrico, e isolada: as casas ao redor estão sendo demolidas, pois ali passará uma avenida.

Imagino esse lugar à noite. A lua ilumina paredes semidestruídas. A rua esburacada está deserta.

É então que surge o aprendiz de tipógrafo. Vem apressado, embrulhado num velho capote. Chega à tipografia; olha para os lados, certifica-se de estar só; introduz na fechadura uma espécie de gancho. Uma pequena manobra, um estalido, a porta se abre, e zás! Ele já está dentro, ofegante. Acende uma vela — uma só. Tem medo de mais luz, embora se saiba só.

Tira o capote e põe mãos à obra: liga as máquinas, derrete o chumbo. E dedica-se à linotipia.

São horas de intenso trabalho.

O que escreve o aprendiz, enquanto pratica sua arte? Ora, coisas que lhe vêm à cabeça, frases, histórias... Contos.

Contos? Escreve contos! Serão bons, esses contos? E se forem bons? E se forem muito bons? E se o aprendiz de tipógrafo for o melhor contista do país?

Gostaria que esses escritos fossem revelados ao mundo. Infelizmente nada posso fazer a respeito. Enquanto medito, o aprendiz de tipógrafo afana-se. Diante do capataz é lento, mas a solidão da madrugada dá-lhe uma destreza insuspeitada. As frases brotam-lhe rápidas do cérebro, mas os dedos são ainda mais ágeis, e às vezes criam espontaneamente personagens, situações. E se eu falasse com o dono da tipografia? Não sei... Não o conheço; além disso creio que me falta habilidade para convencer um homem pragmático e inflexível. Talvez com o auxílio das autoridades... Uma carta anônima para a polícia. "Na tipografia X verificam-se, a altas horas da noite, movimentos suspeitos." As autoridades iriam ao local, surpreenderiam o aprendiz de tipógrafo, apreenderiam seus contos. E se o rapaz é realmente um contista de valor, como suponho, os contos não deixariam insensível um escrivão, ou um repórter, que poderiam se encarregar de levá-los a um editor corajoso. Quanto às complicações legais decorrentes do arrombamento da tipografia, do trabalho em horas extras — ora, quem pensaria nelas, se o livro obtivesse sucesso?

    Enquanto formulo hipóteses, o aprendiz de tipógrafo se apressa. Não deve surpreendê-lo o primeiro raio do sol! Trabalha agora com extrema rapidez e desenvoltura.

    Finalmente, o livro está pronto. Trata-se de um belo volume de duzentas e vinte páginas. Consta de cinco histórias longas e vinte e duas curtas. Não tem título; é uma obra experimental.

    O aprendiz de tipógrafo levanta-se, espreguiça-se, esfrega os olhos congestos: Folheia displicentemente o livro. Bocejando, abre a fornalha — e atira a obra às chamas!

    A próxima meia hora é dedicada à arrumação. Limpa e varre, ajeita tudo. Quando termina, a tipografia está exatamente como ele a encontrou. Lança um último olhar ao redor, apaga a vela e sai. Vai para casa. Onde mora? Não sei. Mas sei que amanhã escreverá um novo livro. Assim são os contistas.

O contista Herman fez dois tipos de experiências: com a cantora que emitia um agudo capaz de despedaçar uma taça de cristal, e com as palavras neoformadas. Quanto à cantora, descobriu que a fratura do cristal dependia não tanto da altura e da intensidade do som, como da vogal escolhida — e essa vogal era a preferida de Herman. Quanto às palavras neoformadas, Herman verificou que, associadas à mencionada vogal, emitiam vibrações poderosas, capazes de abalar a estrutura de edifícios e pontes.

— Deus meu! — murmurou Herman em seu gabinete de trabalho. — Tal é a força das palavras!

Apesar da insistência dos amigos, não quis revelar quais eram estas palavras. Tanto o incomodaram que acabou prometendo pronunciá-las após sua aposentadoria; mas morreu antes disso.

Sentado no chão vejo uma salsicha debaixo de um armário de livros; vou apanhá-la; mas penso melhor e desisto. "As baratas estão precisando mais do que eu" — murmuro com desprezo. Quem gostava de baratas era o contista Kafka.

Eu não conseguia me levantar. Diabos, murmurei. Diabos? Diabos.

Dizem que o diabo marcou um encontro com o medíocre contista Neto, no cemitério da cidade. Lá, à meia-noite, o maligno propôs ao contista a seguinte opção: mais quarenta anos de vida e de má literatura — ou um só conto, genial, o melhor conto já escrito; e a morte, um minuto depois de escrita a última frase. O contista Neto nem vacilou; optou por esta última alternativa. Firmaram o contrato com sangue etc., e o diabo ordenou-lhe que fosse para casa e escrevesse; sua mão seria guiada na redação das preciosas linhas.

Entretanto, à saída do cemitério, o contista foi atropelado por um carro funerário e morreu. O diabo depois alegou que nada tinha a ver com o assunto; o carro pertencia à paróquia local, estava pois a serviço de Deus.

Os Contistas. Que conto! Dispensei todo o ritual, aquele do contista Lúcio e outros. Não precisei tomar um trago antes do trabalho, não precisei sentar-me à máquina elétrica com a testa franzida. Na verdade, fui escrevendo *Os Contistas* deitado, imóvel; com os olhos, eu ia acompanhando as palavras que apareciam no teto do meu quarto (foi assim que o Contista produziu, na parede do palácio de Nabucodonosor, um conto muito sintético para seu leitor Daniel). A princípio as palavras surgiam uma a uma; logo vinham em frases, em parágrafos, numa velocidade tão grande que eu só podia acompanhar pela leitura dinâmica. Minha boca se abria de admiração. O conto estava sendo escrito!

Contistas lutadores. O contista Lauro passou fome, mas emprestou dinheiro ao contista Antônio para este publicar um livro. Os contistas: Rudimar, Heráclito e Costa pensavam em fazer uma cooperativa de escritores. O contista Breno sonhava com uma fazenda onde todos os contistas levariam uma vida comunal, ordenhando vacas e arando os campos pela manhã, escrevendo à tarde. Pensava até numa gráfica, onde os próprios escritores fariam todo o trabalho. Os lucros iriam para uma caixa comum. O contista Paulo e seu irmão, fotógrafo, trabalhavam no parque. O fotógrafo fazia *posters*, e o contista escrevia um conto de duas laudas sobre o retratado. Os contistas João, Lino e Amílcar escreveram um

conto a seis mãos. Cada um escrevia uma linha. Antes de começar, combinaram que o número de linhas seria múltiplo de três. Quatro contistas resolveram dar uma surra no crítico Arthur.
À noite, foram à casa desse Arthur. Caminhavam lado a lado, quatro rapazes altos e fortes, silenciosos, seus passos ressoando na rua deserta. "É como no velho Oeste" — murmurou um deles. Cinco contistas, devendo se separar, rasgaram um conto em cinco partes. Cada um levou uma parte. Trinta contistas fizeram um pacto: até o fim da vida leriam os contos uns dos outros.
— Marisa? — grito, mas, prateleiras cheias de livros abafam minha voz.
Todos os dias ao acordar o contista Firmo murmurava: sou contista, sou contista. E se sentia melhor.
A livraria se esvaziava aos poucos. Transeuntes passavam rápido vestindo sobretudos cinza e carregando pastas James Bond. Nos olhavam e se perguntavam: Quem são?
— Somos contistas! — berrei, e esmurrei-me na cabeça: Estás louco, contista?
Absalão, o contista louco, foi levado por sua mãe a um psicólogo do bairro.
— Preste atenção — disse o psicólogo. — Vou dizer algo absurdo. Encontraram um homem com os pés amarrados. E com as mãos amarradas atrás das costas. Pensam que ele se amarrou sozinho.
Absalão não disse nada.
— Os pés de um homem — continuou o psicólogo, observando atentamente o contista — eram tão grandes que ele tinha de tirar as calças pela cabeça.
Absalão, quieto. O psicólogo:
— Num velho túmulo da Espanha encontraram uma caveira. Era de Cristóvão Colombo quando tinha dez anos de idade.

— Belíssimas histórias, doutor! — gritou Absalão, maravilhado. Sacou lápis e papel e pôs-se a anotá-las.

O contista Garcia lia seus contos para o psiquiatra. Na hora de pagar o tratamento exigia que fosse descontado o tempo da leitura; queria inclusive uma pequena remuneração, alegando que, se os contos estivessem em livros, o médico teria de pagar por eles. O contista Jesualdo, estudante de medicina, extraía dos livros didáticos histórias de pacientes e as publicava como contos. O contista Baltazar, enfermeiro psiquiátrico, lia contos para os pacientes. Achava que eles melhoravam com isso. "Quanto mais depressivos os contos, melhor os pacientes se sentem."

Ramiro me olha com rancor. Estou estragando a melhor tarde da vida dele. Sou um desgraçado, pensei, soluçando. O que há comigo?

Um contista queixou-se ao médico: não conseguia mais escrever. Foi examinado aos raios X, mas nada se encontrou de anormal. O contista Nélio escrevia sem cessar. Seus contos descreviam algo insignificante que ia crescendo, crescendo, enchendo a casa, a cidade; um camundongo transformava-se num rato de trinta toneladas, excrementos acumulavam-se em montanha, a orelha esquerda de uma pessoa transformava-se em uma asa com dois metros de diâmetro. Escrevendo, o contista Nélio não reparava no pequeno tumor que crescia perto de seu nariz.

A contista Bárbara narra de um contista que quase morre quando uma prateleira de livros desaba sobre ele. Os livros são de autoria do próprio contista, que assim desiste de escrever.

O contista Hildebrando, aeromoço, viajava no avião que se incendiou ao fazer uma aterrissagem forçada. Hildebrando estava entre as doze vítimas. Passageiros

259

narram que ele se comportou com bravura; deixou de cuidar dos passageiros apenas no momento em que o comandante anunciou a aterragem. Sacou então uma caderneta do bolso e pôs-se a escrever. Sua esposa leu depois, na caderneta meio queimada: "Ideia para conto: R, rico banqueiro, está a bordo do avião que...". A frase não terminava. Assim como estava foi publicada no livro póstumo de Hildebrando.

O contista Amélio foi objeto de um estudo fotográfico. Usou-se máquina Praktisix, com lente de 180 mm, abertura 5.6, exposição de 1/125 s e filme Kodak Tri-X. Detalhes notáveis nessas fotos são: o branco dos olhos — a testa franzida —, os dedos crispados sobre as teclas da máquina —, o ricto da boca. A morte precoce do contista Amélio valorizou essas fotografias.

O contista Miro, sofrendo de arteriosclerose cerebral, tinha dificuldade em encontrar as palavras adequadas para seus contos. Deixava então espaços nas frases, para preenchê-los quando a memória o ajudasse. Seus últimos contos tinham várias páginas em branco.

Sofrendo as dores de uma cólica renal, o contista Ibrahim escreveu um conto inspirado... O contista Peter quebrou a perna e escreveu um conto na tala de gesso... O contista Alfredo era estrábico, a contista Elizabeth sofria de lupo eritematoso disseminado. "Que faria você se tivesse só uma hora de vida?" — perguntou um repórter ao contista Matos. "Faria o que é necessário: escreveria um conto". — "Seria um conto pessimista?" — "Não necessariamente." — "E uma hora seria suficiente para escrevê-lo?" — "Talvez sim, talvez não."

Nos últimos dias de sua vida o contista Salomão escrevia sem esforço. Não precisava mais pensar: as frases brotavam espontaneamente. "Sou literatura pura" — dizia. Estava translúcido, devido à leucemia.

Marisa se foi, nada mais me resta, a não ser ginástica: pego dois grossos livros e começo a fazer movimentos de braços. Tiram-me os livros. Quem? Os contistas. Mas a hora deles chegará.

Dizia o contista Martim: "Há mais automóveis para guiar do que transeuntes para serem atropelados, mais gente para escrever do que gente para ler — tal é o retrato de nossa época." O contista Raimundo: "O papel está tão caro que não se pode mais escrever contos longos." A este mesmo contista telefonaram perguntando onde estava à venda seu livro. Recusou-se a responder: "É melhor não comprar. Há pelo menos duzentos livros melhores no comércio." O contista Barroso, rico herdeiro, nada fazia a não ser escrever, e recusava qualquer pagamento por seus contos: É minha maneira de devolver à humanidade o dinheiro ganho iniquamente, afirmava. O contista Limeira, acreano, dizia: "Mostrem-me uma antologia em que entre alguém do Acre." Era muito desconfiado, e acabou abandonando a literatura.

Quem também abandonou a literatura foi o contista Alberto. Abriu uma mercearia e dizia: "Todos nós tivemos pai e mãe, todos nós tivemos infância, fomos traumatizados, tivemos nossos casos. Por que encher o saco de todo o mundo com nossos contos? Já não chegam as preocupações quotidianas da vida, os impostos, as despesas? Vendo salame, que conforta o estômago." O contista Morais parou de escrever para cultivar rosas, o contista Ymai para ser terrorista. O contista Murilo não deixou totalmente a literatura: abriu uma escola de escritores por correspondência. "Em um mês você estará escrevendo tão bem quanto Guimarães Rosa" — garante, em prospectos. O contista Feijó tinha seus contos sistematicamente recusados para publicação. Deixou os contos de lado, entrou no ramo de cereais e enriqueceu. Lançou então o Prêmio Literário Feijó, cujo regulamento estipulava que o conto vencedor passaria à propriedade do Grupo Feijó. De posse desse conto, Feijó rasgava-o, dizendo: Este contista salvei de uma carreira de sofrimento. Éramos dois ou três agora — até Ramiro tinha ido embora —, e o garçom já nem aparecia. Senti que era hora de abandonar o recinto. Eu tinha de terminar um conto chamado *Os Contistas*.

O contista Georgariou morava numa água-furtada e escrevia ao crepúsculo. A essa hora enormes morcegos entravam pela janela e atacavam-no ferozmente. O contista defendia-se como podia; mas acabava se distraindo e os morcegos sugavam-lhe o sangue. Anêmico embora, o contista escrevia sem cessar.

O contista Ronny... Não, esta já contei.

O contista Aristarco: "Viver? Quem? Eu? Vivo só para ter material para os meus contos."

Subi as escadas com dificuldade. Eu poderia dizer, como o contista Hawthorne: "Aqui estou, em meu quarto. Aqui terminei muitos contos. É um lugar enfeitiçado, povoado por milhares e milhares de visões — algumas das quais são agora visíveis para o mundo. Às vezes acreditava estar na sepultura, frio, imóvel, intumescido; outras vezes pensava ser feliz... Agora começo a compreender por que fui prisioneiro tantos anos neste quarto solitário, e por que não pude romper suas grades invisíveis. Se tivesse conseguido fugir, agora seria duro e áspero, e teria o coração coberto do pó da terra... Em verdade, somos apenas sombras."

— Sombras — resmunguei. Empurrei a porta com o pé, testando meu precário equilíbrio.

Marisa estava lá, deitada em minha cama, fumando.

— Vim ler o teu conto — disse. — *Os Contistas*, não é?

Era.

BIOGRAFIA

Moacyr Scliar (Porto Alegre, 1937) é autor de 53 livros, em vários gêneros: conto, romance, crônica, ficção juvenil, ensaio. Obras suas foram publicadas nos Estados Unidos, França, Alemanha, Espanha, Portugal, Inglaterra, Itália, Tchecoslováquia, Suécia, Noruega, Polônia, Bulgária, Japão, Argentina, Colômbia, Venezuela, México, Canadá, Israel e outros países, com grande repercussão crítica. Recebeu vários prêmios, entre outros: Prêmio Academia Mineira de Letras (1968); Prêmio Joaquim Manoel de Macedo (1974); Prêmio Erico Verissimo (1975); Prêmio Cidade de Porto Alegre (1976); Prêmio Brasília (1977); Prêmio Guimarães Rosa (1977); Prêmio Associação Paulista de Críticos de Arte (1980); Prêmio Casa de las Américas (1989); Prêmio José Lins do Rego, da Academia Brasileira de Letras (1998); Prêmio Jabuti (1988, 1993 e 2000, neste último ano por *A mulher que escreveu a Bíblia*). Tem trabalhos adaptados para cinema, tevê, teatro e rádio. É colunista dos jornais *Zero Hora* (Porto Alegre) e *Folha de S.Paulo*. Foi professor visitante nas Universidades de Brown e Austin.

A vocação para a literatura surgiu cedo. Os pais, emigrantes judeus-russos moradores do bairro do Bom Fim em Porto Alegre, eram grandes contadores; a mãe, professora, iniciou-o cedo na literatura. Logo estava escrevendo historinhas que circulavam no bairro. Mais tarde, estudante de medicina, publicou vários contos. Sua primeira obra de importância apareceu em 1968; era *O carnaval dos animais,* um livro de contos que alcançou grande repercussão crítica. Duas influências são importantes na obra de Scliar. Uma é sua condição de filho de emigrantes; a outra é a sua formação como médico de saúde pública, porta de entrada para a realidade social brasileira. Na sua carreira, papel importante é reservado à literatura juvenil, que define como "um reencontro com o jovem leitor que fui, um leitor que procurava nos livros um sentido para a vida e para o mundo".

BIBLIOGRAFIA

CONTO

O carnaval dos animais. Porto Alegre: Movimento, 1968. Rio de Janeiro: Ediouro, 2001.
A balada do falso Messias. São Paulo: Ática, 1976.
Histórias da terra trêmula. São Paulo: Escrita, 1976.
O anão no televisor. Porto Alegre: Globo, 1979.
Os melhores contos de Moacyr Scliar. São Paulo: Global, 1984.
Dez contos escolhidos. Brasília: Horizonte, 1984.
O olho enigmático. Rio de Janeiro: Guanabara, 1986.
Contos reunidos. São Paulo: Companhia das Letras, 1995.
O amante da Madonna. Porto Alegre: Mercado Aberto, 1997.
Os contistas. Rio de Janeiro: Ediouro, 1997.
Histórias para (quase) todos os gostos. Porto Alegre: L&PM, 1998.
Pai e filho, filho e pai. Porto Alegre: L&PM, 2002.

ROMANCE

A guerra no Bom Fim. Rio de Janeiro: Expressão e Cultura, 1972. Porto Alegre: L&PM, 1981.
O exército de um homem só. Rio de Janeiro: Expressão e Cultura, 1973. Porto Alegre: L&PM, 1980.

Os deuses de Raquel. Rio de Janeiro: Expressão e Cultura, 1975. Porto Alegre: L&PM, 1983.
O ciclo das águas. Porto Alegre: Globo, 1975. Porto Alegre: L&PM, 1996.
Mês de cães danados. Porto Alegre: L&PM, 1977.
Doutor Miragem. Porto Alegre: L&PM, 1979.
Os voluntários. Porto Alegre: L&PM, 1979.
O centauro no jardim. Rio de Janeiro: Nova Fronteira, 1980. Porto Alegre: L&PM, 1983.
Max e os felinos. Porto Alegre: L&PM, 1981.
A estranha nação de Rafael Mendes. Porto Alegre: L&PM, 1983.
Cenas da vida minúscula. Porto Alegre: L&PM, 1991.
Sonhos tropicais. São Paulo: Companhia das Letras, 1992.
A majestade do Xingu. São Paulo: Companhia das Letras, 1997.
A mulher que escreveu a Bíblia. São Paulo: Companhia das Letras, 1999.
Os leopardos de Kafka. São Paulo: Companhia das Letras, 2000.
Na noite do ventre, o diamante. Rio de Janeiro: Objetiva, 2005.
Os vendilhões do templo. São Paulo: Companhia das Letras, 2006.

Ficção Infantojuvenil

Cavalos e obeliscos. Porto Alegre: Mercado Aberto, 1981. São Paulo: Ática, 2001.
A festa no castelo. Porto Alegre: L&PM, 1982.
Memórias de um aprendiz de escritor. São Paulo: Companhia Editora Nacional, 1984.
No caminho dos sonhos. São Paulo: FTD, 1988.
O tio que flutuava. São Paulo: Ática, 1988.
Os cavalos da República. São Paulo: FTD, 1989.
Pra você eu conto. São Paulo: Atual, 1991.
Uma história só pra mim. São Paulo: Atual, 1994.
Um sonho no caroço do abacate. São Paulo: Global, 1995.

O Rio Grande farroupilha. São Paulo: Ática, 1995.
Câmera na mão, o guarani no coração. São Paulo: Ática, 1998.
A colina dos suspiros. São Paulo: Moderna, 1999.
Livro da medicina. São Paulo: Companhia das Letrinhas, 2000.
O mistério da Casa Verde. São Paulo: Ática, 2000.
O ataque do comando P.Q. São Paulo: Ática, 2001.
O sertão vai virar mar. São Paulo: Ática, 2002.
Aquele estranho colega, o meu pai. São Paulo: Atual, 2002.
Éden-Brasil. São Paulo: Companhia das Letras, 2002.
O irmão que veio de longe. São Paulo: Companhia das Letras, 2002.
Nem uma coisa, nem outra. Rio de Janeiro: Rocco, 2003.
O navio das cores. São Paulo: Berlendis e Vertecchia, 2003.

CRÔNICA

A massagista japonesa. Porto Alegre: L&PM, 1984.
Um país chamado infância. Porto Alegre: Sulina, 1989.
Dicionário do viajante insólito. Porto Alegre: L&PM, 1995.
Minha mãe não dorme enquanto eu não chegar. Porto Alegre: L&PM, 1996; Artes e Ofícios, 2001.
O imaginário cotidiano. São Paulo: Global, 2001.
A língua de três pontas: crônicas e citações sobre a arte de falar mal. Porto Alegre: Artes e Ofícios, 2001.

ENSAIO

A condição judaica. Porto Alegre: L&PM, 1987.
Do mágico ao social: a trajetória da saúde pública. Porto Alegre: L&PM, 1987. São Paulo: Senac, 2002.
Cenas médicas. Porto Alegre: Editora da UFRGS, 1988; Artes e Ofícios, 2002.
Se eu fosse Rotschild. Porto Alegre: L&PM, 1993.
Judaísmo: dispersão e unidade. São Paulo: Ática, 1994.

Oswaldo Cruz. Rio de Janeiro: Relume-Dumará, 1996.
A paixão transformada: história da medicina na literatura. São Paulo: Companhia das Letras, 1996.
Meu filho, o doutor: medicina e judaísmo na história, na literatura e no humor. Porto Alegre: Artes Médicas, 2000.
Porto de histórias: mistérios e crepúsculos de Porto Alegre. Rio de Janeiro: Record, 2000.
A face oculta: inusitadas e reveladoras histórias da medicina. Porto Alegre: Artes e Ofícios, 2000.
A linguagem médica. São Paulo: Publifolha, 2002.
Oswaldo Cruz & Carlos Chagas: o nascimento da ciência no Brasil. São Paulo: Odysseus, 2002.
Saturno nos trópicos: a melancolia europeia chega ao Brasil. São Paulo: Companhia das Letras, 2003.
Judaísmo. São Paulo: Abril, 2003.
Um olhar sobre a saúde pública. São Paulo: Scipione, 2003.
O olhar do médico. São Paulo: Ágora, 2005.

ÍNDICE

1. (No começo)	7
2. (Um dia)	11
A balada do falso Messias	17
A galinha dos ovos de ouro — Perfil enquanto moribunda	25
Shazam	32
Uma casa	36
Manual do pequeno terrorista	40
Pequena história de um cadáver	43
Rápido, rápido	54
Estado de coma	66
Cego e amigo Gedeão à beira da estrada	80
Lavínia	83
Trem fantasma	85
O dia em que matamos James Cagney	87
Piquenique	90
As ursas	95
Ruídos no forro	98
Bicho	102

Ao mar 105
Os pés do patrãozinho 107
História porto-alegrense 113
Agenda para a noite de núpcias 118
Ápice de pirâmide 121
Ofertas da Casa Dalila 126
O mistério dos *hippies* desaparecidos 130
O velho Marx 133
No Retiro da Figueira 141
Escalpe 146
Amai a Henrique sobre todas as coisas 151
Irmãos 156
Os leões 159
Aranha 161
Cão 163
Navio fantasma 167
A vaca 170
Torneio de pesca 173
Memórias de um pesquisador 176
Os amores de um ventríloquo 185
O anão no televisor 190
Canibal 195
Os profetas de Benjamin Bok 198
O clube dos suicidas 208
Os turistas secretos 210
Histórias da terra trêmula 213
Os contistas 221

Biografia 263
Bibliografia 265

270

"Moacyr Scliar pratica largamente o que se convencionou chamar de 'humor judeu', antes rangente que negro, e que se situa a meio caminho entre o desespero e a ironia. É uma linha inexistente na literatura brasileira e que bastaria para situá-lo num lugar à parte. Este humor adstringente e amargo nem sempre evita o mau gosto ou o pormenor grosseiro; mas, se o faz é por uma espécie de realismo desabusado, não por tendência obscena nem para chocar o leitor."

Wilson Martins

"Esta fusão do erótico, do mágico e do sagrado, no buscar e no penetrar do amor, é uma tônica no texto de Scliar... Esse é o desafio: levantar interrogações, com respostas a meio do caminho."

Dirce Cortes Riedel

"Moacyr Scliar se propõe a mais: suas fábulas, em linguagem direta e cortante, deixam sempre o saldo crítico – em nível satírico – da condição humana. Claro que a sátira em Moacyr Scliar tem uma conotação mais política, o que o faz ter uma predileção acentuada pela 'traição' e o 'desgoverno'."

Assis Brasil

"Scliar combina, com sucesso, jocosidade, fantasia e um sério comprometimento com a dolorida condição humana."

Howard M. Fraser

"A singularidade de Moacyr Scliar na literatura brasileira deve-se a dois fatores fundamentais: em primeiro lugar, à qualidade de sua produção e, em segundo lugar, ao fato de ser ele o único escritor no Brasil a trabalhar sistematicamente sobre o fenômeno da imigração e das colônias judaicas, para transformá-lo em temas constantes de romances e contos."

Carlos Vogt

"Suas histórias são frequentemente fantásticas, tratando situações selvagemente improváveis com uma desarmante linguagem coloquial."

Jon Tolman

"Mergulhou profundamente no drama do desencontro paradoxal do homem. (...) Contista de notáveis experiências no campo da suprarrealidade."

Fábio Lucas

"Antes de tudo, Moacyr Scliar é um escritor essencialista, que procura apresentar os seus personagens em momentos de crise, como seres cuja essência implica a própria existência problemática. (Os personagens) revelam-se singulares pelo seu comportamento, num cotidiano de situações inusitadas em que se misturam o real e o fantástico, presente também o social."

Raymundo Souza Dantas

CTP • Impressão • Acabamento
Com arquivos fornecidos pelo Editor

EDITORA e GRÁFICA
VIDA & CONSCIÊNCIA

R. Agostinho Gomes, 2312 • Ipiranga • SP
Fone/fax: (11) 3577-3200 / 3577-3201
e-mail:grafica@vidaeconsciencia.com.br
site: www.vidaeconsciencia.com.br